005
ソードアート・オンライン
Sword Art Online
Phantom Bullet
TEXT:
REKI KAWAHARA
ZEICHNUNGEN:
abec
DESIGN:
bee-pee

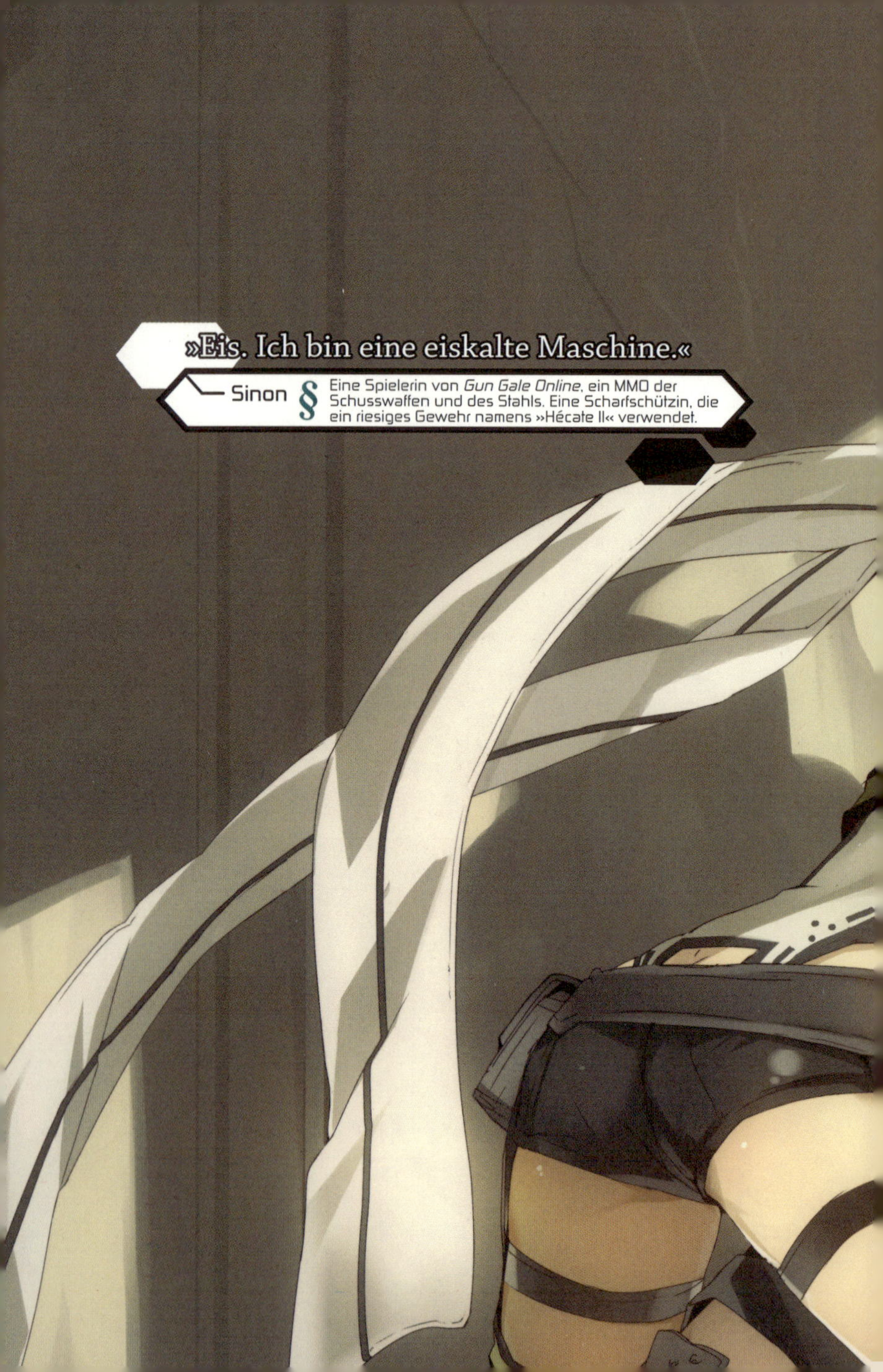
»Eis. Ich bin eine eiskalte Maschine.«
Sinon
Eine Spielerin von *Gun Gale Online*, ein MMO der Schusswaffen und des Stahls. Eine Scharfschützin, die ein riesiges Gewehr namens »Hécate II« verwendet.

»Ach ja?«
Kazuto Kirigaya
§
Der schwarze Schwertkämpfer, der den Albtraum von *SAO* beendete. Alias »Kirito«.

»So langsam verstehe ich, warum du mich hierher gebracht hast.«
Asuna Yuuki
Kazutos Freundin und Kiritos ehemalige Partnerin in SAO.

»Ich habe von vorgestern gehört. Du sollst ja eine richtige Heldin gewesen sein.«
Kyouji Shinkawa
§
Shinos ehemaliger Klassenkamerad. Bei einer Begegnung in der Bibliothek empfiehlt er ihr *GGO*, das er auch selbst gern spielt.
»Das stimmt nicht. Vier von den sechs Mitgliedern unserer Schwadron hat es erwischt. Als Ergebnis eines Angriffs aus dem Hinterhalt kann man das kaum als Sieg bezeichnen.«
Shino Asada
§
Eine Highschool-Schülerin, die allein in Tokyo lebt. Versucht, durch das Spielen von *GGO* ihr Trauma zu überwinden.

»Das ist die wahre Macht, die wahre Stärke! Prägt euch diesen Namen zusammen mit eurer Furcht gut ein, ihr Narren! Der Name von mir und dieser Pistole ist … Death Gun!«
Death Gun
Ein mysteriöser Avatar, der Spieler in *GGO* tötet. Spieler, die von »Death Gun« erschossen werden, sterben auch in der realen Welt.

Gun Gale Online

Kurz *GGO* genannt. In einer Welt, die von Schusswaffen und Stahl regiert wird, streben die Spieler danach, der beste Schütze zu werden. Da PK möglich ist, ermutigt das Spielsystem die Spieler nicht nur zum Kampf gegen Monster, sondern auch gegeneinander. Die Waffen in *GGO* können in zwei Hauptgruppen aufgeteilt werden, Schusswaffen mit scharfer Munition und optische Waffen. Der derzeit gängigen Theorie zufolge ist scharfe Munition effektiv gegen Spieler, während optische Waffen nützlicher gegen Monster sind. Die beiden Kategorien haben auch über ihren jeweiligen Einsatzbereich hinaus auffällige Besonderheiten: Entgegen der fiktiven Namen und Formen der optischen Waffen sind die Waffen mit scharfer Munition Repliken tatsächlicher Schusswaffen. Daher sind die meisten der *GGO*-Spieler Waffennarren.

Außerdem ist *GGO* in Japan das einzige VRMMO mit professionellen Spielern. Da ein System zur Konvertierung von Spielcoins in echtes Geld verwendet wird, können Spieler höherer Level jeden Monat hohe Summen von elektronischem Geld verdienen. Wenn sie beim Spielen von *GGO* fortwährend Top-Scores erzielen, können sie damit sogar ihren täglichen Lebensunterhalt bestreiten. Entsprechend investieren die *GGO*-Spieler verglichen mit anderen MMOs viel Zeit und Eifer in das Spiel.

PGM Ultima Ratio Hécate II

Das Gewehr hat eine Gesamtlänge von 1380 mm und ein Gewicht von 13,8 kg. Es werden große Patronen im Kaliber .50 (12,7 × 99 mm) verwendet.
In der wirklichen Welt gehört es zur Kategorie der Anti-materiel rifles, die eingesetzt werden, um Ziele wie Fahrzeuge oder Gebäude zu durchbrechen. (Wegen seiner hohen Durchschlagskraft ist der Einsatz gegen menschliche Ziele verboten.) Der Name bezieht sich auf Hekate, die Göttin der Unterwelt in der griechischen Mythologie.

Innerhalb von *GGO* existieren nicht mehr als zehn Exemplare des Anti-materiel rifles »Hécate II«. Auch unter den »freischaltbaren Waffen«, die nicht im Shop zu kaufen sind, gehört sie zu den seltensten Waffen. Sie hat einen hohen Handelswert und erzielt Marktpreise von zwanzig Millionen Credits (200.000 Yen).

ソードアート・オンライン
Sword Art Online
Phantom Bullet

005

TEXT:
REKI KAWAHARA

ZEICHNUNGEN:
abec

DESIGN:
bee-pee

»Das hier ist zwar ein Game, aber es ist kein Spiel.«
– Akihiko Kayaba, *Sword Art Online*-Programmierer

TOKYOPOP®

»Dieses Gerede von Agility als Patentlösung ist letztlich doch nur Spinnerei!« Eine schrille Männerstimme hallte durch die weitläufige Bar. »Natürlich ist Agility ein wichtiger Statuswert. Herausragende ›Schnellfeuer‹- und ›Ausweichen‹-Skills haben gereicht, um ein guter Spieler zu sein. Zumindest bis jetzt.« Die überhebliche Stimme gehörte einem Spieler auf einem vierseitigen Holo-Panel, das hoch oben in dem dämmrigen Laden schwebte.

Es war das beliebte Programm *Der Gewinner der Woche* des Online-Senders »MMO Stream«. Man konnte die Sendung auch in der Realität über Fernsehen oder Computer ansehen, doch da sie in den Gasthäusern und Bars der zahllosen virtuellen Welten als Dauersendung ausgestrahlt wurde, zogen es die Spieler eher vor, sie im Spiel zu schauen.

Besonders natürlich dann, wenn der Gast der Sendung ein Spieler aus »ihrer Welt« war.

»Aber das ist jetzt Schnee von gestern. Lasst mich den Krüppeln, die acht Monate lang wie verrückt ihren AGI-Wert hochgelevelt haben, eines sagen: Mein herzliches Beileid!«

Sein hämischer Tonfall wurde aus allen Ecken der großen Bar mit Buhrufen quittiert, und etliche Flaschen und Gläser wurden auf den Boden geschleudert, wo sie in kleine Polygon-Splitter zerbarsten.

Doch einer beteiligte sich nicht an dem Tumult, sondern blieb still zusammengekauert auf dem Sofa in der hintersten Ecke der Bar sitzen.

Durch die Lücke zwischen der tief in sein Gesicht gezogenen Kapuze seines Ghillie-Anzugs und einem dicken Tuch, das seine untere Gesichtshälfte bedeckte, sah er sich mit kaltem Blick im Laden um.

Der arrogante Typ auf den Bildschirmen war unausstehlich, aber die Spieler, die mit dümmlichen Gesichtern den Fernseher anstarrten, waren noch weitaus schlimmer. Auch wenn sie alle missgünstig »Buh! Buh!« riefen, schienen sie es mehr aus einer Feierlaune heraus zu tun.

Er konnte beim besten Willen nicht verstehen, wie sie derart unbekümmert sein konnten. Der Mann im Fernsehen war rein zufällig in den Rang des stärksten Spielers aufgestiegen und gleichzeitig der größte Ausbeuter des Spiels geworden. Er bekam einen Teil der Abogebühren, die alle Spieler zahlten, als Provision und tat jetzt so, als wüsste er alles besser.

Alle Spieler mussten den gleichen Neid und Hass gegenüber diesem Mann empfinden wie er. Wenn diese hässlichen Gefühle schon existierten, dann war es auch hässlich *und* lächerlich, sie zu verbergen und mit einem Lachen zu überspielen.

Er verkrampfte am ganzen Körper unter dem Anzug und atmete flach durch die zusammengepressten Zähne aus. Noch war es nicht an der Zeit, den Abzug zu drücken.

Als sein Blick wieder auf das Holo-Panel fiel, zoomte die Kamera heraus und erfasste den Moderator der Show rechts neben dem Mann und einen weiteren Gast links daneben.

Die Moderatorin, in Techno-Pop-Mode gekleidet, flötete: »Das ist eine radikale Aussage, wie nicht anders zu erwarten vom Topspieler von *Gun Gale Online*, das als das härteste VRMMO gilt.«

»Na ja, man bekommt schließlich nicht alle Tage die Gelegenheit, auf ›MST‹ aufzutreten, also wollte ich sagen, was ich zu sagen habe.«

»Du beabsichtigst auch, am nächsten ›Bullet of Bullets‹ teilzunehmen, oder?«

»Natürlich. Und wenn ich schon daran teilnehme, dann um zu gewinnen.«

MMO Stream war zwar kein Inhalt aus *Gun Gale Online* alias *GGO*, dennoch waren die mitwirkenden Gäste und die Moderatorin keine echten Personen, sondern Avatare. *Der Gewinner der Woche* war eine Interview-Sendung, in die jede Woche Topspieler aus den verschiedensten VRMMO-Spielen eingeladen wurden. Diese Woche waren die Gäste der Erst- und Zweitplatzierte des als Bullet of Bullets bezeichneten Battle Royale*, das im vorigen Monat abgehalten worden war.

»Aber weißt du, XeXeeD«, platzte es aus dem Zweitplatzierten heraus, als könne er die ausschweifende Prahlerei des silberhaarigen Mannes nicht mehr länger ertragen, »beim BoB geht es doch um Sologefechte. Es gibt keine Garantie dafür, zweimal das gleiche Ergebnis zu erzielen. Ich bin mir nicht so sicher, dass man sagen kann, der Sieg würde nur vom Build-Typ abhängen.«

»Nein, nein, das Ergebnis dieses Mal war ein Zeichen für eine allgemeine Tendenz in *GGO*. Ich verstehe natürlich, dass du das als Nutzer eines AGI-Builds nicht wahrhaben willst, Yamikaze«, erwiderte der Sieger namens XeXeeD prompt und redete wie ein Wasserfall weiter. »Bisher war tatsächlich die beste Strategie, seinen AGI-Wert hochzupumpen und Schnellfeuer mit scharfer Munition einzusetzen. Der Bonus, den man damit auf die Ausweichfähigkeit erhielt, entschädigte auch für die fehlende Vitality. Aber anders als in Einzelspieler-Games, ist die Balance in einem MMO ständig im Wandel. Besonders bei levelbasierten Spielen kann man die

*Spielmodus, bei dem der letzte überlebende Spieler gewinnt.

Statuswerte grundsätzlich nicht mehr ändern, daher muss man beim Verteilen der Punkte immer gut vorausplanen. Der stärkste Build in dem einen Levelbereich muss nicht unbedingt der stärkste im nächsten sein. Na, das siehst du doch auch ein, oder? In Zukunft werden Schusswaffen rauskommen, die immer mehr STR und DEX zum Ausrüsten erfordern werden. Die Vorstellung, man könne sich durchschlagen, indem man ständig nur ausweicht, wird nicht mehr lange gültig sein. Der Kampf zwischen mir und dir hat das symbolisiert. Die Wirkung deiner Waffe wurde von meiner kugelsicheren Rüstung ziemlich abgeschwächt, wohingegen fast siebzig Prozent meiner Schüsse getroffen haben. Ganz offen gesagt, jetzt bricht das Zeitalter der STR-VIT-Builds an.«

Der Mann mit dem Namen Yamikaze verzog verärgert sein hartes Gesicht.

»Das sagst du doch nur, weil du direkt vor dem Turnier an eine rare Waffe gekommen bist, für die du gerade so die erforderlichen STR-Punkte hattest ... Wie viel hast du dafür bezahlt?«

»Aber nicht doch, die Waffe habe ich als Drop bekommen. In diesem Sinne ist der wichtigste Statuswert vielleicht das eigene Glück, ha ha ha.«

Mit mürrischem Blick starrte der Mann auf dem Sofa den lachenden, silberhaarigen XeXeeD auf dem Holo-Panel an und bewegte seinen rechten Arm. Seine Hand tastete nach dem Griff, der aus dem Holster an seiner Hüfte ragte, und schloss sich fest um das kühle, harte Metall. Gleich – gleich wäre der Zeitpunkt gekommen. Ein Blick auf die Uhr am Rand seines Sichtfelds. Noch eine Minute und zwanzig Sekunden.

Die zwei Männer am Nebentisch tranken mit großen Schlucken aus ihren Bierkrügen und murrten: »Pah, wie der sich aufspielt. Früher hat XeXeeD doch selbst immer getönt, dass AGI-Builds die besten sind.«

»Jetzt macht es den Anschein, als hätte er die anderen Spieler absichtlich auf eine falsche Fährte gelockt ... Und wir sind voll darauf reingefallen.«

»Heißt das, dieses Gerede von STR-VIT ist auch nur ein Bluff?«

»Da fragt man sich doch, was als Nächstes kommt. Ein hoher LUK-Wert?«

»Versuch du's.«

»Keine Chance.«

Die beiden lachten heiser. Ihr Gelächter feuerte seine Wut nur noch weiter an. Wenn sie doch begriffen, dass sie betrogen worden waren, wie konnten sie so darüber lachen? Er verstand es nicht.

Aber euer dämliches Lachen wird euch gleich im Hals stecken bleiben. Sobald ihr die echte Kraft und den wahren stärksten Spieler seht.

Es war Zeit.

Ohne einen Laut stand er auf. Schritt für Schritt ging er zwischen den Tischen hindurch. Niemand nahm Notiz von ihm.

»Idioten ... ihr solltet euch fürchten«, murmelte er, als er in der Mitte der Bar direkt unter dem Holo-Panel stehen blieb. Er zog eine grobe Faustfeuerwaffe aus dem Holster an der Hüfte seines Ghillie-Anzugs.

Sie hatte einen kalten, schwarz-metallischen Glanz, wie komprimierte Dunkelheit. Selbst der Griff war aus Metall gefertigt, und mitten in dessen geriffelte Seite war ein Stern graviert. Dem Aussehen nach war es eine Automatikwaffe ohne nennenswerte Durchschlagskraft, wie sie überall zu finden waren.

Aber diese Waffe hatte »wahre Macht«.

Mit einem Klicken zog er den Schlitten zurück, um die Waffe zu laden, und richtete die Mündung langsam genau nach oben – auf das Holo-Panel. Genau auf die Stirn des grinsenden Topspielers XeXeeD.

Für einen Moment blieb er in dieser Position, bis ein verwundertes Raunen durch die Menge um ihn herum ging. Trotz des nahezu uneingeschränkten PK in *GGO* waren zumindest innerhalb von Städten keine Angriffe möglich. Zwar konnte man seine Waffe abfeuern, doch keine Objekte zerstören, geschweige denn Schaden bei Spielern verursachen.

Seine sinnlose Handlung erntete einige Lacher, doch er hielt seine schwarze Pistole seelenruhig weiter im Anschlag.

Auf dem Monitor gab XeXeeD immer noch sein hämisches Gerede von sich.

XeXeeDs echter Körper lag irgendwo in der wirklichen Welt und war über das AmuSphere mit dem virtuellen Studio von MMO Stream verbunden. Daher konnte er nicht wissen, dass in einer Bar in »SBC Glocken« – der Hauptstadt von *Gun Gale Online* – jemand eine Waffe auf sein Bild im Fernsehen richtete.

Dennoch öffnete der Mann seinen Mund und rief so laut er konnte: »XeXeeD! Du Scharlatan! Die wahre Macht wird nun über dich richten!«

Unter den entgeisterten Blicken der Spieler hob er seinen linken Arm und bekreuzigte sich mit den Fingerspitzen von der Stirn zur Brust und von der linken zur rechten Schulter.

Noch während er die Hand wieder sinken ließ, betätigte er mit der rechten Hand den Abzug.

Der Schlitten schlug zurück, und ein Feuerstoß blitzte gelb auf. Ein schrilles, trockenes Explosionsgeräusch.

Die Metallkugel schoss durch das Dämmerlicht in der schwach beleuchteten Bar und traf mitten in das Holo-Panel, wo sie mit einem kleinen Lichteffekt zerbarst.

Das war alles. Auf dem Monitor riss XeXeeD immer noch den Mund auf.

Nun brachen die Leute erst recht in höhnisches Gelächter aus. »Autsch«, »Na, toll gemacht«, hörte er sie frotzeln. Und über ihren Spott hinweg hörte er XeXeeDs Geschwafel.

»... und deswegen kommt es letztendlich auf die Fähigkeiten des Spielers an, was auch die Wahl der Statuswerte und Skills einschließt ...«

Plötzlich brach seine Stimme ab.

Die Blicke der Barbesucher wandten sich zurück zum Panel.

XeXeeD war mit offenem Mund und weit aufgerissenen Augen erstarrt. Ganz langsam hob er seine Hand und griff sich an die Brust.

Im nächsten Augenblick war er verschwunden, und nur ein leerer Stuhl aus Polygonen blieb zurück. Hastig sagte die Moderatorin: »Oje, anscheinend wurde die Verbindung unterbrochen. Ich denke, er wird gleich wieder zurück sein, also bleibt bitte dran ...«

Aber das hörte in der Bar schon niemand mehr. Still richteten sich alle Augen wieder auf ihn.

Nun senkte er seine Waffe, die noch immer auf den Monitor gerichtet gewesen war, und hielt sie waagerecht. Dann drehte er sich langsam um und erfasste die Spieler in der Bar in seiner Schusslinie.

Nach einer vollen Umdrehung hielt er seine schwarze Pistole wieder hoch über seinen Kopf und rief: »Das ist die wahre Macht, die wahre Stärke! Prägt euch diesen Namen zusammen mit eurer Furcht gut ein, ihr Narren!« Er holte tief Luft. »Der Name von mir und dieser Pistole ist ... Death Gun!«

Er steckte seine Waffe wieder in ihr Holster und rief mit einem Wink der linken Hand das Menüfenster auf.

Während er den Log-out-Button drückte, empfand er ein Gefühl des Triumphes und einen alles verzehrenden Hunger.

1

»Willkommen. Sind Sie allein?«

Der Kellner verneigte sich höflich. Ich teilte ihm mit, dass ich eine Verabredung hätte, und sah mich in dem großen Café um. Sogleich rief eine laute Stimme von einem Sitz an der hinteren Fensterfront ungezwungen zu mir herüber: »Hey, Kirito, hier drüben!«

Für einen Moment verstummten die leisen Unterhaltungen in dem Raum, in dem elegante, klassische Musik dahinplätscherte, und mir wurden vorwurfsvolle Blicke zugeworfen. Ich zog den Kopf ein und ging eilig zu dem Eigentümer der Stimme hinüber. In meiner abgetragenen Lederjacke und den löchrigen Jeans war ich offensichtlich deplatziert in dem Etablissement, dessen Kundschaft zu einem Großteil aus Damen der Oberschicht bestand, die gerade vom Shopping kamen. Wut kochte in mir hoch auf denjenigen, der mich hierher beordert hatte.

Wenn es ein hübsches Mädchen gewesen wäre, hätte ich darüber hinwegsehen können, aber leider war es ein Mann im Anzug, der mir zuwinkte. Ohne meinen Verdruss zu verbergen, ließ ich mich ihm gegenüber auf einen Stuhl plumpsen.

Auf der Stelle brachte mir der Kellner ein Glas Wasser und ein Erfrischungstuch, dann reichte er mir die Speisekarte, deren Einband anscheinend aus echtem Leder war. Als ich sie entgegennahm, ertönte mir gegenüber eine fröhliche Stimme: »Ich übernehme die Rechnung, bestell dir einfach, was du magst.«

»Das hatte ich ohnehin vor«, antwortete ich harsch und überflog die Karte. Erschreckenderweise war das günstigste Gericht ein »Chou à la Crème« für 1200 Yen. Schon wollte ich reflexartig einen Kaffee ordern, als mir einfiel, dass er ein hochbezahlter Beamter war und die Kosten zudem als Bewirtungskosten von den Steuerzahlern gezahlt werden würden. Ich fühlte mich albern, als ich bemüht gelassen eins nach dem anderen bestellte: »Hmm ... Ich nehme das Parfait au chocolat ... das Mille-feuille framboise ... und dazu einen Haselnuss-Kaffee.«

Es gelang mir irgendwie, mich nicht zu verhaspeln, als ich ein Menü für insgesamt 3900 Yen bestellte. Am liebsten hätte ich mich mit einem Hamburger und Milchshake begnügt und ihm gesagt, dass er mir das Wechselgeld in bar geben solle. Nebenbei hatte ich nicht die geringste Ahnung, was ich da gerade bestellt hatte.

»Sehr wohl.« Der Kellner entfernte sich mit einer fließenden Bewegung, woraufhin ich endlich durchatmete und aufsah.

Der Name des Mannes, der gerade mit Genuss einen riesigen Pudding mit einer Menge Sahne verspeiste, war Seijirou Kikuoka. Seine Brille mit dickem, schwarzem Rahmen, die biedere Frisur und die ernsten Züge seines schmalen Gesichts, das an einen Japanischlehrer erinnerte, ließen nicht vermuten, dass er ein Staatsbeamter war. Er gehörte zur zweiten Division der Abteilung für fortgeschrittene Netzwerke des Ministeriums für Inneres und Kommunikation, intern als »Abteilung für den virtuellen Raum innerhalb der Kommunikationsnetze« oder kurz auch als »Abteilung für Virtuelles« bezeichnet.

Kurzum, dieser Mann war ein Staatsagent, der die VR-Welten überwachte, die sich derzeit in einem chaotischen Zustand befanden ... beziehungsweise ein Sündenbock. Er beklagte sich bei jeder Gelegenheit, aber ich wusste nicht, wie viel davon wahr war.

Der ach so bedauernswerte Kikuoka schob sich glücklich den letzten Löffel Pudding in den Mund und grinste mich arglos an. »Hi, Kirito. Entschuldige, dass ich dich herbemüht habe.«

»Wenn Sie so denken, lassen Sie mich doch nicht nach Ginza kommen.«

»Die Sahne in diesem Café ist einmalig. Vielleicht sollte ich noch einen Windbeutel bestellen ...«

Während ich mir die Hände mit dem Erfrischungstuch abwischte, das einen Zitrusduft verströmte, seufzte ich. »... und ich wüsste nicht, warum Sie mich Kirito nennen sollten.«

»Sei doch nicht so. Immerhin war ich der Erste, der zu dir geeilt ist, als du vor einem Jahr in deinem Krankenhausbett aufgewacht bist, oder?«

Das entsprach leider der Wahrheit. Der Erste, der mich in meinem Krankenhauszimmer besucht hatte, als ich aus dem Spiel auf Leben und Tod entkommen und erwacht war, war Kikuoka gewesen, der als Staatsagent für die *SAO*-Sondereinheit arbeitete.

Natürlich hatte ich zu Beginn höflich mit ihm gesprochen, aber je mehr mir bewusst wurde, dass er mich nicht aus reiner Nächstenliebe kontaktiert hatte, desto lockerer und ungehobelter wurde mein Mundwerk. Oder vielleicht trieb er mich dazu – aber das war wohl doch zu weit hergeholt.

Ich warf einen Blick zu Kikuoka, der ernsthaft darüber nachzudenken schien, ob er noch etwas bestellen sollte oder nicht, und ermahnte mich innerlich, mich nicht von ihm einwickeln zu lassen.

»Ich habe in den Nachrichten gesehen, dass vor der Sagami-Bucht große Mengen eines seltenen Metalls gefunden wurden und die hohen Beamten der zuständigen Behörden einen Freudentanz aufgeführt haben. Müssen Sie sich da so den Kopf wegen eines Windbeutels zerbrechen?«

Kikuoka blickte auf, blinzelte ein paarmal und grinste dann breit: »Tja, es kann noch so viel Gewinn abwerfen, da meine Abteilung nichts damit zu tun hat, werden wir fürs Erste nicht davon profitieren. Nein, zugunsten des Staatsbudgets lasse ich es mal besser.«

Der Beamte klappte die Speisekarte zu, und ich seufzte erneut demonstrativ.

»Könnten wir dann langsam zur Sache kommen? Es geht doch sowieso wieder mal um die Untersuchung eines virtuellen Verbrechens, oder?«

»Oh, schön, dass du gleich zum Punkt kommst, Kirito«, gab Kikuoka unverzagt zurück und nahm einen superdünnen Tablet-PC aus dem Aktenkoffer auf dem Stuhl neben ihm.

Ja, letzten Endes benutzte dieser Mann mich, einen Rückkehrer des *SAO*-Vorfalls – dem größten Internet-Verbrechen in der Geschichte Japans – als Informant.

Wie ich irgendwo gelesen hatte, wurden Informanten bei der Sicherheitspolizei offenbar »Kooperationspartner« oder »Beobachter« genannt, und das Erbringen von Gegenleistungen für das kontinuierliche Bereitstellen von Informationen wurde als »Verwalten« bezeichnet. Demzufolge wurde ich also von Kikuoka »verwaltet«, indem er mich hin und wieder zu einem Stück Kuchen einlud.

Der Gedanke war nicht angenehm, aber da dieser Mann die Regeln gebrochen und mir das Krankenhaus verraten hatte, in dem Asuna gelegen hatte, schuldete ich ihm etwas.

Ohne diese Information hätte ich Asuna Yuuki in der Wirklichkeit nie so schnell finden können. Dann hätte ich zwangsläufig auch nicht Nobuyuki Sugous diabolischen Plan herausgefunden, und ich hätte ihn nicht davon abhalten können, sie an sich zu reißen.

Deswegen nahm ich es in Kauf, bis auf Weiteres für Kikuoka den »Beobachter« zu spielen. Aber ich schmierte ihm keinen Honig um den Mund und bestellte rücksichtslos den teuren Kuchen.

Ob der Beamte mir gegenüber nun meine Gemütsverfassung bemerkte oder nicht, er tippte auf seinem Tablet-PC herum und sagte in ruhigem Tonfall: »Tja, es ist so, in letzter Zeit gibt es wieder eine steigende Tendenz bei Fällen von Cyberkriminalität ...«

»Ach ja? Und das heißt konkret?«

»Nun ... allein im November wurden über hundert Fälle von Diebstahl oder Beschädigung von virtuellem Eigentum gemeldet. Dazu noch dreizehn Fälle von Körperverletzung aufgrund von Streitigkeiten innerhalb eines VR-Spiels, einer davon mit Todesfolge ... Dieser Fall war überall in den Medien, du wirst sicher davon gehört haben. Der Typ hat ein nachgemachtes westliches Schwert geschärft, am Bahnhof Shinjuku damit um sich geschlagen und zwei Menschen getötet. Uff, das Schwert soll 120 Zentimeter lang und dreieinhalb Kilo schwer gewesen sein. Ich frage mich, wie er das überhaupt so schwingen konnte.«

»Es hieß, er war verwirrt, weil er Drogen genommen hatte, um die langen Spielsessions durchzuhalten ... Der Fall allein betrachtet scheint jenseits von Gut und Böse zu sein, und es klingt blöd, aber insgesamt gesehen sind solche Fälle ...«

»Ja, genauso ist es. Es ist nur ein Bruchteil aller Fälle von Körperverletzung im ganzen Land, und daraus kann man nicht einfach schlussfolgern, dass VRMMOs soziale Probleme verursachen würden. Aber wie du schon mal erwähnt hast ...«

»... senken VRMMO-Spiele die Hemmschwelle, andere auch in der wirklichen Welt physisch zu verletzen. Ja, dem würde ich zustimmen.«

In diesem Moment tauchte der Kellner geräuschlos wieder auf und stellte zwei Teller sowie eine Tasse vor mir ab.

»Wäre das alles?«

Als ich nickte, legte er die Rechnung, auf der eine horrende Summe stehen musste, umgedreht auf den Rand des Tisches und verschwand. Ich nippte an meinem Kaffee, der ein nussiges Aroma verströmte, und sprach weiter: »In einem Teil der Spiele wird PK immer alltäglicher, und das ist gewissermaßen eine Trockenübung für einen echten Mord. In den radikaleren Titeln spritzt bei abgetrennten Körperteilen das Blut oder Gedärme fallen aus dem Bauch, wenn er aufgeschnitten wird. Manche Fanatiker sind davon so besessen, dass sie zum Ausloggen Selbstmord begehen.«

Ich vernahm ein Räuspern neben mir und sah, wie mich zwei Damen der Oberschicht scharf anstarrten. Ich zog den Kopf ein und fuhr leiser fort: »Wenn Leute so etwas jeden Tag machen, ist es nicht verwunderlich, wenn manche von ihnen das irgendwann auch mal in der Wirklichkeit ausprobieren wollen. Ich glaube schon, dass man da irgendwelche Maßnahmen ergreifen muss. Aber eine gesetzliche Regelung würde nicht funktionieren.«

»Würde sie nicht?«

»Nein.«

Vorsichtig häufte ich etwas von dem Kuchen aus mehreren Lagen dünnem Teig und rosa Creme auf einen goldenen Löffel und beförderte ihn in meinen Mund. Jeder Löffel von diesem Kuchen musste um die hundert Yen kosten, schoss es mir durch den Kopf. Während ich den Kuchen genoss, der mir auf der Zunge zerging, redete ich weiter über die grausigsten Themen.

»Man müsste sie im Internet isolieren. Der benötigten Bandbreite nach sind VRMMOs eher leichtere Inhalte, daher würden User und Betreiber einfach ins Ausland gehen, wenn man sie hierzulande zu sehr kontrollieren würde.«

»Hm ...« Kikuoka sah mit ernstem Blick auf den Tisch und schwieg einige Sekunden, bevor er weitersprach. »Dein Millefeuille sieht lecker aus. Gibst du mir etwas ab?«

Ich seufzte zum dritten Mal und schob meinen Teller zu Kikuoka hinüber. Freudig stopfte sich der Beamte Kuchen für etwa 280 Yen in den Mund.

»Aber weißt du, Kirito, ich frage mich ... Was finden die Leute eigentlich an PK? Würde es nicht mehr Spaß machen, gut miteinander auszukommen, statt sich gegenseitig zu töten?«

»Sie spielen doch selbst *ALO*, also sollten Sie es nachvollziehen können. Schon lange vor der Entwicklung der Full-Dive-Technologie ging es bei MMORPGs immer um den Wettstreit. Wenn man es genau betrachtet, ist die Motivation der Spieler in den endlosen Onlinespielen ... das instinktive Bedürfnis, sich überlegen zu fühlen, denke ich.«

»Oho?«

Kauend hob Kikuoka die Augenbrauen, als warte er auf weitere Erläuterungen. Innerlich fluchte ich, warum ich ihm so etwas erklären musste. Teils, um es ihm heimzuzahlen, sagte ich: »Das beschränkt sich nicht auf Spiele. Es ist doch die grundlegende Struktur unserer Gesellschaft, dass jeder anerkannt werden und andere übertreffen will. Das kennen Sie doch sicher von sich selbst. Selbst Beamte aus dem Ministerium sind neidisch auf die Kollegen, die von besseren Unis kommen und durch den Einfluss ihrer Unigruppe schnell Karriere gemacht haben. Dagegen fühlen Sie sich gut, wenn die Beamten ohne Karriere zu Ihnen aufsehen. Sie können nur so friedlich den Kuchen essen, weil Sie die richtige Balance zwischen Minderwertigkeitsgefühl und Überlegenheit gefunden haben.«

Kikuoka schluckte das Mille-feuille herunter und grinste säuerlich. »Du nimmst kein Blatt vor den Mund, was? Und wie sieht es mit dir aus? Hast du die Balance gefunden?«

Natürlich hatte ich einen Haufen Komplexe, aber ich hatte nicht die geringste Lust, ihm das auf die Nase zu binden. Mit unbekümmertem Gesicht gab ich zurück: »Tja, immerhin habe ich eine Freundin.«

»Ja, darauf bin ich wirklich neidisch. Kannst du mir demnächst nicht mal ein paar Mädels in *ALO* vorstellen? Diese Sylphenfürstin ist genau mein Typ.«

»Ich sag Ihnen was, falls Sie versuchen, sie damit zu beeindrucken, dass Sie Staatsbeamter im höheren Dienst sind, sind Sie tot.«

»Ich würde mich gerne mal von ihr killen lassen ... Also?«

»Also ist es schwierig, in der Wirklichkeit dieses Gefühl von Überlegenheit zu erreichen. Wenn man sich nicht anstrengt, wird man es kaum erlangen. Sich für gute Ergebnisse anzustrengen, für Erfolge im Sport, um cooler oder hübscher zu werden ... Für all das braucht man nicht nur Zeit und Energie, man erzielt auch nicht so ohne Weiteres Erfolge.«

»Verstehe. Ich habe auch wie ein Verrückter für die Uni-Aufnahmeprüfungen gebüffelt und bin bei der Tokyo-Universität trotzdem durchgefallen«, sagte Kikuoka mit einem unerklärlich fröhlichen Grinsen.

Ohne darauf einzugehen, sprach ich schnell weiter: »Da kommen die MMORPGs ins Spiel. Wenn man auf Kosten des wirklichen Lebens Zeit ins Spiel investiert, kann man auf jeden Fall ziemlich stark werden und an seltene Items kommen. Dafür muss man sich zwar auch ins Zeug legen, aber es ist eben immer noch ein Spiel. Und es macht viel mehr Spaß als Lernen oder Krafttraining. Wenn man in seiner wertvollen Rüstung durch die Hauptstraße der Stadt läuft und seinen hohen Level zur Schau trägt, fühlt man die neidischen Blicke der schwächeren Charaktere auf sich ... oder zumindest kann man sich das einbilden. In den Jagdgebieten kann man die Monster mit seiner irren Angriffskraft einfach umhauen und Spielern helfen, die in der Klemme stecken. Und wie sie dann voller Dankbarkeit und Bewunderung zu einem aufsehen ...«

»Oder zumindest kann man sich das einbilden?«

»Natürlich ist das eine einseitige Sichtweise. In MMO-Games gibt es auch noch andere Faktoren. Es gab schon früher Onlinespiele, deren Hauptzweck die Kommunikation mit anderen Spielern war, aber sie waren nie so erfolgreich wie die MMORPGs.«

»Verstehe, weil es in diesen Spielen schwierig war, sein Bedürfnis nach Überlegenheit zu befriedigen?«

»Genau. Und dann kamen die VRMMOs raus. In denen kann man tatsächlich die Blicke der anderen Spieler spüren und muss es sich nicht nur durch einen Monitor vorstellen.«

»Mhm. Wenn du mit Asuna durch Yggdrasil City läufst, werdet ihr in der Tat von allen Seiten bewundert.«

»Sie nehmen ja auch kein Blatt vor den Mund, was? Jedenfalls, solange man genug Zeit in ein VRMMO-Spiel steckt, kann jeder ein gewisses Gefühl von Überlegenheit erlangen. Und zwar von der Art, die einem viel simpleren, primitiveren Instinkt der Menschen entspricht, als gute Noten zu bekommen, gut Fußball spielen zu können oder viel Geld zu haben.«

»Nämlich ...?«

»Nämlich ›Stärke‹. Physische, körperliche Stärke. Die Kraft, seinen Gegner mit den eigenen Händen zu vernichten. Es ist wie eine Droge.«

»Stärke ... mit anderen Worten, die größte Macht, was?«, murmelte Kikuoka irgendwie sehnsüchtig. »Jeder Junge sehnt sich irgendwann mal nach Stärke ... Man liest einen Manga über Kampfkünste und versucht, genauso zu trainieren. Aber meist muss man bald einsehen, dass man nie so gut werden wird, und wendet sich realistischeren Zielen zu ... Verstehe, aber in den VRMMOs kann man diese Träume weiter verfolgen, nicht wahr?«

»Ja. Einige Beat 'em ups sind so um Realismus bemüht, dass sie mit tatsächlichen Kampfkunst-Schulen kooperieren.«

»Oh? Und das bedeutet?«

»Kurz gesagt, wenn man seinen Charakter im Spiel hochlevelt, kann man ein Meister des Karate der Soundso-Schule oder des XYZ-Kung-Fus werden. Das Setting ist eine realistische Nachbildung von Shinjuku oder Shibuya, wo man allen Gangstern mit seinen Fäusten einen Denkzettel verpassen kann. Aber natürlich bringt einem das Spiel nicht die entsprechende Einstellung eines Kampfkünstlers bei. Leute, die komplett in solchen Spielen versinken, wollen die Techniken, die sie mit ihrem Avatar gelernt haben, auch in der Wirklichkeit ausprobieren ... Und ich denke, man kann leider nicht völlig ausschließen, dass nicht doch mal jemand noch einen Schritt weiter geht und es tut.«

»So ist das also ... Die ›Stärke‹ in der Welt der VRMMOs dringt in die Wirklichkeit ein. Sag mal, Kirito ...« Kikuoka sah mich erneut ernst an. »Denkst du, das ist wirklich eine rein psychologische Frage?«

»Was meinen Sie damit?«

»Ich meine, dass nicht nur die Hemmschwelle gegenüber Gewalt gesenkt wird oder Wissen und Techniken antrainiert werden ... Könnte es nicht vielleicht auch einen tatsächlichen physischen Effekt auf den Körper des Spielers haben?«

Dieses Mal war ich es, der in Gedanken versank.

»Sie meinen, ob zum Beispiel dieser Kerl, der in Shinjuku mit dem dreieinhalb Kilo schweren Schwert rumgefuchtelt hat, durch den Effekt der Spielwelt Muskeln aufgebaut hat ...?«

»Ja, genau.«

»Hmm ... die Wirkung der Full-Dive-Geräte auf das Nervensystem wird immer noch erforscht. Weil man grundsätzlich dabei im Bett liegt, müsste die eigentliche Körperkraft sinken, aber vielleicht könnte es so eine vorübergehende

Leistungssteigerung sein wie die enorme Kraft, die manche in Extremsituationen aufbringen ... So etwas müssten Sie aber doch besser wissen als ich?«

»Ich habe mich mit einem Spezialisten für die Physiologie des Großhirns unterhalten, aber da kam nur Fachchinesisch. Jetzt sind wir aber ziemlich vom Thema abgekommen, eigentlich ging es heute hierum. Sieh dir das hier mal an.« Kikuoka bediente das Tablet und reichte es mir.

Ich nahm es entgegen und warf einen Blick auf das LCD-Display, auf dem das Porträt eines mir unbekannten Mannes sowie sein Profil mit seinen Adressdaten und Ähnlichem abgebildet wurden. Langes, unfrisiertes Haar, eine silbern gerahmte Brille und recht speckige Wangen und Nacken.

»Wer ist das ...?«

Kikuoka nahm das Tablet zurück und ließ seine Finger darüberfliegen. »Äh, letzten Monat ... am vierzehnten November war das. Der Vermieter eines Apartmentgebäudes in Nakano, Tokyo, bemerkte beim Putzen einen komischen Gestank. Er hat an der Gegensprechanlage der Wohnung geklingelt, aus der der Gestank zu kommen schien, aber es kam keine Antwort. Auch ans Telefon ging niemand. Allerdings war in der Wohnung das Licht an. Also hat er das elektronische Schloss aufgesperrt und ist in die Wohnung gegangen, wo er diesen Mann tot auffand ... Tamotsu Shigemura, 26 Jahre alt. Offenbar waren seit seinem Tod fünfeinhalb Tage vergangen. Die Wohnung war chaotisch, aber es gab keine Anzeichen von Verwüstung. Die Leiche lag auf dem Bett, und auf ihrem Kopf ...«

»Ein AmuSphere?«

Während vor meinem inneren Auge das Bild des Full-Dive-Geräts aus zwei übereinanderliegenden Metallringen auftauchte, von dem auch in meinem Zimmer ein Exemplar lag, nickte Kikuoka leicht.

»Exakt. Seine Familie wurde sofort kontaktiert und wegen des unnatürlichen Todes eine Obduktion durchgeführt. Die Todesursache war akutes Herzversagen.«

»Herzversagen? Das heißt doch, dass das Herz stehen geblieben ist, oder? Warum ist es stehen geblieben?«

»Das wissen wir nicht. Da seit seinem Tod schon zu viel Zeit verstrichen war und es keine Anzeichen eines Verbrechens gab, wurde keine allzu detaillierte Obduktion durchgeführt. Allerdings war er offenbar etwa zwei Tage lang eingeloggt gewesen, ohne etwas zu essen.«

Ich runzelte erneut die Stirn.

Offen gesagt waren solche Geschichten nicht ungewöhnlich. Schließlich riefen virtuelle Nahrungsmittel, die man im Spiel zu sich nahm, ein künstliches Sättigungsgefühl hervor, obwohl man in Wirklichkeit nichts gegessen hatte. Die richtigen Hardcore-Gamer sparten sich damit Geld fürs Essen und hatten mehr Zeit zum Spielen, nicht wenige von ihnen aßen nicht einmal jeden Tag etwas, sondern nur einmal in zwei Tagen.

Doch ein solches Vorgehen hatte natürlich früher oder später negative Auswirkungen auf den Körper. Häufig kam es zu Unterernährung, und wenn ein allein lebender Spieler einen Anfall hatte und zusammenbrach, blieb er einfach so liegen ... Auch das geschah nicht selten.

Für einen Moment schloss ich die Augen und sprach ein stilles Gebet für Shigemura. Dann sagte ich: »Das ist wirklich eine traurige Geschichte, aber ...«

»Ja, es ist traurig, aber so etwas kommt dieser Tage häufig vor. Solch ein Tod schafft es nicht mal in die Nachrichten, und da auch die Familien möglichst verheimlichen, dass ihr Angehöriger in einem Spiel gestorben ist, kann man keine Statistiken aufstellen. Gewissermaßen trägt das auch zu den Toden durch VRMMOs bei …«

»Aber Sie haben mich doch nicht hergerufen, um über die allgemeine Situation zu reden, oder? Was ist so besonders an diesem Fall?«

Auf meine Frage hin warf Kikuoka einen schnellen Blick auf sein Tablet und antwortete dann: »Auf Shigemuras Amu-Sphere war nur ein VR-Spiel installiert. *Gun Gale Online* … sagt dir das etwas?«

»Ja … natürlich. Das ist das einzige Spiel in Japan mit Pro-Gamern. Ich hab es aber noch nie gespielt.«

»Er war offenbar ein Topspieler in *Gun Gale Online* oder kurz *GGO*. Anscheinend war er der Gewinner eines Events im Oktober, das über die besten Spieler entscheidet. Sein Charaktername ist ›XeXeeD‹.«

»Dann war er in *GGO* eingeloggt, als er starb?«

»Nein, offenbar nicht. Es geschah während eines Auftritts mit seinem Charakter XeXeeD bei einer Show des Online-Senders ›MMO Stream‹.«

»Ach … bei MSTs *Gewinner der Woche*? Ich glaube, ich habe irgendwo gehört, dass sie die Sendung einmal abbrechen mussten, weil ein Gast sich ausgeloggt hatte …«

»Das wird es gewesen sein. Er hatte wohl während seines Auftritts einen Herzinfarkt. Durch das Log ist uns die Zeit bis auf die Sekunde genau bekannt. Das Folgende sind noch unbestätigte Informationen, doch exakt zum gleichen Zeitpunkt, als er den Anfall erlitt, soll in *GGO* etwas Merkwürdiges vorgefallen sein, wie ein User in einem Blogpost schrieb.«

»Etwas Merkwürdiges?«

»Du weißt, dass MMO Stream auch innerhalb von *GGO* übertragen wird?«

»Ja. Man kann es in Bars und so gucken.«

»Es wurde auch in einer Bar in der Hauptstadt der *GGO*-Welt namens ›SBC Glocken‹ ausgestrahlt. Und genau zum betreffenden Zeitpunkt soll sich ein Spieler seltsam verhalten haben.«

»Wie?«

»Es hieß, er hätte etwas von ›richten‹ und ›stirb‹ gebrüllt und mit seiner Waffe auf XeXeeD im Fernsehen gefeuert. Einer der Augenzeugen hat davon zufälligerweise eine Audioaufzeichnung gemacht und auf ein Videoportal hochgeladen. In der Datei ist auch ein Zeitstempel der Japanischen Standardzeit gespeichert … Mal sehen … Der Schuss auf den Fernseher war um 23:30 Uhr und zwei Sekunden, am 9. November. Shigemuras plötzliches Verschwinden aus der Sendung war um 23:30 Uhr und fünfzehn Sekunden.«

»Wahrscheinlich ein Zufall …«, sagte ich, während ich den zweiten Teller zu mir zog.

Ich grub meinen Löffel in das braune zylindrische Etwas und steckte ihn mir in den Mund. Sogleich war ich überrascht von der Kälte. Ich hatte gedacht, es sei Kuchen, aber es war mehr wie Eiscreme. Ein intensives Aroma von Schokolade mit nur einem Hauch von Süße breitete sich in meinem Mund aus und überdeckte den bitteren Geschmack, den Kikuokas Geschichte verursacht hatte.

Nachdem ich ein Drittel davon gegessen hatte, sprach ich weiter: »Der Neid und Hass, den die Topspieler in *GGO* auf sich ziehen, steht in keinem Vergleich zu anderen MMOs. Um direkt auf ihn zu schießen, bräuchte man Mut, aber es ist nicht wirklich überraschend, dass jemand auf sein Bild im Fernsehen schießt.«

»Gut, allerdings gab es noch einen weiteren Fall.«

»Was ...?« Der Löffel in meiner Hand stoppte, und ich sah zu Kikuoka auf, der immer noch ein Pokerface hatte.

»Dieser Fall ereignete sich vor etwa zehn Tagen, am 28. November in Omiya in der Präfektur Saitama. In einer Wohnung eines zweistöckigen Apartmentgebäudes wurde eine Leiche gefunden. Ein Zeitungsvertreter wurde wütend, weil niemand antwortete, obwohl das Licht an war, und er dachte, der Bewohner würde nur so tun, als sei er nicht da. Also hat er den Türknauf gedreht und festgestellt, dass nicht abgeschlossen war. Als er einen Blick hineinwarf, sah er jemanden mit einem AmuSphere auf dem Kopf auf einem Futon liegen, und auch hier stank es nach ...«

Ähem! Ein gekünsteltes Hüsteln unterbrach unser Gespräch, und als wir zum Nebentisch hinübersahen, blickten uns die beiden Damen von vorhin mit bösen Blicken an. Kikuoka bewies eine überraschende Unerschrockenheit und nickte ihnen lediglich kurz zu, um dann fortzufahren: »Nun, lassen wir den detaillierten Zustand der Leiche mal aus. Auch hier war Herzversagen die Todesursache. Sein Name war ... den können wir hier wohl auch beiseitelassen. Es war ein Mann, 31 Jahre alt. Und auch er war ein einflussreicher Spieler in *GGO*. Sein Charaktername war ... ›Usujio Tarako‹*? Ob das so stimmt?«

*Leicht gesalzener Kabeljaurogen

»In *SAO* gab es damals einen ›Hokkai Ikura‹, also ›Nordseelachsrogen‹, vielleicht sind die beiden ja verwandt. Und dieser Tarako war auch im Fernsehen?«

»Nein, diesmal geschah es im Spiel. Anhand der Log-Datei seines AmuSphere konnte ermittelt werden, dass seine Verbindung drei Tage vor der Entdeckung der Leiche abbrach, am 25. November um 22:00 Uhr und vier Sekunden. Das entspricht in etwa dem vermuteten Todeszeitpunkt. Er befand sich zu dieser Zeit bei einem Treffen seiner Schwadron – so werden dort anscheinend Gilden genannt – auf dem Hauptplatz von Glocken. Als er gerade eine hitzige Rede auf einem Podium hielt, drängte sich ein Spieler in das Treffen hinein und erschoss ihn. Offenbar erlitt er keinen Damage, weil es innerhalb der Stadt geschah, aber als er ärgerlich auf den Schützen zugehen wollte, war er anscheinend plötzlich offline. Auch diese Informationen stammen aus einem Internetforum, daher fehlt es an präziseren Angaben ...«

»War der Schütze derselbe Spieler wie bei ›XeXeeD‹?«

»Das ist anzunehmen. Nachdem er Worte wie ›richten‹ und ›Macht‹ fallen ließ, nannte er denselben Charakternamen wie beim vorigen Fall.«

»Welchen?«

Kikuoka sah auf sein Tablet und runzelte die Stirn.

»Death Gun ...«

»Death ... Gun ...«

Mit anderen Worten: Todespistole.

Ich legte den Löffel auf dem inzwischen leeren Teller ab und murmelte den Namen mehrfach leise vor mich hin. Selbst wenn ein Charaktername nur im Scherz gewählt wurde, trug er definitiv zum Eindruck des Charakters bei.

Der Klang eines Namens wie Death Gun ließ mich an die Kälte von schwarzem Metall denken.

»Ist sicher, dass XeXeeD und Usujio Tarako an Herzversagen gestorben sind?«

»Warum fragst du?«

»Es gab ... keine Schäden an ihren Gehirnen?«

Sobald ich die Frage ausgesprochen hatte, grinste Kikuoka, als hätte er meinen Gedankengang verstanden.

»Die Frage hat mich ebenfalls beschäftigt. Ich habe den Pathologen befragt, der für die Obduktionen zuständig war. Es wurden offenbar keine Anomalien wie Blutungen oder Blutgerinnsel gefunden.«

Ich schwieg und gab ihm Zeit, fortzufahren.

»Im Falle des NerveGears ... oh, ist es okay für dich, wenn ich darüber spreche?«

»Sicher.«

»Das NerveGear sendet derart leistungsfähige elektromagnetische Wellen, dass die Transmitter durchbrennen und Teile des Gehirns zerstört werden können. Das AmuSphere ist so konzipiert, dass es solch starke Wellen gar nicht erst aussenden kann. Die Entwickler haben uns versichert, dass das Gerät lediglich Informationen auf einem extrem sanften Level an die fünf Sinne wie das Sehen oder Hören senden kann.«

»Sie haben also sogar schon die Hersteller dazu befragt? Sie haben sich ja gut vorbereitet, Herr Kikuoka. Und das alles wegen Infos, die aus Zufällen und Gerüchten bestehen?«

Unverwandt sah ich in seine schmalen Augen hinter den Brillengläsern, woraufhin sein Gesicht für einen Augenblick ausdruckslos wurde. Dann lächelte er sofort wieder.

»Seit meiner Versetzung habe ich wirklich viel Zeit.«

»Dann helfen Sie uns doch mal demnächst an der Front in Aincrad. Eugene hat Ihr Talent als Magier gelobt.«

Tatsächlich hielt ich ihn nicht für einen derart ignoranten Bürohengst, wie es sein Aussehen und Benehmen vermuten ließen. Er hatte sich nicht aus Interesse an Spielen einen Charakter in *ALO* erstellt, sondern weil er so besser an Informationen über die VR-Welt gelangen konnte. Auf der Visitenkarte, die er mir seinerzeit überreicht hatte, standen in der Tat das Ministerium für Inneres und sein Posten, aber selbst das erschien mir irgendwie fragwürdig. Ich ging davon aus, dass er in Wahrheit zu einer Abteilung gehörte, die in engerem Zusammenhang mit der öffentlichen Sicherheit stand.

Doch wie dem auch sei, als die derzeitige »Abteilung für Virtuelles« noch die »Sondereinheit zur Rettung der Opfer des *SAO*-Vorfalls« gewesen war, war offenbar dank der Bemühungen dieses Mannes ein System aufgestellt worden, mit dem alle Spieler in Krankenhäuser verlegt wurden. Deswegen und auch wegen seiner Hilfe bei meiner Suche nach Asuna hatte ich mich dazu entschieden, im Umgang mit ihm sechzig Prozent Wohlwollen und vierzig Prozent Vorsicht walten zu lassen.

Ob er wusste, wie es in mir aussah, oder nicht: Kikuoka kratzte sich am Hinterkopf und lächelte verlegen: »Na ja, ich kann mir die Zaubersprüche schon merken, aber die richtige Intonation ... Zungenbrecher lagen mir noch nie ... Wie dem auch sei, was diesen Fall angeht, denke ich auch, dass es sich zu neunzig Prozent um einen Zufall oder Falschmeldungen handelt. Aber mal rein hypothetisch gesprochen. Hältst du es für möglich, Kirito? Kann man das Herz eines Spielers durch einen Schuss im Spiel zum Stillstand bringen?«

Kikuokas Worte riefen ein bestimmtes Bild in meinem Kopf hervor, und meine Miene verfinsterte sich etwas.

Ein ganz in Schwarz gekleideter Schütze, das Gesicht nicht zu erkennen, richtete seine Pistole ins Leere und drückte den Abzug. Eine schwarze phantomhafte Kugel schoss heraus, bohrte sich durch die Wand des Cyberspace und drang in das Netzwerk ein, in dem Datenpakete hin und her flogen. Von Router zu Router, von Server zu Server schlug die Kugel Haken und sauste weiter. Schließlich materialisierte sie sich durch den LAN-Anschluss im Zimmer eines gewissen Apartments und flog auf das Herz eines dort liegenden Mannes zu …

Ich schüttelte den Kopf, um die Vorstellung zu vertreiben, und hob einen Finger. »Ich denke, das ist unmöglich, aber … na ja, angenommen, dieser Schütze ›Death Gun‹ hätte irgendein Signal an die AmuSpheres von XeXeeD und Usujio Tarako geschickt …«

»Oh, fangen wir mal damit an. Ist das überhaupt machbar?«

»Hmm … Man müsste annehmen, dass nicht irgendeine mysteriöse tödliche Kraft, sondern ein normales Signal an die Sinne versendet wurde. Erinnern Sie sich an die Aufregung um den ›Imagenerator-Virus‹ vor Kurzem?«

»Ja, dieser Fall mit den Schock-Mails.«

Der Imagenerator war ein Mailprogramm für das AmuSphere, das von einer Privatperson entwickelt worden war. Der User machte einen Dive in einen vom Programm geschaffenen Cyberspace und sprach eine Nachricht in eine Kamera, die dann zu einer Maildatei komprimiert wurde. Wenn der Empfänger die Datei öffnete, tauchte vor ihm ein virtuelles Abbild des Absenders auf und sprach die Nachricht. Als man bald auch verschiedene Videos oder Musik beifügen und sogar Texturen per Mail verschicken konnte, wurde das Programm ein Riesenhit.

Doch wenig später wurden Sicherheitslücken im Programm entdeckt, über die sich Virus-Mails verbreiteten, und es gab einen Aufruhr. Sobald jemand während eines Dives eine Mail erhielt, wurde ganz unabhängig vom derzeitigen Aufenthaltsort eine Vorschau der Mail erzwungen, und vor den Augen des Empfängers wurden schockierende Video- oder Audio-Inhalte abgespielt – meist erotischer oder grotesker Art.

Natürlich wurde umgehend ein Patch hochgeladen, womit der Vorfall geklärt war, aber ...

»Mittlerweile ist ›Imagen‹ auf fast jedem AmuSphere installiert. Falls eine noch unbekannte Sicherheitslücke existiert und man die Mailadresse und IP-Adresse der Zielperson kennen würde ...«

»Verstehe, du meinst, wenn man zuvor einen Timer für die Übertragung einrichten würde, könnte man zeitgleich mit dem Schuss ein beliebiges Signal einschleusen?« Kikuoka legte sein Kinn auf die verschränkten dürren Finger und nickte. »Gut, nehmen wir mal an, das wäre möglich. Aber man kann keine tödlichen, verfluchten Kugeln übertragen, sondern nur normale Sinnesreize.«

»Mit anderen Worten, ein Tastgefühl, das das Herz zum Stillstand bringt ... oder ein Geschmack, Geruch ... ein Anblick, Geräusch ...? Überlegen wir mal der Reihe nach. Zuerst der Tastsinn, also die Empfindung über die Haut.«

Ich unterbrach mich und strich mit dem rechten Zeigefinger über die linke Handfläche. Ich erinnerte mich an meine

Überraschung, als das, was ich für Schokoladenkuchen gehalten hatte, sich als Eiscreme herausstellte.

»Was wäre, wenn man ein Gefühl von extremer Kälte an den gesamten Körper senden würde? So, als würde man in Eiswasser springen. Könnte das nicht das Herz zum Stillstand bringen?«

»Hmm ... Wenn ich mich nicht irre, würde bei einem Sprung in eiskaltes Wasser das Herz stehen bleiben, weil sich durch den Schock aufgrund des Temperaturunterschieds die Blutgefäße im ganzen Körper zusammenziehen und dadurch das Herz belastet wird ... war es nicht so?«

»Dann fällt das also raus. Auch wenn das Gehirn virtuelle Kälte wahrnimmt, hat das wohl keine Auswirkungen auf die Kapillargefäße in den Armen und Beinen ...«

»Wie wäre es denn damit ...« Kikuoka rieb sich die Hände. Irgendwie wirkte er fast fröhlich, aber das bildete ich mir wohl nur ein. »Ein Gefühl, als sei man in ein Loch geworfen voller kleiner Insekten ... noch kleiner als Käfer, mehr wie Spulwürmer, Raupen und Tausendfüßler und so weiter. Natürlich werden auch die entsprechenden Bilder verwendet. Uah, die Vorstellung allein bereitet mir Gänsehaut.«

Gegen meinen Willen musste ich es mir vorstellen.

Während ich unbekümmert durch ein Gebiet lief, verschwand plötzlich der Boden unter meinen Füßen, und ich fiel in ein tiefes Loch. Dort wimmelte es von langen, dünnen Würmern, sie krochen über meinen ganzen Körper und schließlich durch meine Ärmel und den Kragen unter meine Kleidung ...

»Da bekommt man allerdings Gänsehaut«, sagte ich und rieb mir kopfschüttelnd die Arme. »Aber solche Streiche gab es auch bei diesem Imagen-Virus. Manchen sind riesige Raupen oder Quallen auf den Kopf gefallen. Aber niemandem ist dabei das Herz stehen geblieben ... glaube ich. In einem VRMMO ist man eigentlich unbewusst auf unerwartete Situationen vorbereitet. In manchen Gebieten kann schon mal direkt neben einem ein Bossmonster spawnen. Wenn einem da jedes Mal das Herz stehen bleiben würde, könnte man solche Spiele gar nicht spielen.«

»Da hast du wohl recht«, meinte Kikuoka schulterzuckend. Er nahm seine Tasse und schwenkte sie leicht. »Als Nächstes wären da der Geschmacks- und Geruchssinn. Ich frage mich, was wäre, wenn man plötzlich einen schrecklichen fauligen Geschmack im Mund hätte ... so etwas wie Kiviak zum Beispiel. Jeder würde versuchen, den Geschmack auszuspucken. Vielleicht würde sich dieser Brechreiz sogar auf den echten Körper auswirken ...«

»Dann würde man eher an dem Erbrochenen ersticken, als an Herzversagen zu sterben, oder? Und was ist überhaupt Kiviak?«

Ich bereute meine Frage sofort, als ich das vergnügte Glitzern in Kikuokas Augen sah. Dieser Mann liebte es, über geschmacklose Dinge zu reden. Das mochte auch der Grund dafür sein, dass er keine Freundin hatte, obwohl er zur Elite gehörte.

»Oha, du kennst Kiviak nicht? Das ist ein Essen der Inuit. Dafür werden um den Frühsommer herum Krabbentaucher, also kleine Zugvögel, gefangen und in eine ausgehöhlte Robbe gestopft. Dann lässt man das einige Monate an einem kalten, dunklen Ort liegen. Nach einer Weile durchdringt das Robbenfett die Vögel und lässt sie richtig schön reifen oder besser gesagt verwesen. Dann werden die Vögel herausgeholt, um die Innereien zu genießen, die dann eine zähflüssige Substanz wie geschmolzene Schokolade haben. Der Gestank soll schlimmer sein als von Surströmming, aber wenn man sich daran gewöhnt hat, kann man nicht mehr aufhören ...«

Rumms! Auf ein lautes Klappern drehten wir uns um und sahen, wie die beiden Damen vom Nebentisch aufsprangen und fortstürzten, die Hände vor die Münder gepresst. Ich seufzte tief und unterbrach Kikuokas Erzählung: »Falls ich mal nach Grönland kommen sollte, werde ich es versuchen. Und dieses Sur-irgendwas müssen Sie mir nicht erklären.«

»Oh, wirklich nicht?«

»Gucken Sie doch nicht so enttäuscht. Kein noch so stinkendes Essen kann das Herz zum Stillstand bringen. Machen wir mit dem nächsten Sinn weiter ... das Sehen ...« Ich vertrieb Kikuokas stinkende Anekdote mit dem aromatischen Duft des Kaffees und fuhr fort: »So wie bei Ihrer Geschichte von den Insekten vorhin halte ich es für ausgeschlossen, durch ein aussagekräftiges Bild ein Herz zum Stillstand zu bringen. Egal, wie furchterregend oder grausam es auch ist. Vielleicht wenn man genau auf ein schreckliches Trauma der Person abzielt, aber das herauszufinden, dürfte unmöglich sein.«

»Hm. Ein aussagekräftiges Bild, sagst du?«

»Ja ... Ich weiß keine Details, weil es lange vor meiner Geburt geschah, aber da gab es doch diesen Vorfall, dass im ganzen Land gleichzeitig Kinder zusammengebrochen sind, die einen Anime im Fernsehen geguckt haben.«

»Ach, das. Ich war zu der Zeit im Kindergarten, also habe ich es in Echtzeit gesehen.« Kikuoka lächelte, als würde er in Erinnerungen schwelgen. »Äh, wenn ich mich recht erinnere, blitzten in einer Szene abwechselnd rote und blaue Lichter auf und verursachten epileptische Anfälle.«

»Das war es wahrscheinlich. Nehmen wir an, man würde ein Video mit ähnlich heftig flackernden Lichtern verschicken. Normalerweise schließt ein Mensch in solch einem Moment reflexartig die Augen, aber wenn das Bild direkt ans Gehirn gesendet wird, ist das nicht möglich. Es würde mich nicht wundern, wenn das irgendwelche Schocksymptome verursachen würde.«

»Ja, das stimmt allerdings.« Kikuoka nickte, schüttelte dann aber den Kopf. »Aber dieses Problem wurde offenbar auch bei der Entwicklung des AmuSphere diskutiert. Infolgedessen wurde ein Begrenzer als Sicherheitsvorrichtung eingerichtet. Das AmuSphere kann keine visuellen Reize über einem festgelegten Level generieren.«

»Hey, Sie ...« Jetzt starrte ich ihn mit hundert Prozent reinem Misstrauen an. »Eigentlich haben Sie das alles längst überprüft, oder nicht? Wenn sich schon die Elite des Ministeriums darüber die Köpfe zerbrochen hat, wozu brauchen Sie dann noch mich? Was haben Sie eigentlich vor?«

»Oh, nein, das siehst du falsch. Deine Gedanken dazu sind sehr stimulierend, sie sind wirklich sehr aufschlussreich. Außerdem mag ich unsere Unterhaltungen.«

»Ich aber nicht. Was den Hörsinn angeht, sollte es genauso eine Begrenzung geben. Dann wäre diese Unterhaltung also beendet. Fazit: Es ist unmöglich, durch eine Aktion aus dem Spiel heraus das Herz eines Spielers zum Stillstand zu bringen. Die Schüsse von diesem Death Gun und die Herzinfarkte der beiden Spieler fielen nur zufällig zusammen. Ich werde dann mal gehen. Danke für die Einladung.«

Ich hatte das Gefühl, es würde böse enden, wenn ich dieses Gespräch weiterführte. Also verabschiedete ich mich schnell und wollte gerade aufstehen, als Kikuoka mich hastig aufhielt.

»Ah, nun warte doch. Ich komme jetzt zur Sache. Du kannst dir auch noch ein Stück Kuchen bestellen, jedenfalls bleib bitte noch ein wenig.«

Er wartete, bis ich mich wieder zurückgelehnt hatte, bevor er fortfuhr.

»Nun, ich bin froh, dass du zu dieser Schlussfolgerung gekommen bist. Ich denke genauso. Diese beiden Tode wurden nicht durch Schüsse im Spiel verursacht. Und deswegen habe ich wieder eine Bitte an dich ...«

Ich hätte nicht kommen sollen, dachte ich, hörte ihm aber dennoch weiter zu.

»Könntest du dich in *Gun Gale Online* einloggen und Kontakt zu diesem Death Gun aufbauen?« Er grinste mir doch tatsächlich arglos zu.

In äußerst kühlem Tonfall fuhr ich ihn an: »Kontakt, ja? Warum nennen wir das Kind nicht beim Namen, Kikuoka. Sie wollen, dass ich mich von diesem Death Gun erschießen lasse.«

»Nun, na ja, ha ha ha ...«

»Auf keinen Fall! Was, wenn mir etwas passiert? Lassen Sie sich doch erschießen und Ihr Herz stoppen.«

Als ich abermals aufstehen wollte, packte Kikuoka mich am Ärmel. »Waren wir uns nicht gerade noch einig, dass das unmöglich ist? Außerdem scheint dieser Death Gun nur auf ganz bestimmte Ziele fixiert zu sein.«

»Fixiert ...?«, hakte ich nach, als ich mich notgedrungen wieder setzte.

»Ja. Die zwei, die Death Gun im Spiel erschossen hat, XeXeeD und Usujio Tarako, waren beide bekannte Topspieler. Mit anderen Worten, er wird vermutlich nicht auf dich schießen, wenn du nicht einer der Besten wirst. Ich könnte auch nach Jahren nicht so gut werden. Aber jemand wie du, den Kayaba als den Besten anerkannt hat …«

»Ich kann das auch nicht! *GGO* ist kein leichtes Spiel. Da wimmelt's von Profis.«

»Und was genau meinst du mit Profis? Das hast du vorhin schon erwähnt.«

Während mir bewusst wurde, dass ich mich letztendlich doch von Kikuoka hatte einwickeln lassen, erklärte ich es ihm widerwillig: »Wie das Wort schon sagt. Leute, die mit Spielen ihr Geld verdienen. *Gun Gale Online* ist das einzige VRMMO mit einem System zur Konvertierung von Spielcoins in echtes Geld.«

»Ach …?« Selbst ein Agent wie Kikuoka hatte offensichtlich noch einiges an Wissen über Spiele aufzuholen, denn dieses Mal schien seine Verwirrung echt zu sein.

»Einfach ausgedrückt, es ist möglich, sich im Spiel verdientes Geld als echtes Geld auszahlen zu lassen. Genauer gesagt sind es zwar keine Yen, sondern elektronisches Geld, aber da man alles damit bezahlen kann, ist es im Grunde das Gleiche.«

»Aber kann man daraus ein Geschäft machen? Die Betreiber arbeiten doch wohl auch nicht ehrenamtlich?«

»Natürlich können nicht alle Spieler damit Geld verdienen. Das ist nicht anders als bei Spielautomaten oder Pferderennen. Die monatliche Gebühr ist 3000 Yen, wenn ich mich nicht irre. Das ist ziemlich hoch für ein VRMMO. Der durchschnittliche Spieler kann monatlich vielleicht gerade mal ein Zehntel dieser Summe zurückholen ... also ein paar Hundert Yen. Aber man könnte sagen, es hat viel von einem Glücksspiel ... Ganz selten gibt es mal jemanden, der auf einmal an ein superseltenes Item kommt. Wenn man das im Spiel über eine Auktion verkauft und die Einnahmen in elektronisches Geld umtauscht, kann man ein paar Zehn- oder Hunderttausend Yen Gewinn machen. Wenn man das hört, denkt sich doch jeder, man könnte auch mal so viel Glück haben ... Es gibt sogar ein großes Casino innerhalb des Spiels.«

»Mhm, verstehe ...«

»Und die Pro-Gamer haben ein konstantes monatliches Einkommen durch *GGO*. Die Topspieler verdienen angeblich zwei- bis dreihunderttausend Yen. Verglichen mit den Maßstäben der wirklichen Welt ist das zwar nicht besonders viel, aber wenn man nicht über die Stränge schlägt, kann man schon davon leben. Mit anderen Worten, ihr Einkommen wird von den Gebühren der breiten Masse an Spielern bezahlt. Das meinte ich, als ich vorhin sagte, dass es in *GGO* mehr Missgunst gegenüber den Topspielern gibt als in anderen Spielen. Es ist so ähnlich wie Beamte, die sich von den hart verdienten Steuergeldern der Bürger mit sündhaft teurem Kuchen vollstopfen.«

»He he he, du hast wirklich eine scharfe Zunge, Kirito. Aber das mag ich an dir.«

Ohne auf seine gespielt unbedarfte Bemerkung einzugehen, wollte ich das Gespräch beenden.

»Aus diesem Grund stecken die High-Level-Spieler in *GGO* viel mehr Zeit und Eifer ins Spiel als Spieler anderer MMOs. Wie soll ich es mit ihnen aufnehmen, wenn ich da einfach so ohne jedes Wissen reinspaziere? Außerdem ist es, wie der Name schon sagt, ein Schusswaffen-basiertes Spiel. Die liegen mir nicht. Tut mir leid, aber versuchen Sie's bei jemand anderem.«

»Halt, halt, ich habe keine anderen Optionen. Du bist für mich der einzige VRMMO-Spieler, den ich in der Wirklichkeit kontaktieren kann. Wenn du meinst, dass du den Profis nicht gewachsen bist, könntest du das doch einfach als deinen Job betrachten?«

»Wie …?«

»Wir zahlen dir eine Aufwandsentschädigung für deine Kooperation bei der Untersuchung. Sagen wir … die Summe, die die Topspieler in *GGO* verdienen. So viel.«

Kikuoka hielt drei Finger hoch, und ich schwankte kurz. Mit dem Geld könnte ich mir einen neuen Computer mit dem aktuellsten 24-Core-Prozessor zusammenbauen und hätte sogar noch etwas übrig. Aber zur gleichen Zeit stiegen erneut Zweifel in mir auf.

»Da ist doch was faul, Herr Kikuoka. Wieso sind Sie so fixiert auf diesen Fall? Das ist doch sicher alles nur ein Gerücht oder besser gesagt einer der vielen Hoaxes im Internet. Die beiden mit dem Herzstillstand sind nicht mehr im Spiel aufgetaucht, da haben sich die Leute eben diese sagenhafte Geschichte dazu ausgedacht«, behauptete ich ganz unverblümt, woraufhin Kikuoka mit dünnen Fingern seine Brille zurechtrückte und seinen Gesichtsausdruck vor mir verbarg. Er überlegte zweifellos, wie viel er mir erzählen und was er besser verschweigen sollte. Dieser Mann war wirklich durchtrieben.

»Um ehrlich zu sein, meine Vorgesetzten sind besorgt«, begann der hochrangige Beamte und setzte wieder sein übliches Lächeln auf. »Der Einfluss der Full-Dive-Technologie auf die Wirklichkeit findet derzeit in vielen Bereichen Beachtung. Der gesellschaftliche und kulturelle Einfluss ist natürlich immens, aber auch die biologischen Auswirkungen werden viel diskutiert, dahingehend, wie nun die virtuellen Welten das Dasein der Menschen verändern werden. Falls man dabei zu dem Schluss käme, dass irgendein Risiko besteht, würde vermutlich wieder eine Bewegung entstehen, rechtliche Restriktionen zu verhängen. Tatsächlich waren sie schon zur Zeit der *SAO*-Affäre kurz davor, einen Gesetzesentwurf vorzulegen. Aber ich oder besser gesagt wir von der Abteilung für Virtuelles denken, dass man den Lauf der Dinge nicht aufhalten sollte. Auch für die neue Generation von euch jungen Leuten, die Spaß an VRMMO-Spielen haben. Bevor dieser Fall auf dem falschen Schreibtisch landet und von den Befürwortern von Restriktionen ausgenutzt wird, möchten wir die Wahrheit herausfinden. Wenn es einfach nur ein Hoax sein sollte, wäre das am besten. Wir wollen Gewissheit darüber haben. Was sagst du dazu?«

»Da Sie so großes Verständnis für die jungen Leute der VR-Spiele-Generation haben, nehme ich mal an, dass Sie gute Absichten haben. Aber wenn Sie sich so ernsthaft darum Sorgen machen, wieso versuchen Sie es dann nicht direkt bei den Betreibern? Bei einer Analyse der Log-Dateien sollten Sie ermitteln können, wer XeXeeD und Tarako erschossen hat. Selbst wenn die registrierten Daten im Spiel nur Quatsch sind, könnten Sie sich über die IP-Adresse beim Provider nach dem echten Namen und der Adresse erkundigen.«

»Ich habe zwar eine hohe Reichweite, aber bis über den Pazifik reicht sie dann doch nicht.« Der Ärger in Kikuokas mürrischem Gesicht wirkte diesmal aufrichtig. »Der Entwickler und Betreiber von *Gun Gale Online* ist eine Firma namens Zaskar ... wobei nicht mal klar ist, ob es sich bei der Gruppe tatsächlich um eine Firma handelt. Ihre Server stehen in Amerika. Obwohl der Spieler-Support innerhalb des Spiels ziemlich gut sein soll, sind weder der tatsächliche Firmensitz, geschweige denn eine Telefonnummer oder E-Mail-Adresse öffentlich bekannt. Ich sage dir, seit der Veröffentlichung von ›The Seed‹ schießen solche dubiosen VR-Welten wie Pilze aus dem Boden.«

»Oh, ist das so ...?« Ich beließ es bei einem Schulterzucken. Nur Agil und ich kannten den Ursprung von »The Seed«, einem Programmpaket zur Entwicklung von VRMMOs. Ebenso wurde die schwebende Festung Aincrad, die plötzlich in *ALfheim Online* aufgetaucht war, allgemein als ein Überbleibsel der ehemaligen *SAO*-Server betrachtet, die von der inzwischen aufgelösten Firma RCT Progress verwaltet worden waren.

»Daher bleibt uns nichts anderes übrig, als zu versuchen, im Spiel direkten Kontakt aufzubauen, wenn wir die Wahrheit zu packen kriegen wollen. Natürlich werden wir auf alle Eventualitäten gefasst sein und die größtmöglichen Sicherheitsvorkehrungen treffen. Du wirst den Dive in einem von uns bereitgestellten Zimmer machen, mit einem überwachten AmuSphere, dessen Verbindung sofort getrennt wird, falls irgendwelche Ungewöhnlichkeiten im Output auftreten sollten. Ich sage nicht, dass du dich erschießen lassen sollst, es reicht, wenn du dir selbst einen Eindruck machst und mir deine Einschätzung mitteilst. Du wirst es doch tun, oder?«

Ehe ich michs versah, steckte ich schon so tief drin, dass ich nicht mehr ablehnen konnte.

Ich hätte wirklich nicht kommen sollen …, dachte ich mit tiefstem Bedauern, aber gleichzeitig war auch mein Interesse geweckt.

Eine Macht, die aus der virtuellen Welt heraus in der realen Welt intervenierte … Falls es tatsächlich so etwas geben sollte, konnte es der Beginn der Weltveränderung sein, die Akihiko Kayaba angestrebt hatte? War dieser Vorfall, der im Winter vor drei Jahren begonnen hatte, immer noch nicht vorbei …?

Wenn das so war, war es vielleicht meine Pflicht, den weiteren Verlauf mit eigenen Augen zu sehen.

Ich senkte den Kopf und stieß einen tiefen Seufzer aus. Dann sagte ich: »In Ordnung. Es geht mir zwar gegen den Strich, mich so von Ihnen einwickeln zu lassen, aber ich werde zumindest mal reingehen. Aber wir wissen nicht, ob ich diesem Death Gun wirklich begegnen werde. Immerhin ist fraglich, ob er überhaupt existiert.«

»Oh, was das angeht …« Kikuoka grinste mit unschuldiger Miene. »Hatte ich es nicht schon erwähnt? Bei dem ersten Vorfall hatte doch ein Spieler eine Audioaufzeichnung gemacht. Er hat uns die komprimierten Daten zukommen lassen. Darauf ist die Stimme von Death Gun. Hier, hör es dir mal an.«

Er hielt mir einen kabellosen Ohrhörer entgegen. *Ich hoffe, dein Herz bleibt stehen*, dachte ich, während ich ihn anstarrte.

»Wie überaus großzügig, danke.« Ich steckte mir den Hörer ins Ohr, und Kikuoka tippte auf sein Display. Sofort hörte ich ein leises Stimmenwirrwarr in meinem Kopf.

Plötzlich brach das Gemurmel ab. Durch die gespannte Stille schnitt eine scharfe Stimme, die verkündete: »Das ist die wahre Macht, die wahre Stärke! Prägt euch diesen Namen zusammen mit eurer Furcht gut ein, ihr Narren! Der Name von mir und dieser Pistole ist ... Death Gun!«

Die Stimme hatte einen irgendwie unmenschlichen, metallischen Klang.

Dennoch fühlte ich hinter der Stimme deutlich die Präsenz eines lebendigen Spielers. Der Eigentümer der Stimme spielte kein Rollenspiel, er strahlte den Drang zu töten aus.

2

Ausgang C10 des Otemachi-Bahnhofs der Chiyoda-Linie. Ein flüchtiger Blick auf die Uhr am linken Handgelenk.

Noch über fünf Minuten bis zur verabredeten Zeit um 15 Uhr. Als Asuna Yuuki gerade ihre Hand sinken lassen wollte, blieb ihr Blick an der kleinen Datumsanzeige auf dem Zifferblatt hängen.

07. Dezember 2025, Sonntag.

Es war kein besonderer Jahrestag. Doch in Asunas Brust breitete sich eine gewisse Rührung aus, als sie die Eitai-Straße in Richtung Kaiserpalast hinunterlief. *Bald ist es ein Jahr her ...*

Den Teil mit »seit ich in diese Welt zurückgekommen bin« sparte sie sich.

Asuna war von der schwebenden Festung von *SAO* in einen Vogelkäfig in einem Baum von *ALO* geraten, bevor sie Mitte Januar dieses Jahres endlich befreit worden war. Ihre

Erfahrungen in der virtuellen Welt wurden allmählich zu einer Erinnerung, doch manchmal fühlte es sich für sie seltsam an, wieder in der wirklichen Welt zu leben – so wie auch jetzt.

Die Steinplatten, mit denen der breite Bürgersteig ordentlich gepflastert war. Die Wipfel der Alleebäume, die sich im kalten Wind wiegten. Die Passanten, die ihre Gesichter im Kragen ihres Mantels oder in ihrem Schal vergruben. Und sie selbst, die langsam dazwischen hindurchging.

All das waren keine 3-D-Objekte, die durch digitalen Code dargestellt wurden, sondern echte Mineralien, Pflanzen, Lebewesen.

Doch was bedeutete »echt« überhaupt? Wenn es eine Ansammlung von Atomen und Molekülen bedeutete, waren auch die Polygone in der virtuellen Welt nichts anderes. Sie existierten schließlich als Elektronen auf den Speichermodulen der Server. Der einzige Unterschied war die Art der Elementarteilchen.

Dann war es vermutlich die Frage der Umkehrbarkeit. Nichts, was in der wirklichen Welt existierte, ob organischer Natur oder nicht, konnte nach seiner Zerstörung in den ursprünglichen Zustand zurückkehren. Doch Objekte in der virtuellen Welt konnten mit Leichtigkeit bis zum letzten Byte reproduziert werden.

Nein ...

Das stimmte nicht unbedingt. In der Welt von Aincrad hatte es etwas gegeben, das sie unwiederbringlich verloren hatte. Alles, was Asuna in den zwei Jahren in der schwebenden Festung berührt, gefühlt, erreicht und dann verloren hatte, war ohne jeden Zweifel echt gewesen.

Und in dem Fall stellte sich die Frage ...

»Was unterscheidet die reale Welt eigentlich von der virtuellen ...?«, murmelte sie unbewusst.

»Nur die Menge an Informationen«, kam die Antwort auf ihre Frage aus nächster Nähe.

Asuna schreckte leicht auf. »Wa... Wah?!« Als sie fahrig aufblickte, sah sie das Gesicht eines Jungen, der verwundert blinzelte.

Etwas längeres Stirnhaar. Schmale Gesichtszüge, die gleichzeitig scharf wirkten. Eine schwarze Lederjacke über einem unifarben schwarzen Shirt und eine ausgewaschene schwarze Jeans.

Sein Aussehen ähnelte so sehr dem Avatar, den er früher benutzt hatte, dass es eher seltsam erschien, dass auf seinem Rücken nicht die Griffe seiner Schwerter zu sehen waren. Asuna seufzte, um den bittersüßen Schmerz aufzulösen, der tief in ihrer Brust aufstieg.

»Du hast mich erschreckt. Wie konntest du so plötzlich auftauchen, hast du einen Teleport-Kristall benutzt?«

Da lächelte der Junge – Kazuto Kirigaya – schief. »So plötzlich war das nicht. Ich bin doch genau pünktlich an unserem Treffpunkt, oder?«

»Oh ...« Sie sah sich erneut um.

Die Nachmittagssonne warf ihr sanftes Licht auf den Gehweg und glitzerte auf dem Wasser im Burggraben. Die Brücke über den Graben führte zu einem streng bewachten Tor. Sie befanden sich tatsächlich vor dem Haupttor zum Kaiserpalast, wie Kazuto vorgeschlagen hatte. Sie war so in Gedanken versunken gewesen, dass sie offenbar nicht bemerkt hatte, dass sie den Treffpunkt erreicht hatte.

Ihr Lächeln wurde zu einem verlegenen Grinsen, und sie zuckte leicht mit den Schultern. »Ah ha ha, da war ich wohl auf Autopilot. Nun ... erst mal hallo, Kirito.«

»Das kann gefährlich werden, in der Wirklichkeit hast du keine Navi-Funktion ... Hi, Asuna.«

Nachdem sie einander begrüßt hatten, verengten sich plötzlich Kazutos schwarze Augen und starrten sie an.

»Wa... Was hast du denn auf einmal?«, fragte sie und verschränkte die Arme vor dem Körper in der Befürchtung, sie sähe irgendwie komisch aus.

Doch Kazuto schüttelte hastig den Kopf und stammelte: »Ach, nein, es ist nur ... das steht dir, also, es erinnert mich irgendwie an früher ...«

»Wie ...?« Unwillkürlich sah Asuna an sich hinunter, und nach etwa zwei Sekunden verstand sie, was Kazuto zu sagen versuchte.

Sie trug zum ersten Mal in diesem Winter einen Mantel aus weißem Tweed, darunter einen elfenbeinfarbenen Strickpullover und einen rot karierten Rock.

Mit anderen Worten, sie trug die Farben der ehemaligen »Ritter des Blutschwurs«. Als sie zurückdachte, wurde ihr bewusst, dass sie in Aincrad nahezu jeden Tag ihr weiß-rotes Rittergewand getragen hatte. Kazuto musste sich das in Erinnerung gerufen haben.

Asuna berührte ihre linke Hüfte leicht mit den Fingerspitzen und lächelte erneut.

»Stimmt, nur habe ich kein Rapier ... Und wo du's sagst, du trägst ja heute nur Schwarz, Kirito.«

Da lächelte auch Kirito verlegen.

»Aber ich habe meine beiden Schwerter nicht. Na ja, für gewöhnlich vermeide ich es, ganz in Schwarz herumzulaufen, aber Sugu hat heute Morgen all meine Klamotten gewaschen. Ich hatte nichts anderes.«

»Das passiert, wenn du deine Wäsche nicht wegräumst!«, sagte sie, während sie ihm auf die Schulter tippte, dann hakte sie sich bei ihm ein.

»Also tragen wir heute beide zufällig unsere Farben von damals. Wie wahrscheinlich ist das?«, fragte sie und sah in Kazutos Augen, der ein winziges Stück größer war als sie. Er räusperte sich leicht und antwortete wenig romantisch: »Na ja, wir treffen uns immerhin seit einem Jahr, da kann das schon mal vorkommen.«

»Mensch, kannst du in solchen Momenten nicht einfach sagen: ›Das stimmt.‹?« Asuna schürzte die Lippen, dann zog sie am Ärmel seiner Lederjacke. »Na los, lass uns nicht hier herumstehen und reden, gehen wir. Es wird bald dunkel.«

»Okay.« Kazuto nickte, als sich Asuna dicht an ihn schmiegte und sie die Brücke über den Graben überquerten.

Die altehrwürdigen weißen Mauern des Haupttors färbten sich bereits rot im Licht der Nachmittagssonne und warfen tiefschwarze Schatten auf die Brücke. Obwohl es Sonntag war, waren aufgrund der Jahreszeit kaum Touristen zu sehen.

Sie passierten einen Polizisten in einem dicken Mantel, gingen durch das Tor und nahmen an dem kleinen Pförtnerhaus ihre Besuchertickets aus Plastik entgegen. Hinter dem silbernen Zaun fanden sie sich in einem Wäldchen wieder. Hier war es so ruhig, dass man kaum glauben konnte, dass man sich mitten im Zentrum von Tokyo befand.

Asuna hatte die Idee gehabt, an diesem Tag irgendwohin zu gehen, aber Kazuto war derjenige gewesen, der diesen Treffpunkt vorgeschlagen hatte.

Der Kaiserpalast selbst war natürlich nicht öffentlich zugänglich, aber der »Higashi Gyoen«-Park im nordöstlichen Bereich innerhalb des Burggrabens war an bestimmten Wochentagen für alle geöffnet – was Asuna bis heute nicht gewusst hatte. Tatsächlich war dies ihr erster Besuch dort. Als sie über die schöne, breite Promenade gingen, kam ihr erneut eine Frage in den Sinn, und sie wandte sich an den Jungen neben ihr: »Da fällt mir ein, warum wolltest du dich eigentlich hier treffen? Bist du etwa ein Fan von Geschichte?«

»Nein, das ist es nicht. Der Hauptgrund war ... ich wurde zu einem Treffen ganz in der Nähe gerufen.«

Für einen Moment machte Kazuto ein Gesicht, als würde er sich an etwas erinnern, und schnaubte verächtlich, doch gleich darauf lächelte er wieder ruhig und sagte: »Ich erzähle dir später alles, aber davon mal abgesehen, findest du nicht, dass der Kaiserpalast ein interessanter Ort ist?«

»Interessant? Inwiefern?«

Asuna blinzelte verblüfft, als er seinen rechten Arm ausstreckte und auf das dicht gewachsene Wäldchen um sie herum wies.

»Zwei Kilometer von Norden nach Süden und anderthalb Kilometer von Osten nach Westen. Mit dem Kitanomaru-Park und dem äußeren Garten zusammen hat er eine Fläche von etwas unter drei Quadratkilometern und nimmt zwanzig Prozent vom Chiyoda-Bezirk ein. Selbst mit dem Vatikan oder dem Buckingham-Palast verglichen ist das unfassbar riesig, wenn auch nicht ganz so groß wie das Schloss Versailles.

Aber nicht nur die Fläche ist erstaunlich, es führen weder U-Bahnen noch Tunnel durch den Untergrund, und darüber befindet sich eine totale Flugverbotszone. Kurz gesagt, es ist ein riesiges vertikales Sperrgebiet mitten in Tokyo.«

Während seiner Erklärung stellte sich Asuna eine Karte von Tokyo vor. Sie ließ ihren Finger durch die Luft kreisen und nickte dann zustimmend.

»Jetzt, wo du's sagst, die meisten Hauptstraßen in der Stadt heißen auch Ringstraße oder Radialstraße Nummer soundso. Sie zentrieren sich also alle um diesen Ort, nicht wahr?«

»Ja, genau. Mit anderen Worten, Tokyo hat kein Schachbrettmuster wie Kyoto, sondern einen konzentrischen, strahlenförmigen Aufbau. Außerdem ist das Zentrum nicht nur physisch, sondern auch kommunikativ komplett isoliert. So ähnlich wie der Weltenbaum früher in *ALO* ... oh, entschuldige. Ich wollte keine schlimmen Erinnerungen wecken.«

»Nein, schon gut.«

Asuna war lange Zeit auf der Spitze des Weltenbaums eingesperrt gewesen, aber sie zerstreute Kiritos Sorge mit einem Kopfschütteln und fragte: »Ich verstehe, dass es physisch abgeriegelt ist ... aber wie kann es kommunikativ isoliert sein?«

»Nun ...« Kazuto ließ plötzlich seinen Blick über das Wäldchen schweifen und zeigte dann mit dem Finger auf verschiedene Stellen. »Siehst du die Überwachungskameras dort und dort? Das Sicherheitssystem ist mittlerweile komplett eigenständig. Hier wurde ein eigenes, geschlossenes Netzwerk errichtet, auf das man von außen nicht zugreifen kann.«

»Ach so ...? Aber irgendwie haben die Kameras eine komische Form, nicht wahr?«

Kazutos Finger zeigte auf einen Pfeiler, an dessen Spitze eine schwarze Kugel montiert war. Hätte er nichts gesagt, hätte sie es einfach nur für eine Laterne gehalten.

»Ich habe gehört, sie testen hier Security-Technologien der nächsten Generation … Jedenfalls ist dieser Ort das Zentrum von Tokyo und gleichzeitig auch eine ganz eigene, separate Welt … na, das ist wohl ein wenig übertrieben.«

»Ah ha ha, schon ein wenig.«

Während sie sprachen, liefen sie die Promenade um einen großen Steinwall und dann einen Hügel hinauf. Nachdem sie einen Moment schweigend weitergegangen waren, öffnete sich das Blickfeld plötzlich.

Vor ihnen lag eine Wiese, die so weit reichte, dass sie in der Ferne verblasste. Da es tiefster Winter war, war das Gras verwelkt, und auch die meisten Bäume ringsum hatten ihre Blätter verloren, doch im Frühling musste es ein herrlicher Anblick sein.

»Hier liegen die Ruinen des Wehrturms des Schlosses von Edo. Der innere Palast, den man oft in Geschichtsserien sieht, lag angeblich am nördlichen Ende der Wiese.«

»Lass uns mal hingehen!« Asuna ergriff Kazutos Hand und beschleunigte ihre Schritte. Auch hier waren kaum Menschen, und die meisten von ihnen waren ausländische Touristen. Auf dem Weg kamen sie an einem Ehepaar mit zwei niedlichen blonden Töchtern vorbei, das sie bat, von ihnen ein Foto zu machen. Kazuto kam ihrer Bitte bereitwillig nach. Als die Frau vorschlug, auch von ihnen ein Foto zu machen, stellten sie sich schüchtern nebeneinander und ließen sich von ihr fotografieren.

Nachdem sie das Bild auf ihren Handys empfangen und den kleinen Mädchen die Hände geschüttelt hatten, verabschiedeten sie sich von ihnen. Während Asuna der Familie nachsah, die sich im orangen Sonnenlicht entfernte, seufzte sie unwillkürlich.

»Bist du müde ...?«, erkundigte sich Kazuto, wofür er mit einem strengen Blick gestraft wurde.

»Quatsch! Ich dachte nur gerade, irgendwann werden wir vielleicht auch ... also ... ach, vergiss es!« Als sie bemerkte, dass sie sich verplappert hatte, wurden ihre Wangen heiß und sie lief mit kleinen Schritten los.

»Hey, warte doch!«

Sie lieferte sich ein kleines Wettrennen mit Kazuto, bis sie einen Pfad erreichten, der die Wiese in Norden und Süden aufteilte. An einer Weggabelung in der Nähe entdeckte sie eine Bank und ließ sich darauf fallen.

Sie wandte immer noch wie eingeschnappt ihr Gesicht ab, als sich Kazuto neben sie setzte, also sagte er verschämt: »Ja, also, äh ... Yui würde sich bestimmt freuen, wenn sie eine kleine Schwester bekommen würde.«

Seine Aussage war derart direkt, dass ihr wieder das Blut in die Wangen schoss, doch Asuna kicherte. »Das stimmt wohl.«

»Was denn, darüber zu lachen, ist gemein ...«

»Ah ha ha, entschuldige. Aber es wäre wirklich schön, wenn Yui hier bei uns sein könnte ...«

Yui war der Name eines Mädchens, das die beiden auf dem ehemaligen *SAO*-Server kennengelernt hatten. In Wahrheit war sie ein Seelsorge-Programm für Spieler, kurzum eine AI, die Asuna als ihre Mutter und Kazuto als ihren Vater betrachtete. Beim Einsturz von Aincrad hatte Kazuto ihr

Kernprogramm auf den Speicher seines NerveGears gerettet und sie so vor der Löschung bewahrt. Derzeit »lebte« sie auf einem eigenen Desktop-Computer in Kazutos Zimmer.

Doch direkt treffen konnten sie Yui nur in einer Full-Dive-Umgebung – mit anderen Worten, innerhalb von *ALO*. Zwar konnten sie über ihre Handys auch von der wirklichen Welt aus mit Yui kommunizieren, aber es war natürlich nicht das Gleiche, wie immer zusammen zu sein – hauptsächlich wegen des Problems der Akkulaufzeit.

Sosehr Asuna Yui auch als ihre Tochter liebte und Yui ihre Mama Asuna lieb hatte, zwischen ihnen stand stets diese Mauer, die Wirklichkeit und virtuelle Welt trennte …

Plötzlich drückte Kazuto sanft ihre linke Hand.

»Keine Sorge, irgendwann werden wir zusammenleben können. Wenn die Full-Dive-Technologie sich weiterentwickelt und AR-Umgebungen alltäglich werden, ganz bestimmt.«

»Ja … du hast recht.«

»Ja. Die Grenze zwischen wirklicher und virtueller Welt wird immer undeutlicher werden. Auch wenn es momentan durch den Unterschied der Informationsmenge noch eine Wand gibt …«

Asuna nickte und drückte seine Hand zurück, dann blickte sie auf.

»Apropos, das hast du vorhin schon erwähnt. Dass der einzige Unterschied zwischen den Welten die Menge an Informationen ist. Was meinst du damit?«

»Nun ja …« Kazuto ließ seinen Blick umherschweifen und blickte dann auf ihre verschränkten Hände auf der Bank. »Zum Beispiel ist es doch etwas anderes, ob wir in *ALO* Händchen halten oder hier in der Wirklichkeit, nicht wahr?«

Asuna konzentrierte ihre Wahrnehmung auf ihre linke Hand.

Der Druck seiner Handfläche gegen ihre. Seine Wärme, die die Kälte des Winters fernhielt. Diese Empfindungen konnte man selbst zwischen den Elfen-Avataren in *ALO* spüren. Doch keine noch so fortschrittliche Full-Dive-Technologie konnte das Gefühl von Haut an Haut, als würde sie sich aneinander festsaugen, die Berührung der Haut ihrer Handflächen und das feine Pulsieren ihres synchronen Blutstroms wiedergeben.

»Ja … stimmt. Bei einer echten Hand kann man noch viel mehr spüren … Verstehe, das meinst du also mit der Informationsmenge?«

»Genau. Aber was wäre, wenn sich die AmuSpheres so weit entwickeln würden, dass man auch die Empfindungen über die Haut oder einen Puls nachbilden kann? Könnte man dann noch vom Gefühl allein eine echte Hand von der eines Avatars unterscheiden?«

»Ich könnte es«, antwortete Asuna prompt, und Kazuto blinzelte überrascht, als hätte er diese Reaktion nicht erwartet. Während sie ihn fest ansah, fügte sie hinzu: »Zumindest bei deiner Hand. Bei anderen Leuten wahrscheinlich nicht.«

Im gleichen Moment wurde Kazutos Hand ein wenig wärmer, und sein Puls beschleunigte sich. Sie lächelte zufrieden und fuhr fort: »In der Wirklichkeit bekommt man ja von allen Sinnen mehr Informationen, nicht nur dem Tastgefühl, auch vom Sehen, Hören, Schmecken und Riechen. Also … selbst wenn im aktuellen AmuSphere AR-Funktionen implementiert werden …«

»Ja. Sobald man etwas sieht oder berührt, merkt man, ob es echt ist.«

AR – *augmented reality* – war eine Funktion, bei der durch die Benutzung des AmuSphere im Wachzustand die Informationen des Seh- und Hörsinns durch digitale Informationen erweitert werden sollten. Wenn das möglich wäre, würden die derzeitigen Desktop-PCs und Handys vollkommen überflüssig werden. Man könnte in seinem Blickfeld einen virtuellen Desktop aufrufen, durchs Internet browsen und Mails schreiben, sich zu einer Adresse navigieren oder sich Info-Tags zu Menschen oder Dingen anzeigen lassen. Die Verwendungsmöglichkeiten waren endlos.

Angefangen mit RECT forschten derzeit viele große IT-Hersteller daran. Doch bisher gab es noch zahlreiche Komplikationen, wie Abweichungen des elektronischen Pulses durch Bewegungen des Körpers oder die Notwendigkeit von großen, externen Batterien und so weiter, sodass der praktische Einsatz noch in weiter Ferne zu liegen schien.

»Leider sind manche auch der Meinung, dass mit den aktuellen Helm-Modellen keine reguläre AR möglich ist. Aber wenn es irgendwann einen technologischen Durchbruch gibt und wir in der Realität jederzeit eine hohe Kapazität an sensorischen Daten aufnehmen können ... oder immer und überall einen Full Dive machen können, auch ohne Bett oder Stromquelle ...«, murmelte Kazuto.

Asuna nickte ihm zu und führte den Satz zu Ende: »Dann könnten wir die Wand zwischen den Welten durchbrechen und immer mit Yui zusammen sein. Irgendwann wird dieser Tag sicher kommen, nicht wahr?«

»Ja, bestimmt.«

Zufällig waren es fast die gleichen Worte wie damals auf der 22. Ebene von Aincrad, wo sie sich kurz von Yui hatten verabschieden müssen. Als Asuna sich dessen gewahr wurde, spürte sie eine Flut von Wärme in ihrer Brust, und sie legte ihren Kopf auf Kazutos Schulter.

Das Versprechen ihres Wiedersehens hatte sich einige Monate später erfüllt.

Also würden auch diese Worte jetzt sicher wahr werden.

Kurz vor der Wintersonnenwende sank die Abendsonne so schnell, als würde sie hinter das Wäldchen im Westen stürzen. Vogelschwärme zogen auf dem Weg zu ihren Schlafplätzen über den tiefrot gefärbten Himmel.

Die Menschen, die vor Hunderten von Jahren in dem großen Schloss gelebt hatten, das damals noch auf der Wiese vor ihnen gestanden hatte, hatten in den gleichen Sonnenuntergang geblickt. Und selbst Jahrhunderte später, in einer anderen, durch den Fluss der Zeit getrennten Welt würde jemand in diesen roten Himmel schauen …

»Hach …«, entfuhr es Asuna leise, als sie von einer Welle der Melancholie ergriffen wurde. Kazuto sah zu ihr herüber. Als sich ihre Blicke trafen, lächelte sie sanft. »So langsam verstehe ich, warum du mich hierher gebracht hast.«

»Ach ja?«

»Ja. Wenn die Welt aus der Achse der Zeit und der des Raums aufgebaut ist, ist das Zentrum von Tokyo … mit anderen Worten das Zentrum unserer Wirklichkeit … dieser Ort hier. Und … das Zentrum der virtuellen Welten, die sich durch ›The Seed‹ immer mehr verbreiten, ist diese Festung. Deswegen macht mich dieser Sonnenuntergang so melancholisch …«

Bei Asunas Worten blickte Kazuto sie überrascht an und lächelte dann. »Verstehe ... Du hast recht. So genau hatte ich ehrlich gesagt gar nicht darüber nachgedacht. Aber durch deine Worte ist mir gerade etwas klar geworden.«

»Oh, was denn?«

»Die Form von Aincrad. Vielleicht sollte die kegelförmige Bauweise mit den vielen Schichten die Zeitachse und den Raum symbolisieren.«

Asuna dachte kurz darüber nach und nickte dann langsam. »Ja ... Das könnte sein. Aber das würde bedeuten, unser Kommandant wollte eine Welt erschaffen, die sich immer weiter zuspitzt, bis sie an irgendeinem Punkt schließlich verschwunden wäre. Wenn ein gewisser Jemand das Ganze nicht vorher in die Luft gejagt hätte.«

»Tut mir sehr leid, Frau Vizekommandantin.«

Sie grinsten sich beide gleichzeitig an. Kurz darauf holte Kazuto tief Luft und stand von der Bank auf, ihre Hand noch immer in seiner.

»Also, wir sollten uns so langsam auf den Heimweg machen. Das Gelände schließt um fünf.«

»Okay. Das nächste Mal nehmen wir Liz, Leafa und die anderen mit hierher. Es wäre bestimmt lustig, mit allen hier auf der Wiese zu picknicken.«

»Stimmt, wenn es Frühling wird.«

Er half ihr hoch, und Asuna sah noch einmal zu dem Abendhimmel hinauf, der sich über ihnen in alle Richtungen erstreckte.

Ich möchte nach Hause, dachte sie. Nicht in das Haus der Yuukis im Miyasaka-Viertel des Setagaya-Bezirks, sondern in ihr gemeinsames Häuschen im Wald auf der 22. Ebene des ehemaligen Aincrads, das nur eine kurze Weile existiert hatte.

Die kleine Blockhütte war zusammen mit dem Einsturz der schwebenden Festung verschwunden, doch Asuna hegte einen geheimen Plan. Bis der verwirklicht werden konnte, war das gemeinsame Zuhause von ihr, Kirito und Yui ein Zimmer, das sie in Yggdrasil City auf dem Weltenbaum in Alfheim gemietet hatten.

Während sie zum Ausgang am Hirakawa-Tor im Norden liefen, fragte Asuna: »Kannst du dich heute Abend einloggen? Ich würde Yui gern von unserem Gespräch heute erzählen.«

»Ja, in Ordnung. Wäre 22 Uhr okay?«, antwortete Kazuto lächelnd, doch dann schaute er plötzlich ernst.

»Oh, hast du schon etwas vor?«

»Nein, das ist es nicht. Heute Abend ist kein Problem, aber ... weißt du, Asuna, ich ...«

Es war ungewöhnlich für ihn, so zögerlich zu sprechen. Für ein paar Sekunden stammelte er herum, dann platzte es so unvermittelt aus ihm heraus, dass er Asuna damit einen Schrecken einjagte: »Ich werde den Kirito aus *ALO* vielleicht bald in ein anderes Spiel konvertieren ...«

»Waaas?!«, rief Asuna vor Überraschung so laut, dass ein paar Vögel erschreckt aus einem Baumwipfel in der Nähe aufflogen.

3

Abenddämmerung.

Die sich neigende Sonne färbte die tief hängenden Wolken blassgelb.

In der Einöde aus Felsen und Sand standen vereinzelte Ruinen von Hochhäusern, Überreste eines vergangenen Zeitalters, deren Schatten allmählich länger wurden. Falls sie noch eine weitere Stunde in Bereitschaft bliebe, müsste sie einen Wechsel zu ihrer Ausrüstung für nächtliche Kämpfe in Betracht ziehen.

Sinon mochte Kämpfe mit Nachtsichtgeräten nicht, da sie die Spannung des »Töte oder werde getötet« verdarben. Hoffentlich tauchten die Zielpersonen auf, bevor das Sonnenlicht verschwand, hoffte sie und seufzte, während sie im Schatten auf dem Beton kauerte. Auch ihre fünf Kameraden, die mit ihr in diesem trübsinnigen Hinterhalt lagen, dachten zweifellos das Gleiche.

Als würde er die Gedanken aller anderen aussprechen, murrte einer der Angreifer mit einer kleinkalibrigen Maschinenpistole an der Hüfte: »Also echt, wie lange wollen die uns noch warten lassen ... Hey, Dyne, bist du dir sicher, dass sie kommen? Das war auch keine Fehlinformation?«

Dyne, der Anführer der Schwadron, ein bulliger, hochgewachsener Kerl mit grobem Gesicht, schüttelte den Kopf, wobei das große Sturmgewehr an seiner Schulter klapperte.

»Sie gehen seit drei Wochen fast täglich um dieselbe Zeit auf derselben Route zur Jagd. Ich habe das selbst überprüft. Sie sind heute tatsächlich spät dran, aber wahrscheinlich brauchen sie einfach länger, weil viele Mobs spawnen. Dafür wächst schließlich auch dein Anteil, also beschwer dich nicht.«

»Aber«, der Angreifer an der Front zog ein noch unzufriedeneres Gesicht, »unsere Zielpersonen heute sind doch dieselben Typen, die wir auch letzte Woche überfallen haben, oder? Vielleicht sind sie vorsichtig geworden und haben ihre Route geändert …«

»Der letzte Hinterhalt ist sechs Tage her. Sie gehen immer zum selben Jagdgebiet. Ihre Schwadron ist eben auf die Jagd auf Mobs spezialisiert …« Dynes Mundwinkel verzogen sich zu einem spöttischen Grinsen. »Egal, wie oft sie angegriffen werden und ihre Gewinne verlieren, sie werden einfach versuchen, die Verluste wieder wettzumachen, indem sie noch mehr jagen. Für eine PvP*-Schwadron wie uns sind sie die perfekte Beute. Zwei-, dreimal können wir diese Methode noch durchziehen.«

»Jetzt mal im Ernst, das kann ich mir nicht vorstellen. Jeder, der einmal angegriffen wurde, würde sich doch irgendwelche Gegenmaßnahmen überlegen.«

»Am Tag darauf sind sie vielleicht noch vorsichtiger, aber dann haben sie's gleich wieder vergessen. Der Algorithmus der Mobs ist jeden Tag der gleiche. Wenn man ständig nur auf solche Jagden geht, wird man irgendwann selbst wie ein Mob. Diese Typen haben kein bisschen Stolz.«

Die Unterhaltung wurde Sinon zunehmend unangenehm, und sie vergrub ihr Gesicht noch ein wenig tiefer in ihrem Schal. Gefühlsschwankungen lähmten den Finger am Abzug. Auch wenn sie sich dessen bewusst war, fühlte sie dennoch Missmut über Dynes schlaues Gerede in sich aufsteigen.

*Player versus Player

Obwohl er die auf die Mob-Jagd spezialisierte Gruppe auslachte und sich selbst als PvP-Spieler brüstete, verletzte es anscheinend nicht seinen Stolz, ebendiese Gruppe wiederholt aus dem Hinterhalt anzugreifen. Anstatt etliche Stunden in diesem neutralen Gebiet zu verschwenden, wäre es lohnender gewesen, in einem der Dungeons in den unterirdischen Ruinen gegen eine andere High-Level-Schwadron zu kämpfen.

Natürlich hätte das auch die Wahrscheinlichkeit einer Niederlage erhöht, wobei sie Ausrüstung verloren hätten und zurück in die Stadt teleportiert worden wären. Doch das bedeutete es eben, zu kämpfen. Allein dieses Gefühl der Anspannung stählte die Seele.

Zwei Wochen zuvor war sie in Dynes Schwadron eingeladen worden. Sie hatte ihren Beitritt sofort bereut. Sie gaben zwar vor, hauptsächlich eine PvP-Schwadron zu sein, aber die Gruppe ging immer auf Nummer sicher und nahm nur Gegner ins Visier, denen sie in Hinsicht auf Kampfkraft eindeutig überlegen waren, und beim kleinsten Verdacht eines Risikos wurde sofort zum Rückzug geblasen.

Doch Sinon hatte sich nie in die Prinzipien der Schwadron eingemischt. Sie befolgte nur schweigend Dynes Befehle und drückte den Abzug. Nicht, dass sie ihre Loyalität verkaufte, aber bevor sie Dyne irgendwann als Gegner auf dem Schlachtfeld begegnen würde, wollte sie genug Daten sammeln, um seine Gedanken und sein Verhalten vorauszusehen und ihm mit einer tödlichen Kugel einen Kopfschuss zu verpassen.

Obwohl sie ihn charakterlich nicht ausstehen konnte, waren sein Statuswert als Achtzehnter beim Bullet of Bullets und die Durchschlagskraft der 5,56-Millimeter-Patronen, die das seltene »SIG SG 550«-Sturmgewehr an seiner Schulter verschoss, unbestreitbar beeindruckend. Also schwieg sie fürs Erste, hielt die Augen offen und sammelte die Infos, die Dyne so achtlos preisgab.

Dyne plapperte weiter: »Außerdem haben sie sowieso nur optische Waffen für die Mob-Jagd dabei und könnten nicht einfach von jetzt auf gleich alle Gruppenmitglieder mit Waffen mit scharfer Munition ausrüsten. Sie haben vielleicht höchstens eine zum Schutz dabei. Und Sinon hat heute ihr Scharfschützengewehr, um denjenigen mit der Waffe auszuschalten. Meine Strategie hat keine Lücken. Stimmt's, Sinon?«

Als er plötzlich das Wort an sie richtete, nickte sie kaum merklich, das Gesicht immer noch in ihrem Schal vergraben. Dennoch schwieg sie weiterhin und zeigte keine Absicht, sich an dem Gespräch zu beteiligen.

Dyne schnaubte gelangweilt, aber der Angreifer an der Front grinste Sinon an: »Na, wenn das so ist. Mit Sinons Fernangriff sind wir auf der sicheren Seite. Sag mal, Sinocchi ...« Mit einem lässigen Grinsen im Gesicht kroch er auf Händen und Füßen an sie heran, um in Deckung zu bleiben. »Hast du nachher noch Zeit? Ich würde meine Angriffsskills gern verbessern, vielleicht kannst du mir ja ein paar Tipps geben. Wollen wir irgendwo was trinken gehen?«

Sinon warf einen kurzen Blick auf die Waffe an seiner Hüfte. Die »H&K UMP«-Maschinenpistole war seine Hauptwaffe. Er hatte aufgrund seines AGI-Builds in offenen Kämpfen einen recht beachtlichen Ausweich-Wert, aber weder sein Level noch seine Ausrüstung waren besonders denkwürdig. Während sie sich mit einiger Anstrengung an seinen Namen erinnerte, senkte sie leicht den Blick.

»Tut mir leid, Ginrou. Ich habe heute noch was vor ...«, sagte sie mit einer hohen, klaren Stimme, die sie nicht ausstehen konnte, weil sie so anders als ihre echte Stimme war. Deswegen redete sie nicht gern. Trotz der glatten Abfuhr, die sie ihm erteilt hatte, verschwand das verträumte Grinsen nicht aus seinem Gesicht. Einem Teil der männlichen Spieler schien es eine gewisse Freude zu bereiten, nur ihre Stimme zu hören. Bei dem Gedanken lief ihr ein kalter Schauer über den Rücken.

Als sie sich das erste Mal in diesem VRMMORPG *Gun Gale Online* eingeloggt hatte, hatte sie auf einen groben, unscheinbaren Mann als Alter Ego gehofft. Doch ihr wurde mitgeteilt, dass es nicht möglich war, zwischen Spieler und Charakter das Geschlecht zu wechseln. Also wollte sie zumindest eine möglichst muskulöse, große Frau sein, die wie ein Soldat wirkte.

Stattdessen wurde durch die zufälligen Parameter ein zierliches, puppenhaftes Mädchen generiert. Als sie schon ihren Account löschen und einen neuen Charakter erstellen wollte, beharrte der Freund, der sie in diese Welt eingeladen hatte, entschieden darauf, dass es schade darum wäre, und so levelte sie den Charakter nach und nach so weit hoch, bis es kein Zurück mehr gab.

Deswegen bekam sie hin und wieder solche lästigen Angebote. Für Sinon, die einzig und allein spielte, um zu kämpfen, war das nichts als ein Ärgernis.

»Ach ja, du bist ja noch Schülerin, oder, Sinocchi? Oder Studentin? Hast du ein Referat vorzubereiten oder so?«

»Ja, so was in der Art ...«

Es kam ihr vor, als seien die Annäherungsversuche noch viel aufdringlicher geworden, seit ihr einmal etwas von Schule herausgerutscht war. Nie und nimmer würde sie erzählen, dass sie noch zur Highschool ging.

Die anderen beiden Frontspieler, die bis jetzt am Boden gekauert und ihre Statusmenüs bedient hatten, rutschten auf Knien näher, als wollten sie Ginrou ablenken. Einer von ihnen, dem grünes Stirnhaar über die abgedunkelte Brille hing, sagte: »Ginrou, rück ihr doch nicht so auf die Pelle. Lass das Gerede übers echte Leben doch aus dem Spiel.«

»Genau. Nur weil du hier wie drüben solo bist«, sagte der andere Mann grinsend. Er hatte einen Camouflage-Helm schief auf dem Kopf sitzen.

Ginrou gab beiden eine Kopfnuss und entgegnete: »Ach ja?! Ihr habt doch selbst seit Jahren keine Freundin.«

Während die drei Männer dröhnend lachten, zog sich Sinon neben ihnen noch weiter in sich zurück und konnte es nicht fassen.

Wenn man für einen PvP-Kampf *GGO* spielte, gab es etliche sinnvolle Beschäftigungen während der Wartezeiten, wie etwa seine Konzentration zu sammeln oder seine Ausrüstung zu überprüfen. Wenn sie Profit mit dem Umtausch von digitalem Geld machen wollten, hätten sie besser einer Mobjagd-Schwadron beitreten sollen. Und wenn sie auf Bekanntschaften hofften, hätten sie unter den Titeln mit festgelegtem Geschlecht nicht ausgerechnet diese trostlose, grausame Welt, sondern ein märchenhafteres Spiel mit mehr weiblichen Spielern wählen sollen. Was wollten diese Typen überhaupt hier?

Wieder vergrub Sinon ihr Gesicht tief in ihrem Schal und strich mit ihrem Finger über den Lauf des großen Gewehrs, das neben ihr auf einem Zweibein stand.

Irgendwann wird der Zeitpunkt kommen, da ich mit diesem Gewehr eure Avatare abknallen werde. Ob ihr dann immer noch so lachen und nerven werdet?

Bei diesem Gedanken schien die Kälte des Gewehrlaufs ihren Missmut aufzusaugen, und sie beruhigte sich langsam.

»Da kommen sie«, flüsterte das letzte Mitglied ihrer Gruppe, das die Umgebung durch ein Loch in der zerbröckelten Betonwand mit seinem Feldstecher ausgespäht hatte, nachdem weitere zwanzig Minuten vergangen waren.

Die drei Angreifer und Dyne verstummten jäh, und die Atmosphäre wurde mit einem Mal angespannt.

Sinon warf einen flüchtigen Blick zum Himmel. Die gelben Wolken färbten sich allmählich rot, aber noch war es hell genug.

»Beehren sie uns also endlich mit ihrer Anwesenheit, was?«, knurrte Dyne leise. Er bewegte sich in gebückter Haltung zum Späher und nahm dessen Feldstecher. Dann blickte er genauso durch das Loch und begann, die Kampfkraft ihrer Gegner zu überprüfen.

»Sie sind es tatsächlich. Sieben Leute ... einer mehr als letzte Woche. Vier in der Vorhut mit optischen Blastern. Einer mit einem großkalibrigen Laser-Gewehr. Und ... oha, einer hat ein ›Minimi‹. Er hatte letzte Woche noch eine optische Waffe, muss wohl schnell zu scharfer Munition gewechselt haben. Der wäre ein Fall für den Scharfschützen. Der Letzte trägt einen Umhang, ich kann seine Waffe nicht sehen ...«

Sinon ging in den liegenden Anschlag und näherte ihr Gesicht dem hochauflösenden Zielfernrohr ihres Gewehrs.

Sinons Gruppe versteckte sich in den Ruinen einer vergangenen Zivilisation, die auf einer leichten Anhöhe standen. Die verwitterten Betonmauern und Stahlgerüste dienten ihnen als Tarnung, und sie hatten von dort einen optimalen Blick über die Einöde vor ihnen.

Noch einmal sah sie zum Himmel auf und stellte sicher, dass die virtuelle Sonne nicht in der Linse reflektierte, dann klappte sie die Schutzkappen ihres Zielfernrohrs hoch.

Als sie ihr rechtes Auge an die Okularlinse legte, bewegten sich kleine Punkte durch das Blickfeld, das auf minimale Vergrößerung eingestellt war. Mit der Fingerspitze justierte sie das Rädchen für die Vergrößerung. Mit jedem leisen Klicken wurden die zuvor sesamkorngroßen Punkte größer, bis endlich sieben Spieler zu erkennen waren.

Wie Dyne gesagt hatte, hatten vier Spieler der Gruppe optische Sturmgewehre und zwei davon observierten die Umgebung immer wieder mithilfe von Feldstechern. Aber ohne maximierte Such-Skills hätten sie keine Chance, Sinons versteckte Gruppe zu entdecken.

In der Mitte der Gruppe liefen zwei Spieler, die große Gewehre geschultert hatten. Eines davon war ein halb automatisches Laser-Gewehr und das andere ein »FN Minimi«, ein leichtes Maschinengewehr mit Patronenmunition. Es war eine hervorragende Squad Automatic Weapon, kurz SAW, die in der Wirklichkeit auch bei den japanischen Verteidigungsstreitkräften zum Einsatz kam. Da mithilfe eines Schutzfelds über die Hälfte des Schadens durch optische Waffen reduziert werden konnte, stellte das Minimi die größte Bedrohung dar.

Die Waffen hier in *Gun Gale Online* wurden grob aufgeteilt in Waffen mit scharfer Munition und optische Waffen.

Die Vorteile von Waffen mit scharfer Munition waren der große Schaden pro Schuss und die Fähigkeit, Schutzfelder zu durchdringen. Nachteile waren allerdings, dass man auch immer die schweren, sperrigen Patronenmagazine mitnehmen musste und die ballistische Flugbahn stark von Wind und Luftfeuchtigkeit beeinflusst werden konnte.

Dagegen waren die Vorteile der optischen Schusswaffen das leichte Gewicht sowie die hohe Schussweite und Zielgenauigkeit. Die Energy-Packs, die bei diesem Waffentyp einem Magazin entsprachen, waren kompakt, doch dafür verloren sie an Wirkung durch die Schutzfelder, die Spieler als Rüstung trugen.

Daher war es gängig, gegen Monster optische Waffen und gegen Spieler Waffen mit Patronenmunition einzusetzen. Doch die beiden Kategorien hatten noch weitere Besonderheiten abgesehen von ihrem Einsatzbereich.

Während die optischen Waffen allesamt fiktive Namen und Formen hatten, existierten die Waffen mit scharfer Munition tatsächlich in der wirklichen Welt.

Waffennarren wie Dyne und Ginrou, die einen großen Anteil der Spieler einnahmen, trugen daher für gewöhnlich am liebsten Waffen mit Patronenmunition und wechselten nur für die Jagd auf Mobs auf optische Waffen.

Auch das Gewehr, an das Sinon gerade ihre Wange legte, war eine Waffe mit scharfer Munition. Sinon hatte keinen einzigen Waffenhersteller gekannt, bevor sie in diese Welt gekommen war. Sie hatte sich die Itemnamen eingeprägt, die zum Spielen nötig waren, doch hatte das bei ihr keinerlei Interesse an Waffen im wirklichen Leben geweckt. Für sie waren die meisten der endlos vielen Waffen in dieser Welt einfach nur 3-D-Objekte, und sie wollte deren Pendants in der Wirklichkeit gar nicht sehen.

Sie zerstörte nur virtuelle Feinde mit virtuellen Kugeln in einer mörderischen Welt. Bis ihr Herz hart wie Stein wurde und ihr Blut gefror.

Aus diesem Grund würde sie auch heute den Abzug drücken.

Sinon schüttelte alle unnötigen Gedanken ab und bewegte ihr Gewehr geringfügig. Ganz hinten in der gegnerischen Formation lief ein Spieler im Tarnumhang, dessen Gesicht von einer riesigen Schutzbrille bedeckt war. Ganz wie Dyne gesagt hatte, war seine Ausrüstung nicht zu sehen.

Der Kerl war ziemlich riesig. Er schien einen großen Rucksack zu tragen, denn der Umhang wölbte sich an seinem Rücken auffällig. Seine Hände, die aus dem unteren Saum herausschauten, waren leer. Die Waffe musste er an seiner Hüfte tragen, und sie konnte dem Anschein nach höchstens eine Maschinenpistole sein.

»Also kann man wegen des Umhangs sein Gesicht nicht sehen?«, hörte sie Ginrou hinter sich fragen. Er sprach im Scherz, doch mit kaum merklicher Anspannung in der Stimme fuhr er fort: »Könnte das nicht dieser Typ sein? Du weißt schon ... dieser Death Gun?«

»Ha, Quatsch. Als ob es den wirklich gäbe«, prustete Dyne gleich los. »Außerdem soll Death Gun doch ein kleiner Mann im Ghillie-Anzug sein. Der Kerl dort ist ein ziemlicher Riese, der ist gut und gerne zwei Meter groß. Wahrscheinlich ... ist es ein Lastenträger mit reinem STR-Build. Er trägt ihre erfarmten Items, Munition und die Energy-Packs. Seine Waffe ist wahrscheinlich auch nichts Besonderes. Den könnt ihr im Kampf ignorieren.«

Während er sprach, sah Sinon den Mann durch ihr Zielfernrohr unverwandt an.

Wegen der klotzigen Schutzbrille war sein Gesichtsausdruck nicht zu erkennen, nur der Mundbereich lag frei. Seine Lippen waren fest zusammengepresst und regungslos. Die anderen Gruppenmitglieder, wenn auch wachsam, schienen miteinander zu plaudern, denn hin und wieder strahlten weiße Zähne auf, doch der letzte Mann blieb durchweg stumm. Nicht einmal geriet er in seinem schweigenden Marsch aus dem Schritt.

Die Intuition, die Sinon sich während ihrer halbjährigen Spielerfahrung in *GGO* angeeignet hatte, sagte ihr, dass von diesem Mann eine größere Bedrohung ausging als von dem mit dem Minimi. Doch außer seinem Rucksack gab es keine auffälligen Wölbungen.

Vielleicht trug er versteckt eine kleine, aber hochleistungsfähige Elitewaffe. Doch diese Art von Schusswaffen gab es nur in der Kategorie der optischen Waffen, und diese hatten keine entscheidende Kraft in PvP-Kämpfen. Dann konnte der Druck, den sie von diesem Mann ausgehen spürte, wohl nur Einbildung sein ...

Nach einem Moment der Unschlüssigkeit sagte Sinon leise: »Ich habe ein ungutes Gefühl bei dem Kerl. Ich würde den Typen im Umhang gerne als Erstes erschießen.«

Dyne ließ den Feldstecher sinken und sah Sinon mit erhobenen Brauen an: »Warum? Er hat nicht mal eine nennenswerte Ausrüstung.«

»Ich habe keinen bestimmten Grund, aber er ist ein Unsicherheitsfaktor, das gefällt mir nicht.«

»Wenn du dir darüber Gedanken machst, gibt der Typ mit dem Minimi eindeutig mehr Anlass zur Sorge. Wir haben ein echtes Problem, wenn die mit den Blastern zu nah an uns herankommen, während du dich mit dem Kerl aufhältst.«

Obwohl die Schutzfelder wirksam gegen optische Waffen waren, verringerte sich ihr Effekt mit abnehmender Distanz zum Schützen. Bei einem Feuergefecht aus nächster Nähe bestand die Gefahr, von den Laser-Blastern überwältigt zu werden, da diese pro Magazin mehr Schuss hatten. Sinon lenkte notgedrungen ein und nickte: »In Ordnung. Mein primäres Ziel ist der mit dem Minimi. Wenn sich die Gelegenheit bietet, werde ich mit dem nächsten Schuss auf den im Umhang zielen.«

Allerdings war bei Schüssen aus dem Hinterhalt nur der erste Schuss effektiv, solange die Zielperson den Scharfschützen noch nicht bemerkt hatte. Sobald der Feind die Position des Schützen kannte, sah er auch die ungefähre Schusslinie, wodurch er mit Leichtigkeit ausweichen konnte.

»Hey, keine Zeit mehr zu quatschen. Entfernung 2.500 Meter«, sagte der Späher, der durch den Feldstecher sah, den er von Dyne zurückbekommen hatte. Dyne nickte und wandte sich an die drei Angreifer hinter ihm: »Okay. Wir werden wie geplant bis zum Schatten an der Vorderseite des Gebäudes vorrücken und dort auf sie warten. Sinon, sobald wir uns in Bewegung setzen, können wir sie nicht mehr sehen, also gib uns Bescheid, wenn sich die Lage ändert. Ich geb dir das Signal zu feuern.«

»Verstanden«, antwortete Sinon knapp und sah wieder durch das Zielfernrohr ihres Gewehrs. Bei der Gruppe der Zielpersonen hatte sich nichts verändert. Sie bewegten sich noch immer in einem recht gemächlichen Tempo durch die Einöde.

Zwischen ihnen und Sinons Gruppe lagen etwa zweieinhalb Kilometer Ödland. Fast mittig ragte die Ruine eines noch größeren Gebäudes empor. Der Plan war, dass Dyne und die anderen diese Ruine nutzen würden, um in den toten Winkel des Feinds zu gelangen und von dort aus überraschend einen Sturmangriff zu starten.

»Gut, gehen wir.«

Die anderen Gruppenmitglieder – außer Sinon – bestätigten Dynes knappe Anweisung kurz. Ihre Stiefel knirschten auf dem mit Schotter vermischten Sand, als sie die Rückseite der Anhöhe hinabrutschten. Sinon wartete, bis das Geräusch ihrer Schritte vom Heulen des Abendwinds verschluckt wurde, dann zog sie ein kleines Headset unter ihrem Schal hervor und befestigte es an ihrem linken Ohr.

Für die nächsten Minuten würde sie den einsamen Kampf des Scharfschützen gegen den Druck durchfechten müssen. Ihr Schuss hatte einen großen Einfluss auf den weiteren Verlauf des Kampfes im Anschluss. Sie konnte nur auf ihren Finger und ihr stummes Gewehr vertrauen. Sie ließ ihre linke Hand über den Lauf des großen Gewehrs auf dem Zweibein gleiten. Das schwarze Metall antwortete mit kaltem Schweigen.

Vor allem wegen dieses Gewehrs war Sinon als einer der wenigen Scharfschützen in dieser Welt zu einer einigermaßen bekannten Spielerin geworden.

Seine Bezeichnung war »PGM Ultima Ratio Hécate II«. Es hatte eine Gesamtlänge von 1380 mm und ein Gewicht von 13,8 Kilogramm. Es war ein Kaliber .50 und verschoss große 12,7×99-mm-Patronen.

Wie sie vernommen hatte, gehörte es in der wirklichen Welt zur Kategorie der Anti-materiel rifles, die zur

Durchbrechung von Fahrzeugen und Gebäuden eingesetzt wurden. Wegen seiner großen Wirkung war der Einsatz gegen menschliche Ziele durch ein Abkommen mit einer ellenlangen Bezeichnung offenbar verboten. Doch natürlich gab es in dieser Welt kein solches Gesetz.

Sie hatte es drei Monate zuvor erhalten, um die Zeit etwa, zu der sie das Niveau eines erfahrenen *GGO*-Spielers erreicht hatte.

Aus einer Laune heraus war Sinon damals solo in einen gigantischen Ruinen-Dungeon im Untergrund der Hauptstadt SBC Glocken gegangen und wegen ihrer Unachtsamkeit durch eine Falltür gestürzt.

Das Setting von *Gun Gale Online* war die Erde, nachdem deren Zivilisation durch einen großen Krieg vor langer Zeit untergegangen war und die Menschen mit der Flotte einer Weltraumkolonie auf die Erde zurückgekehrt waren. Die Stadt Glocken selbst war ein ehemaliges Raumschiff, unter dem die Überreste einer riesigen Stadt lagen, die durch den Weltkrieg zerstört worden war. In den Stadtruinen wimmelte es von zahllosen automatischen Kampfrobotern und genetisch mutierten Kreaturen, die nur auf Abenteurer warteten, die sich in den Dungeon stürzten, weil sie vom schnellen Geld träumten. Und Sinon war direkt in die tiefste und gefährlichste Ebene des Dungeons gestürzt.

Es war kein Ort, an dem man als Solospieler etwas hätte ausrichten können. Während sie voranging, machte sie sich darauf gefasst, gleich in ihrem ersten Gefecht zu verlieren und am Speicherpunkt in der Stadt zu »respawnen«. Sie gelangte in einen großen, stadionähnlichen Raum, wo eine groteske Kreatur hockte.

Deren Größe und Namen nach zu urteilen, musste es ein Monster der Bossklasse sein, doch sie hatte es noch nie auf einer der Infoseiten gesehen. Diese Erkenntnis spornte sofort die kleine Saat der Gamer-Seele in Sinon an. Wenn sie ohnehin sterben würde, wollte sie gegen diese Kreatur kämpfen, dachte sie sich, als sie sich in einer Abluftöffnung über dem Stadion verbarg und mit ihrem Gewehr in Stellung ging.

Der Kampf entwickelte sich unerwartet. Das Bossmonster hatte ein vielfältiges Angriffsmuster, das Laser, Klauen und Giftgas beinhaltete, doch keiner dieser Angriffe konnte Sinon in ihrem Versteck erreichen. Doch da sich das Monster nur knapp in der effektiven Schussweite von Sinons Gewehr befand, teilte sie nur geringfügigen Schaden aus. Wenn sie ihren mitgebrachten Vorrat an Munition bedachte, würde sie das Monster nur dann besiegen können, wenn jede Kugel die vermutete Schwachstelle an der Stirn des Monsters traf und kein Schuss sein Ziel verfehlte.

Mit kühlem Kopf und Konzentration vollbrachte sie es. Drei Stunden nach Beginn des Kampfes brach der Boss endlich zusammen, und sein riesiger Polygonkörper zerbarst.

Der Boss droppte ein riesiges Gewehr, das sie noch nie zuvor gesehen hatte. Das Spiel war so konfiguriert, dass weder NPCs noch Spieler mächtige Waffen mit scharfer Munition herstellen konnten, und in den Städten wurden nur einige schwächere Modelle verkauft. Wer eine Waffe der Mittelklasse oder darüber haben wollte, konnte nur versuchen, in den Ruinen an eine Waffe zu kommen. Die »Ultima Ratio Hécate II«, die Sinon erlangt hatte, gehörte zu den seltensten Waffen aus dieser Kategorie.

Es hieß, dass derzeit nur zehn Exemplare der Anti-materiel rifles auf dem ganzen Server existierten, Sinons Hécate II eingeschlossen. Natürlich wurden sie zu astronomischen Preisen gehandelt. Das letzte Gewehr, das in einer Auktion versteigert worden war, hatte angeblich einen Preis von zwanzig Mega-Credits oder zwanzig Millionen Credits erzielt – die Währung im Spiel. Bei einem Wechselkurs von hundert zu eins beim Geldwechseln hatte der Verkäufer auf diese Weise 200.000 Yen verdient.

Sinon war eine allein lebende Highschool-Schülerin und kam mit ihren knappen finanziellen Mitteln jeden Monat nur mit Mühe und Not über die Runden. Daher war sie sehr in Versuchung, als sie davon erfuhr. In letzter Zeit gelang es ihr zwar endlich, zumindest die Hälfte der monatlichen Gebühren, also 1.500 Yen, wieder einzuspielen, trotzdem ging immer noch ihr halbes Taschengeld dafür drauf. Falls sie jedoch noch mehr Zeit im Spiel verbrachte, war fraglich, ob sie ihre Schulnoten würde halten können. Mit 200.000 Yen hätte sie die gesamten bisherigen Gebühren heraus und noch eine große Summe übrig.

Doch Sinon verkaufte die Waffe nicht. Sie spielte *GGO* nicht, um Geld zu verdienen, sondern nur aus dem einzigen Grund, ihre Gegner zu besiegen – alle Spieler, die stärker waren als sie selbst –, und so ihre eigene Schwäche zu bewältigen. Zudem fühlte sie bei diesem Gewehr, das doch nur ein simples Item war, zum ersten Mal so etwas wie eine »Seele.«

Die Hécate II erforderte wegen ihrer Größe und ihres Gewichts einen enormen STR-Wert, doch da Sinon als Scharfschützin ihren STR-Wert höher gelevelt hatte als ihren AGI-Wert, hatte sie knapp die erforderlichen Punkte, um es auszurüsten. Als Sinon das Gewehr zum ersten Mal zu einem Gefecht mitnahm und einen Feind im Zielfernrohr einfing, fühlte sie Stärke und Willen in dem schweren, kalten Metall in ihren Händen. Es hatte eine grausame Seele, die nach Mord lechzte und Tod forderte. Es war genau, wie Sinon immer sein wollte: ein unbeugsames, unerschütterliches Wesen, das nie auch nur eine Träne vergoss.

Wenig später fand Sinon heraus, dass der Name »Hécate« von der Göttin der Unterwelt in der griechischen Mythologie stammte. In diesem Moment beschloss sie, dass dieses Gewehr ihr erster und letzter Partner sein sollte.

In ihrem Zielfernrohr marschierte die feindliche Gruppe weiter voran.

Als sie den Blick hob und direkt auf das Ödland hinunterblickte, sah sie Dynes Gruppe sich dem verfallenen Gebäude zwischen ihr und den Zielpersonen nähern. Die Distanz zwischen den beiden Gruppen war bereits auf etwa 700 Meter geschrumpft. Wieder legte sie ihr rechtes Auge an das Zielfernrohr und wartete auf Dynes Signal.

Wenige Minuten später kam eine Stimme vermischt mit einem Störgeräusch aus ihrem Headset: *»Wir sind auf Position.«*

»Verstanden. Kurs und Geschwindigkeit des Feindes sind unverändert. 400 Meter von euch entfernt, von mir aus 1.500 Meter.«

»Immer noch weit weg. Schaffst du das?«

Sinon antwortete auf Dynes Frage mit einem schroffen: »Kein Problem.«

»Gut. Freigabe zum Schießen.«

»Verstanden.«

Nach diesem kurzen Wortwechsel fuhr Sinon schweigend mit dem Zeigefinger über den großen Abzugbügel ihrer Waffe.

Im Sichtfeld ihres Zielfernrohrs sah sie ihr erstes Ziel, den Mann mit dem Minimi auf der Schulter, der beim Laufen etwas zu erzählen schien. Beim Gefecht der vorigen Woche hatte Sinon nicht als Scharfschützin, sondern mit einem Sturmgewehr direkt am Kampf teilgenommen. Daher hätte sie dabei das Gesicht dieses Mannes aus kurzer Distanz sehen müssen, doch sie konnte sich nicht an ihn erinnern. Da er jedoch eine SAW ausrüsten konnte, musste er einen recht hohen Level haben.

Während sie ihr plötzlich heftiges Herzklopfen unterdrückte, justierte sie ihr Visier. Sie bedachte Distanz, Windrichtung und die Bewegungsgeschwindigkeit ihres Ziels und fixierte es über einen Meter links oberhalb des Ziels. Sie spielte mit dem Zeigefinger am Abzug.

Im gleichen Augenblick erschien in Sinons Blickfeld ein hellgrün leuchtender, transparenter Kreis.

Der schwankende Kreis veränderte kontinuierlich die Größe und breitete sich von der Brust des Mannes bis zu seinen Knien aus. Dies war der »Bullet Circle«, eine Zielhilfe des Systems, die nur in Sinons Blickfeld angezeigt wurde. Abgefeuerte Kugeln trafen einen zufälligen Punkt innerhalb dieses Kreises. Bei seinem derzeitigen Durchmesser nahm die Körperfläche des Mannes etwa dreißig Prozent des Kreises ein, mit anderen Worten, sie hatte eine dreißigprozentige Chance, ihr Ziel zu treffen. Zudem war es selbst mit der großen Durchschlagskraft der Hécate II unmöglich, das Ziel mit einem Schuss auf die Arme oder Beine zu töten, was die

Wahrscheinlichkeit weiter verringerte, ihn mit einem Schuss auszuschalten.

Die Größe des Kreises der geschätzten Einschlagstelle schwankte je nach Distanz zum Ziel, der Leistungsfähigkeit des Gewehrs, den Wetterverhältnissen, der Lichtintensität sowie den Skills und Statuswerten des Spielers. Doch der wichtigste Parameter war der Herzschlag des Schützen.

Das AmuSphere überwachte die Herzfrequenz des Spielerkörpers, der in der Wirklichkeit lag, und sandte die Informationen an das Spielsystem.

Wenn das Herz laut schlug, dehnte sich der Kreis maximal aus. Dann zog er sich allmählich zusammen, um beim nächsten Herzschlag wieder größer zu werden. Kurzum, wenn ein Scharfschütze seine Trefferrate erhöhen wollte, musste er zwischen zwei Herzschlägen schießen.

Allerdings schlug das Herz schon im Ruhezustand sechzigmal pro Minute, also jede Sekunde einmal, und durch die Anspannung beim Schießen konnte die Herzfrequenz auf mehr als das Doppelte hochschnellen, wodurch der Kreis sich wild ausdehnte und wieder zusammenschrumpfte.

Das war einer der Hauptgründe dafür, dass es in *GGO* nur äußerst wenige Scharfschützen gab.

Man traf einfach nicht. Es war unmöglich, als Scharfschütze die Anspannung beim Schießen zu unterbinden. Natürlich erhöhte sich die Herzfrequenz auch im Nahkampf, sodass der Kreis pulsierte, doch auf kurze Distanz traf man dennoch, erst recht mit vollautomatischen Maschinenpistolen oder Sturmgewehren. Aber bei Schüssen eines Scharfschützen aus tausend Metern Entfernung und mehr dehnte sich der Kreis auf ein Vielfaches der Körpergröße der Zielperson aus. Dass der Kreis in Sinons Blickfeld auf die Größe einer dreißigprozentigen Trefferrate geschrumpft war, konnte als kleines Wunder betrachtet werden.

Aber, dachte Sinon bei sich, *wie schlimm können dieser Druck, diese Unruhe, diese Furcht schon sein? 1.500 Meter Entfernung? Das ist, als würde ich einen zusammengeknüllten Zettel in den Papierkorb werfen. Genau ...*

Es war nichts verglichen mit damals.

Plötzlich wurde ihr Kopf kühl. Ihr Herzschlag beruhigte sich, als sei nie etwas gewesen.

Eis. Ich bin eine eiskalte Maschine.

Das Pulsieren des Bullet Circle verlangsamte sich mit einem Mal. Gleichzeitig dehnte sich ihre Empfindung der Zeit aus, sodass sie den Moment, in dem der Kreis am kleinsten war, klar erkennen konnte.

Ein erstes ... ein zweites ... und ein drittes Mal zog sich der Kreis zusammen, bis er nur noch auf das Herz des Mannes mit dem Minimi zeigte. In diesem Augenblick drückte Sinon den Abzug.

Ein Krachen wie ein Donnerschlag erschütterte die Welt.

Eine riesige Flamme brach aus der Mündungsbremse am Lauf der Hécate II hervor, und das Projektil sauste noch vor dem Knall los. Durch den Rückstoß wurde Sinon mitsamt dem Gewehr zurückgedrückt, doch sie stemmte beide Füße fest in den Boden und hielt dagegen.

Im Visier sah sie, wie der Mann plötzlich aufblickte, als hätte er das Mündungsfeuer bemerkt. Durch das Zielfernrohr kreuzte sich Sinons Blick mit dem seinen ...

Und in diesem Moment zerstoben Brust, Schultern und Kopf des Mannes in winzige Fragmenten und verschwanden.

Kurz darauf zersplitterte auch der Rest seines Körpers wie eine zertrümmerte Glasstatue. Zu seinem Unglück wurde sein außerordentlich wertvolles Minimi offenbar zu einem »Random Drop« und fiel an Ort und Stelle in den Sand. Wenn er in der Stadt respawnte, würde er mit Sicherheit eine Weile mit dem doppelten Schock aufgrund seines Todes durch einen Schuss und des Verlusts seiner Waffe zu kämpfen haben.

Sinon nahm ungerührt Notiz davon, unterdessen bewegte sich ihre rechte Hand wie von selbst und zog den Kammerstängel der Hécate II zurück. Mit einem metallischen Klicken wurde die riesige Patrone ausgeworfen, prallte gegen einen Felsen neben ihr und verschwand.

Während Sinon die nächste Kugel lud, schwenkte sie das Gewehr ein wenig nach rechts und erfasste ihr zweites Ziel, den Mann im Umhang, im Zielfernrohr. Sein von der Schutzbrille verdecktes Gesicht war ihr geradewegs zugewandt. Sie stellte das Visier auf den oberen Teil seines Körpers ein und drückte den Abzug leicht. Abermals tauchte der grüne Bullet Circle auf und zog sich sofort auf einen Punkt zusammen.

Vom ersten Schuss bis jetzt waren drei Sekunden vergangen. Bei halb automatischen Waffen war Dauerfeuer möglich, nicht aber bei Gewehren mit Kammerverschluss wie der Hécate II. Jedoch war der durchschnittliche Spieler erst mal schockiert und wie erstarrt, wenn ein Kamerad direkt vor seinen Augen plötzlich pulverisiert wurde, und brauchte fünf Sekunden, bis er sich wieder gefangen hatte, die Richtung des Schusses feststellte und sich aufs Ausweichen vorbereitete. Sinon schätzte, dass sie während dieser Verwirrung einen erfolgreichen zweiten Schuss abfeuern könnte.

Doch der Mann im Umhang zeigte kein Anzeichen von Aufregung und starrte Sinon durch seine riesige Schutzbrille direkt an. Er musste tatsächlich sehr erfahren sein, sicher war er ein bekannter Spieler, dachte Sinon, als sie den Abzug drückte.

In diesem Moment wurde im Blickfeld des Mannes die transparente, rote Linie der »Bullet Line« angezeigt, die einen Angriff auf ihn anzeigte. Es war eine defensive Systemhilfe, die verwendet wurde, um Gefechte mit Schusswaffen im Spiel spannender zu gestalten. Mutige Spieler mit hervorragenden Reflexen und hohem AGI-Wert konnten aus einer Entfernung von fünfzig Metern selbst beim Dauerfeuer der Sturmgewehre über fünfzig Prozent der Kugeln ausweichen.

Der größte Vorteil der Scharfschützen-Klasse war, dass dem Gegner beim allerersten Schuss keine Bullet Line angezeigt wurde. Doch Sinon hatte bereits einmal gefeuert und ihre Position offenbart, daher konnte sie diesen Vorteil nun nicht mehr nutzen.

Ein erneuter Donnerschlag. Ihr erbarmungsloser Finger hatte ein weiteres Projektil des geballten Todes aus der Hécate II gefeuert, das durch die blassgelbe Atmosphäre schnitt.

Doch wie Sinon erwartet hatte, machte der Mann gelassen einen großen Schritt nach rechts. Gleich darauf schoss die 12,7-mm-Patrone einen Meter neben seiner großen Gestalt durch die Luft. Aus einer emporragenden Betonwand im Ödland weit hinter ihm verschwand ein kreisrundes Stück.

Sinons rechte Hand bewegte sich mechanisch und lud gleich die nächste Kugel, doch als sie ihre Finger wieder an den Griff legte, rührte sie den Abzug nicht an.

Weitere Schüsse aus dem Hinterhalt waren nutzlos. Wenn sie ihn unbedingt anvisieren wollte, musste sie ihre Position wechseln, aus seinem Blickfeld verschwinden und warten, bis die sechzig Sekunden verstrichen waren, nach deren Ablauf die Erkennungsinformationen zurückgesetzt wurden. Doch bis dahin wäre der Ausgang des Gefechts vermutlich schon entschieden. Mit dem Auge noch immer am Zielfernrohr, flüsterte sie in den Empfänger an ihrem Mund: »Erstes Ziel ausgeschaltet. Zweites Ziel verfehlt.«

Sofort kam Dynes Antwort: »Verstanden. Zum Angriff. Go, go, go!«

Das Scharren ihrer schnellen Schritte war schwach durch das Headset zu hören. Sinon ließ den angehaltenen Atem flach entweichen.

Damit war die ihr zugeteilte Aufgabe erledigt. Da die Hécate II eine so extrem seltene Waffe war, wäre es mehr als nur eine kleine Katastrophe, wenn sie sich damit direkt in den Kampf stürzen und sie verlieren würde, falls sie dabei starb. Dyne hatte ihr mitgeteilt, dass sie in Bereitschaft bleiben solle, nachdem ihr Job als Scharfschützin erledigt war. Zwar war es unerfreulich, dass ihr zweiter Schuss sein Ziel verfehlt hatte, aber jetzt konnte sie nur noch hoffen, dass ihr »ungutes Gefühl« sich als unbegründet erweisen würde.

Während dieser Gedanken verrückte Sinon abermals ihr Gewehr und regelte die Vergrößerung des Zielfernrohrs herunter, um die gesamte feindliche Schwadron in ihrem Sichtfeld zu erfassen. Die vier an der Front stürzten eilig hinter nahen Felsen oder Betonmauern in Deckung, während der Mann in der Nachhut mit dem großen Laser-Gewehr und der große Kerl im Umhang –

»Ah ...!«, rutschte es Sinon unwillkürlich heraus. Der große Mann riss gerade seine Arme hoch und streifte den Camouflage-Umhang ab.

Er trug keine Waffe in den Händen. Auch nicht an seiner Hüfte.

Nun zeigte sich, was das Objekt war, das er auf seinem breiten Rücken trug und das sie einfach für einen Rucksack zum Transport von Items gehalten hatten.

Eine Metallschiene bog sich um seine kräftigen Schultern. Daran befestigt war ein ebenso grobes wie detailliertes metallisches Objekt.

Es war ein zylindrisches Verschlussgehäuse, das von einer Y-förmigen Stützstruktur umrahmt wurde. An der Oberseite ragte ein dicker Haltegriff hervor, und darunter lagen sechs gebündelte Gewehrläufe. Es war mit Leichtigkeit über einen Meter lang.

Am Gehäuse war ein Munitionsgurt angebracht, der ebenso an der Metallschiene aufgehängt war und offenbar zu einem massiven Gurtkasten führte.

Diese grimmige Erscheinung, fast zu groß, um noch als Gewehr bezeichnet werden zu können, hatte Sinon einmal im Waffenverzeichnis auf einer *GGO*-Infoseite gesehen.

Seine Bezeichnung war »GE M134 Minigun«, und es wurde zur Kategorie der schweren Maschinengewehre gezählt. Es war eine der größten Waffen in *Gun Gale Online*. Die sechs Gewehrläufe luden, feuerten und warfen die Patronen aus, während sie in hoher Geschwindigkeit rotierten. Jeder einzelne Lauf feuerte mit einer wahnsinnigen Geschwindigkeit von hundert Schuss mit 7,62-mm-Projektilen pro Sekunde. Dieses Gewehr hatte den Spitznamen »Albtraum« verdient. Nein, diese Waffe war vielmehr eine Kriegsmaschine.

Selbstverständlich hatte diese Waffe auch ein enormes Gewicht. Wenn sie sich recht erinnerte, wog der Hauptteil allein achtzehn Kilogramm, und mit einer derartigen Menge von Munition mussten es über vierzig Kilogramm sein. Selbst ein Spieler mit reinem STR-Build hätte die Waffe unmöglich tragen können, ohne sein Gewichtslimit zu überschreiten. Er musste sicher eine Bewegungsstrafe wegen Überlastung in Kauf nehmen.

Die Gruppe war nicht so langsam gewesen, weil sich ihre Jagd in die Länge gezogen hatte. Es war die maximale Schrittgeschwindigkeit, die dieser Mann aufbringen konnte.

Wie erstarrt blickte Sinon durch ihr Zielfernrohr, als der Mann hinter seinen Rücken fasste und den Griff der Minigun packte. Das riesige Maschinengewehr glitt in einer flüssigen Bewegung an der Schiene entlang und rotierte an seiner rechten Seite um neunzig Grad herum. Er stellte die Füße weit auseinander und hielt sein sechsläufiges Gewehr nach vorn – und zum ersten Mal bewegte sich sein Mund unterhalb der Schutzbrille und verzog sich zu einem grimmigen Lächeln.

Sinon bediente hastig das Rädchen, um ihr Zielfernrohr auf die geringste Vergrößerung einzustellen.

Am linken Rand ihres Sichtfelds stürmten Ginrou und die anderen beiden Angreifer vorwärts, die Maschinenpistolen bereit. Die Front der gegnerischen Gruppe trat ihnen mit ihren Blastern entgegen, doch deren hellblaue Laser verpufften etwa einen Meter vor Ginrou und den anderen, wobei sich die Luft wie eine Wasseroberfläche kräuselte. Das war der Effekt der hochwirksamen »Anti-Laser-Schutzfelder«.

Sie erwiderten das Feuer mit ihren Maschinenpistolen. Der Körper eines der feindlichen Blaster-Schützen, der sich zu weit hinter seinem Felsen hervorgelehnt hatte, wurde mit den tiefroten Treffereffekten übersät und fiel. Ginrou und die anderen rückten weiter vor bis zur Rückseite einer Betonmauer in nächster Nähe zur feindlichen Truppe.

In diesem Moment ging der Mann mit einem Ruck in die Knie.

Die Läufe seiner Minigun rotierten in Hochgeschwindigkeit und versprühten für nur 0,3 Sekunden ein Band aus glitzernden Lichtern.

Mehr brauchte es nicht, um Ginrous Avatar mitsamt seiner Deckung aus Beton zu pulverisieren. Er verschwand so schnell wie eine Sandfigur, die von der Strömung erfasst wurde.

»Hmpf …«

Sinon biss sich auf die Lippe und stand auf. Sie hob die Hécate II vom Boden hoch, klappte das Zweibein zusammen, legte sich den Gurt um und schulterte die Waffe.

Der Gurt der 130 Zentimeter langen, schweren Hécate II grub sich in Sinons Schulter, die selbst nur 155 Zentimeter groß war, doch das Gewicht lag noch innerhalb ihrer Tragekapazität. Dass sie ihr Gewichtslimit selbst mit ihrer Zweitwaffe, einer kleinen »H&K MP7«-Maschinenpistole, nicht überschritt, war neben ihrem hohen STR-Wert der Tatsache zu verdanken, dass sie nur die sieben Projektile im Magazin ihrer Hécate II mitgebracht hatte.

Selbst mit bloßem Auge waren die Mündungsfeuer zu erkennen, die auf dem etwa anderthalb Kilometer entfernten Schlachtfeld aufleuchteten. Wortlos rannte Sinon los, so schnell sie konnte.

In der gegenwärtigen Lage des Gefechts war Dynes Schwadron enorm im Nachteil. Wenn der Mann mit der Minigun der einzige Gegner gewesen wäre, hätten sie ihn vielleicht besiegen können, wenn sie mindestens auf mittlerer Distanz und beim Angreifen ständig in Bewegung geblieben wären. Aber wenn die anderen mit den Laser-Blastern mithilfe der Rückendeckung durch die Minigun so weit vorrücken würden, dass die Schutzfelder ihre Wirkung verlören, müssten sie sich erst mit diesen Gegnern befassen.

Obwohl sie ein Mitglied der Schwadron war, hätte sich wohl niemand beschwert, wenn sich Sinon an dieser Stelle zurückgezogen hätte. Schließlich hatte sie die ihr aufgetragene Aufgabe als Scharfschützin hervorragend erfüllt.

Doch Sinon lief auf direktem Weg zum Schlachtfeld. Nicht, weil sie ihre Kameraden retten wollte. Allein das Grinsen des Mannes mit der Minigun trieb sie vorwärts.

Er besaß genug Kraft, um auf dem Schlachtfeld zu grinsen. Er hatte lange genug gespielt, um eine Minigun in die Finger zu bekommen, die genauso oder vielleicht noch seltener sein mochte als Sinons Hécate. Er hatte das Durchhaltevermögen, um genügend Statuspunkte für den immensen erforderlichen STR-Wert anzusammeln. Und zudem hatte er genug Mut, um ganz gelassen auf Sinons Schuss zu reagieren.

Wenn sie gegen solch einen Gegner kämpfen und ihn töten würde, konnte sie ihr anderes, allzu schwaches Ich endlich auslöschen – die junge »Shino Asada«, die immerzu in ihrem Inneren schluchzte.

Nur aus diesem Grund hatte sie sich überhaupt in diese wahnsinnige Welt gestürzt. Wenn sie jetzt weglief, war alles umsonst, was sie bisher aufgebaut hatte.

Sinon raste so schnell über den verdorrten Boden, wie es ihre Parameter nur zuließen, und preschte durch die staubige Luft.

Sie wich den Felsen und zerfallenen Mauern aus, die hier und da aus dem kiesigen Sandboden ragten, sprang über sie hinweg und stürmte nach nicht einmal einer Minute in die Kampfzone.

Es war ein wilder Sprint mit der vollen Kraft ihres AGI-Parameters. Sie dachte nicht im Entferntesten daran, sich zu verstecken. Die gegnerische Truppe musste schon bemerkt haben, dass Sinon sich näherte.

Die Kampfzone der beiden Gruppen hatte sich seit Beginn des Gefechtes weit verschoben. Natürlich war es Dynes Gruppe, die zurückwich. Der gewaltsame Beschuss mit der Minigun drängte sie zurück, während die Frontkämpfer stetig weiter zu ihnen aufschlossen. Um aus der effektiven Reichweite ihrer optischen Gewehre zu entkommen, blieb Dyne und den anderen drei nichts anderes übrig, als sich von Deckung zu Deckung immer weiter zurückzuziehen.

Auch für sie war es nun nicht mehr möglich, geradewegs durch das Ödland zu sprinten. Wenn sie ohne Deckung herumlief, würde sofort ein Kugelhagel der Minigun wie ein Wasserfall auf sie niedergehen. Zu allem Überfluss waren auf dem Fluchtweg ihrer Truppe kaum noch Betonmauern zu finden wie die, an die sich Dyne und die anderen gerade anlehnten. Es blieb nur noch die Ruine eines halb verfallenen Gebäudes, das sie für ihre erste Annäherung an den Feind benutzt hatten. Sobald sie sich dort hineinflüchteten, säßen sie wie Mäuse in der Falle.

Sinon erkannte all das innerhalb eines Augenblicks und versuchte in einem Zug in den Schatten der Mauer zu stürzen, in dem Dyne und die anderen kauerten. In diesem Moment tauchten drei hellrote Linien direkt vor Sinon auf.

»Ugh ...«

Sie biss die Zähne zusammen und machte sich bereit, auszuweichen. Es waren die Bullet Lines der feindlichen Laser-Blaster.

Sinon duckte sich so weit wie möglich und schlüpfte unter der ersten Bullet Line hindurch. Gleich darauf verbrannte ein hellblauer Laser die Luft über ihrem Kopf. Vor ihren Augen war die zweite Bullet Line. Sogleich stieß sie sich mit aller Kraft vom Boden ab und schwang sich in die Luft. Der nächste Laser schoss gleich neben ihrem Bauch vorbei und färbte ihr Blickfeld für einen Moment weiß.

Die dritte Bullet Line kreuzte ihre Flugbahn an einem etwas höheren Punkt. Sie zog den Kopf so weit ein, wie sie konnte, und wich dem heranschnellenden Laser aus, doch er berührte die Spitzen ihrer blauen Haare, und knisternde Lichter sprühten.

Mit knapper Not war sie dem Feuer der Laser-Blaster ausgewichen und landete wieder auf dem Boden, als eine erschreckend dicke Linie, sie mochte wohl fünfzig Zentimeter Durchmesser haben, vor ihren Augen alles blutrot färbte.

Zweifellos war das die Bullet Line der Minigun. In wenigen Sekundenbruchteilen würde deren Dauerfeuer wie ein Sturm über sie hereinbrechen.

Sinon trieb ihren vor Angst wie gelähmten Körper an, krümmte ihr rechtes Bein mit einem Ruck und sprang abermals mit aller Kraft hoch. In der Luft drehte sie sich und bog ihren Körper mit dem Rücken nach unten wie beim Hochsprung.

Sofort fühlte sie, wie ein reißender Energiestrom einem Orkan gleich knapp unter ihrem Rücken vorbeitoste. Die weiß blitzenden Projektile flogen durch den Rand ihres Sichtfelds und rissen ein großes Loch in die verwitterte Wand einer Ruine ein Stück entfernt.

Kurz bevor sie mit dem Rücken in den Sand fiel, drehte sich Sinon wieder herum und landete auf allen vieren. Gleichzeitig schleuderte sie sich mit aller Kraft nach vorn. Nach ein paar Rollen vorwärts erreichte sie den Schatten der Betonmauer, hinter der sich ihre Kameraden versteckten. Der Schwadronsführer sah Sinon entgeistert an, als sie so plötzlich vor ihm auftauchte. Wie wohlwollend man es auch betrachtete, in seinen Augen glitzerte keine Dankbarkeit, sondern nur der Unglauben, wieso sich jemand aus Neugier in Todesgefahr begab.

Dyne wandte den Blick gleich wieder ab und sah auf das Sturmgewehr in seinen Händen. Seine Stimme war leise und heiser, als er sprach: »Die Typen haben einen Leibwächter engagiert.«

»Einen Leibwächter?«

»Kennst du ihn nicht, den Typen mit der Minigun? Das ist ›Behemoth‹. Der Muskelprotz hat seinen Stützpunkt im Norden. Er lässt sich von Schwadronen ohne Mumm, aber mit genug Kohle als sogenannte Eskorte anheuern.«

Das ist ein bei Weitem respektablerer Spielstil als das, was du machst, dachte Sinon, aber natürlich sprach sie es nicht aus. Stattdessen warf sie einen Blick zu den Angreifern ihrer Schwadron, die hin und wieder hinter der Deckung hervorlugten, um einen nutzlosen Gegenangriff auf die feindliche Truppe zu versuchen. Gerade so laut, dass es alle hören konnten, sagte sie: »Wenn wir uns weiter hier verstecken, werden sie uns im Handumdrehen auslöschen. Der Minigun sollte so langsam die Munition ausgehen. Wenn wir alle gleichzeitig angreifen, wird er es sich wahrscheinlich zweimal überlegen, einfach draufloszuballern. Wir müssen alles auf diese Karte setzen, um ihn irgendwie zu beseitigen. Ihr zwei mit den Maschinenpistolen geht links herum, Dyne und ich schleichen uns von rechts an, das M4 gibt uns von hier Rückendeckung ...«

An dieser Stelle unterbrach Dyne sie mit heiserer Stimme: »Vergiss es, es sind immer noch drei mit Blastern übrig. Wenn wir einfach losrennen, werden unsere Schutzfelder ...«

»Das Dauerfeuer der Blaster ist nicht so schnell wie mit Patronen. Wir können der Hälfte davon ausweichen.«

»Es bringt nichts!«, wiederholte Dyne starrsinnig und schüttelte den Kopf. »Die Minigun würde uns einfach zerfetzen. Ich sag's nicht gern, aber wir sollten aufgeben. Wenn sie sich sowieso mit dem Sieg über uns brüsten werden, können wir uns auch gleich ausloggen ...«

Wenn man sich auf neutralem Gebiet ausloggte, verschwand der Avatar nicht gleich. Er blieb für einige Minuten unbeseelt zurück und konnte noch immer angegriffen werden. Und es gab ein geringes Risiko, dass dann auch noch Waffen oder Ausrüstung zufällig droppen konnten.

Sinon war schon immer der Meinung gewesen, dass Dyne als Anführer zu früh zum Rückzug blies, aber nie hätte sie erwartet, dass er so verzweifelt oder vielmehr bockig wie ein Kind solch einen Vorschlag machen würde. Sinon starrte fassungslos in sein Gesicht, das Gesicht eines kampferprobten Soldaten.

Da jammerte er zähneknirschend: »Was denn, nimm das Spiel doch nicht so ernst! Es kommt doch aufs Gleiche raus. Wenn wir da rausgehen, sterben wir genauso …!«

»Dann stirb doch!«, schrie Sinon unwillkürlich zurück. »Hab zumindest im Spiel den Mumm, in einen Gewehrlauf zu blicken und zu sterben!«

Warum sagte sie solche Dinge zu einem Mann, der doch nur ein weiteres ihrer Ziele war? Das war dann wohl das Ende ihrer Zeit in dieser Schwadron.

Mit diesen Gedanken im Hinterkopf packte sie den Kragen von Dynes Camouflage-Jacke und riss ihn gewaltsam hoch. Den drei anderen Gruppenmitgliedern, die große Augen machten, zischte sie derweil zu: »Drei Sekunden reichen mir. Wenn ihr den Kerl mit der Minigun ablenkt, erledige ich ihn mit der Hécate.«

»G… Geht klar«, antwortete der Angreifer mit den grünen Haarsträhnen über der Schutzbrille stammelnd, und die anderen beiden nickten zustimmend.

»Gut, teilt euch in zwei Teams auf und greift von beiden Seiten gleichzeitig an.«

Sinon schubste den schmollenden Dyne bis zum Rand ihrer Deckung. Sie zog die MP7 aus ihrem Gürtel und gab ein Handzeichen für den Countdown.

Drei, zwei, eins.

»Go!«

Gleichzeitig sprangen sie los und stürmten auf das Schlachtfeld, wo der Tod stets nur eine Sekunde voraus auf sie wartete.

Sogleich tauchten etliche Bullet Lines vor ihren Augen auf. Sie warf sich zu Boden und schlitterte weiter, um ihnen auszuweichen, während sie die gegnerische Truppe in ihrem Blickfeld erfasste.

Hinter einer Mauer an einem Hang rechts, etwa zwanzig Meter weiter vorn, waren zwei der Blaster-Schützen. Weiter hinten links befand sich ein weiterer von ihnen. Behemoth, der Mann mit der Minigun, war genau in der Mitte und weitere zehn Meter hinter ihnen. Er versuchte ihre beiden Verbündeten, die nach links gelaufen waren, in seiner Schusslinie zu erfassen.

Sinon rannte nach rechts und richtete dabei ihre MP7 auf die Blaster-Schützen. Als sie den Abzug berührte, tauchte der Bullet Circle auf, doch sie konnte in dieser Situation unmöglich ihren Herzschlag beruhigen, also pulsierte er wild über den Körpern der Männer.

Dessen ungeachtet feuerte sie. Sie spürte den Rückstoß ihrer Maschinenpistole in der Hand, der verglichen mit der Hécate II allerdings unerheblich war. Im Nu war ihr Magazin mit zwanzig 4,6-mm-Patronen leer.

Von dem waghalsigen Gegenangriff offenbar überrumpelt, versuchten sich die beiden Blaster-Schützen hinter die Mauer zu retten, doch ein paar Kugeln trafen ihr Ziel. Nicht genug, um ihre HP komplett zu eliminieren, allerdings verschaffte es ihr ein paar Sekunden Zeit.

»Dyne! Gib mir Deckung!«, schrie Sinon und warf sich zu Boden, während sie die Hécate II von ihrem Rücken in ihre Arme zog. Sie hatte keine Zeit, das Zweibein aufzubauen. Während sie das enorme Gewicht hielt, blickte sie durch das Zielfernrohr.

Es war immer noch auf kleinste Vergrößerung eingestellt, aber Behemoths Oberkörper füllte ihr Sichtfeld aus. Als sie bemerkte, dass er direkt zu ihr sah, wartete sie nicht mehr, bis der Bullet Circle sich zusammenzog, und drückte den Abzug.

Mit einem Donnern schoss ein tödlicher Blitz durch die Luft – und knapp an Behemoths Kopf vorbei. Der Schock ließ ihn taumeln, und die Schutzbrille flog von seinem Schädel, zersplitterte und verschwand.

Daneben!

Sinon biss sich auf die Lippe und wollte aufstehen, als sich ihre Blicke im Zielfernrohr kreuzten. Graue Augen blitzten in Behemoths nun demaskiertem Gesicht, und seine Lippen verzogen sich zu einem noch verwegeneren Grinsen.

Ein gewaltiges rotes Licht hüllte Sinons Körper komplett ein.

Augenblicklich war ihr klar, dass Ausweichen unmöglich war. Sie hatte nicht mehr die Zeit, aus ihrer Liegeposition aufzustehen und zur Seite zu springen.

Dann werde ich zumindest der Mündung direkt entgegenblicken ...

Um sich an ihre eigenen Worte zu halten, stand sie auf und sah direkt zu Behemoth. Da explodierten plötzlich Lichter an mehreren Stellen auf seinem kolossalen Körper.

Es war Dyne. Er hockte mit einem Knie auf dem Boden, sein Sturmgewehr im Anschlag, und schoss mit hoher Treffsicherheit. In dieser Situation und auf diese Entfernung mit ein paar Schüssen überhaupt das Ziel zu treffen, war eine beachtliche Leistung, was auch immer sie von seinem Charakter hielt. Mit diesem Gedanken sprang Sinon mit ganzer Kraft nach rechts. Prompt zersiebte ein Sturm von Dutzenden Kugeln den Ort, an dem sie sich gerade noch befunden hatte.

»Dyne! Geh weiter nach rechts ...!«, rief sie noch, als die beiden Blaster-Schützen wieder hinter der Wand auftauchten und erbarmungslos das Feuer auf Dyne eröffneten, der gerade aufstehen wollte.

Sie waren viel zu nah. Ihre Laser drangen durch Dynes Schutzfeld und bohrten sich dann in seinen Körper.

Für einen Augenblick sah Dyne Sinon an und wandte sich dann nach vorn.

»Uaaah!«, schrie er plötzlich und sprintete geradeaus los.

Auf der Stelle empfing ihn ein Hagel von Lasern. Dyne wich einigen Schüssen aus, tauchte unter anderen hindurch und stürmte weiter. Doch natürlich konnte er nicht sämtlichen Schüssen ausweichen.

In seinen letzten Sekunden zog Dyne seinen Glücksbringer, eine große Plasmagranate, aus seinem Gürtel und warf sie hinter die Mauer. Gleichzeitig verschwanden seine letzten HP, und sein Avatar zerbarst mit dem Rücken zu Sinon in unzählige Polygonsplitter.

Gleich darauf färbte ein Blitz die Welt weiß.

Eine Erschütterung, als hätte ein riesiger Gott seinen Hammer auf die Erde geschlagen. Ein hellblauer Energiesturm toste und wirbelte eine gigantische Menge Erde und Sand auf. Inmitten des Staubs flog auch der Körper eines der Blaster-Schützen durch die Luft und löste sich auf, noch bevor er auf dem Boden aufschlug.

Gut gemacht!, applaudierte sie dem verschiedenen Dyne innerlich kurz, kniff die Augen zusammen gegen die heranziehende Staubwolke und verschaffte sich schnell einen Überblick über das Schlachtfeld.

Einer von den beiden Angreifern, die von links angegriffen hatten, war von der Minigun erledigt worden, aber auch einer der Typen mit den Blastern war verschwunden.

In der rechten Flanke hatte sich Dyne durch seine Selbstmordattacke aufgelöst und dabei einen der Feinde mitgenommen. Der andere würde noch für eine Weile paralysiert bleiben.

Und schließlich war da die große Gestalt, die sich durch die dicken Staubwolken direkt auf sie zubewegte.

Von nun an würde es mehr oder weniger ein Zweikampf zwischen Behemoth und Sinon sein. Doch auf diese Entfernung und mit seinem Maschinengewehr gegen ihr Scharfschützengewehr war es kein fairer Kampf.

Irgendwie musste es ihr gelingen, in seinen toten Winkel zu gelangen und in Position zu gehen. Doch in einem frontalen Zweikampf gab es im Guten wie im Schlechten keine toten Winkel ...

Nein.

Sinon hielt für einen Moment den Atem an. Solange die von Dynes Handgranate verursachte Staubwolke die ganze Umgebung bedeckte, konnte Behemoth ihre Position nicht genau erkennen. Natürlich konnte sie ihn genauso wenig sehen, was einen Angriff unmöglich machte, aber vielleicht könnte sie zum einzigen Ort in diesem Gelände kommen, an dem sein Kugelsturm sie nicht würde erreichen können.

Kaum hatte sie das gedacht, drehte sie sich um und raste los. Direkt hinter dem Schlachtfeld ragte die halb verfallene Ruine auf.

Sie stürzte durch den Eingang. Die hintere Hälfte des Gebäudes war vollständig eingestürzt und gewährte einen freien Blick auf den gelben Himmel, doch sie steuerte auf die rechte Wand zu – wo eine Treppe nach oben führte. Vorsichtig lief sie weiter, um nicht auf einen der Trümmerhaufen am Boden zu treten und damit ein Geräusch zu verursachen.

Der Metalltreppe fehlten ein paar Stufen, doch sie rannte hinauf, ohne sich darum zu kümmern. Fast sprang sie gegen die Wand am Treppenabsatz, um die Richtung zu ändern, und lief noch weiter hoch.

In weniger als zwanzig Sekunden hatte sie den vierten Stock erreicht, wo die Treppe aufhörte. Gleich links von ihr befand sich ein großes Fenster.

Nun sollte sie ein paar Sekunden Zeit haben, um in Position zu gehen, ohne von Behemoth bemerkt zu werden. Mit diesem Gedanken legte sie den Schaft der Hécate II an ihre Schulter und blickte aus dem Fenster auf das Schlachtfeld.

Sofort färbte sich ihr Blickfeld rot.

Ein gutes Dutzend Meter unter ihr auf der Erde richtete Behemoth bereits seine Minigun so hoch wie möglich und zielte exakt auf Sinon. Er musste sie durchschaut haben. Ihre Gedanken, ihren Plan, alles.

Ihr blieb keine Zeit, zu fliehen oder in Deckung zu gehen.

Er war gut. Ein echter *GGO*-Spieler, nein, Soldat.

Doch genau solch einen Gegner hatte Sinon gesucht. Sie würde ihn töten. Sie musste einfach.

Sie zögerte nicht. Ohne auch nur in die Scharfschützenstellung zu gehen, stellte sie den rechten Fuß auf das Fenstersims und sprang ab.

Im gleichen Augenblick schoss ihr vom Boden ein reißender Strom brennender, gleißender Energie entgegen. *Batsch!* Ein schrecklicher Schlag fuhr durch Sinons linkes Knie. Ihr Avatarbein flog weg, und ihre HP-Leiste sank drastisch.

Doch sie lebte noch. Sie flog durch die Luft über die Schusslinie der Minigun hinweg, bis sie direkt über Behemoth war, der sich imposant aufgebaut hatte.

Er wollte wohl sein ganzes Magazin leer schießen, denn er bog sich weit zurück und verfolgte Sinon mit seiner Schusslinie. Doch er konnte sie nicht erreichen. An der Schiene konnte die Minigun nicht direkt nach oben gerichtet werden.

Als sie zu fallen begann, legte sie den Schaft der Hécate II an ihre Schulter und blickte durch das Zielfernrohr.

Behemoths grobe Züge füllten ihr Sichtfeld. Das Grinsen war endlich aus seinem Gesicht verschwunden. Er bleckte die Zähne, und in seinen Augen flammte eine Mischung aus Entsetzen und Wut.

Sinon registrierte kaum, wie sich ihre eigenen Mundwinkel verzogen.

Als sei sie an seine Stelle getreten, lächelte sie. Ein grimmiges, grausames, kaltherziges Lächeln.

Im freien Fall war sie weit entfernt von einer stabilen Position zum Schießen, doch sie war zu nah dran, um ihn zu verfehlen. Die Mündung ihres Gewehrs war nur noch etwa einen Meter von Behemoths Kopf entfernt, da zog sich der grüne Bullet Circle fest zusammen und stoppte mitten auf seiner Stirn.

»The End«, murmelte Sinon und drückte ab.

Von der Fingerspitze der Göttin der Unterwelt schoss ein Lichtpfeil, der die größte Energie barg, die ein Geschoss in dieser Welt haben konnte.

Er riss augenblicklich ein gähnendes Loch von Behemoths Gesicht bis zu seinem Rumpf und bohrte sich dann tief in den kiesigen Boden.

Im nächsten Moment hallte der Donner einer Explosion über das Schlachtfeld, und Behemoths massiger Körper zerbarst.

4

Sobald sie durch das Schultor schritt, peitschte ihr ein kalter, trockener Wind um die Ohren.

Shino Asada blieb stehen und wickelte sich den weißen Schal fester um den Hals.

Sie verbarg über die Hälfte ihres Gesichts, in dem sie eine kunststoffgerahmte Brille trug, unter dem Stoff, dann setzte sie ihren Weg fort. Während sie eilig über den Gehweg voller Laubblätter ging, sagte sie leise zu sich selbst: »Damit wären 156 von den 608 Unterrichtstagen in der Highschool erledigt.«

Endlich ein Viertel. Wenn sie so darüber nachdachte, war diese Tortur, die ihr auferlegt worden war, erschreckend lang. Doch wenn sie auch die Mittelschulzeit in ihrer Rechnung mitzählte, gehörte schon fast sechzig Prozent ihrer Schulzeit der Vergangenheit an. *Irgendwann ist es vorbei … Irgendwann ist es vorbei*, wiederholte sie einer Beschwörung gleich immer wieder.

Selbst wenn sie eines Tages den Highschoolabschluss machte, gab es nichts, was sie danach tun oder werden wollte. Sie wollte nur von diesem Verein namens »Schule« frei sein, zu dem sie halb gezwungenermaßen gehörte.

Tag für Tag ging sie an diesen gefängnisartigen Ort, musste sich die Vorträge der antriebslosen Lehrer anhören, mit Leuten, die sich seit ihrer Kindheit geistig kein Stück weiterentwickelt hatten, am Sportunterricht und so weiter teilnehmen, ohne darin auch nur irgendeinen Sinn zu sehen. Ganz selten gab es mal einen Lehrer, der etwas in ihren Augen

Sinnvolles unterrichtete, oder einen Mitschüler, dem sie Respekt zollte, doch für Shino waren sie alle keineswegs unentbehrlich.

Ihren Großeltern – ihren derzeitigen Erziehungsberechtigten – hatte Shino einmal gesagt, dass sie lieber gleich arbeiten würde, anstatt zur Highschool zu gehen, oder dass sie auf einer Fachschule für einen Beruf lernen wollen würde. Ihr altmodischer Großvater war vor Zorn dunkelrot angelaufen, und ihre Großmutter hatte gejammert, dass Shino auf eine gute Schule gehen und in eine anständige Familie einheiraten solle, alles andere wäre Shinos Vater gegenüber unverzeihlich. Also hatte sie gezwungenermaßen fleißig gelernt und die Aufnahmeprüfung für eine recht angesehene städtische Schule in Tokyo bestanden. Doch als sie dort angefangen hatte, hatte sie überrascht festgestellt, dass es im Grunde kein bisschen anders war als auf der öffentlichen Mittelschule in ihrem Heimatort.

Schlussendlich zählte Shino täglich beim Durchschreiten des Schultors die verbleibenden Tage, wie es auch schon während der Mittelschulzeit ihr Ritual gewesen war.

Das Apartment, in dem Shino allein lebte, lag zwischen ihrer Schule und dem Japan-Railways-Bahnhof. Es war ein beengtes Zimmer von ungefähr zehn Quadratmetern mit kleiner Küche, aber es lag in der Nähe der Einkaufsstraße, was praktisch war.

Um halb vier nachmittags war die Ladenarkade noch ziemlich leer.

Shino schaute sich zuerst die Ausstelltische des Buchladens an und entdeckte eine Neuerscheinung ihres Lieblingsautors. Da es jedoch eine Hardcover-Ausgabe war, hielt sie sich zurück und verließ den Laden. Wenn sie es online reservierte, könnte sie es in etwa einem Monat aus der Bezirksbücherei leihen.

Dann kaufte sie im Schreibwarenladen einen Radiergummi und ein kariertes Heft. Nachdem sie das restliche Geld in ihrem Portemonnaie nachgezählt hatte, machte sie sich auf zum Supermarkt in der Mitte der Einkaufspassage, während sie über das Abendessen nachdachte. Shinos Abendessen waren immer äußerst schlicht. Solange das Gleichgewicht zwischen Nährwerten, Kalorien und Kosten stimmte, waren Geschmack und Aussehen für sie zweitrangig.

Sie überlegte, zum Abendessen eine Karotten-Sellerie-Suppe und dazu eine Tofu-Frikadelle zu machen, als sie an der Spielhalle vorbeiging und gerade den Supermarkt daneben betreten wollte.

»Asada!«, hörte Shino jemanden aus der schmalen Gasse zwischen den beiden Gebäuden rufen.

Unwillkürlich fuhr sie zusammen, dann drehte sie sich langsam um neunzig Grad nach rechts.

In der Gasse standen drei Mädchen in den gleichen Schuluniformen wie Shino – allerdings hatten ihre Röcke eine bedeutend andere Länge. Eine hockte am Boden und fummelte an ihrem Handy herum, die anderen beiden lehnten an der Mauer des Supermarkts und sahen Shino grinsend an.

Als sie weiterhin schwieg, ruckte eine dieser beiden mit einer arroganten Geste ihr Kinn nach oben. »Komm mal her.«

Doch Shino rührte sich nicht und fragte nur leise: »Was willst du …?«

Das andere Mädchen ging schnurstracks auf sie zu und packte ihr rechtes Handgelenk.

»Komm einfach.«

Keinen Widerspruch duldend zog sie Shino mit in den hinteren Teil der Gasse, wo man sie von der Einkaufspassage aus nicht sehen konnte. Das hockende Mädchen sah zu Shino auf. Sie schien die Anführerin der Clique zu sein und hieß Endou. Die schwarz umrahmten Mandelaugen und ihr spitzes Kinn ließen sie wie ein räuberisches Insekt wirken.

Endou verzog die glitzernden Lippen zu einem Grinsen und sagte: »Sorry, Asada. Wir haben die ganze Zeit Karaoke gesungen, jetzt haben wir kein Geld mehr für die Zugtickets. Wir geben's dir morgen zurück, also borg uns so viel.«

Sie hob einen Finger. Damit meinte sie nicht hundert oder tausend, sondern zehntausend Yen.

Shino fiel eine ganze Reihe logischer Einwände dazu ein: Wie konnten sie die ganze Zeit Karaoke gesungen haben, wenn der Unterricht gerade erst vor zwanzig Minuten zu Ende gegangen war? Wieso brauchten sie Geld für Zugtickets, obwohl sie Monatstickets hatten? Und außerdem, warum brauchten sie zehntausend Yen nur für den Zug? Aber es hätte nichts gebracht, Endou darauf hinzuweisen.

Es war das zweite Mal, dass dieses Trio so unverhohlen Geld von ihr forderte. Das letzte Mal hatte sie sich geweigert und ihnen erzählt, dass sie nichts bei sich trug.

Es war unwahrscheinlich, dass sie damit erneut durchkommen würde, trotzdem antwortete Shino: »Du glaubst doch nicht, dass ich so viel bei mir trage.«

Für einen Moment erlosch das Grinsen in Endous Gesicht, dann lächelte sie wieder breit: »Na, dann heb doch was bei der Bank ab.«

Shino wandte sich wortlos zum Gehen. Sie würden ihr nicht bis zur Bank folgen, wo sie von anderen Leuten gesehen werden konnten, und sie wäre kaum so blöd, dorthin zurückzugehen, nachdem sie erst mal entkommen war. Doch gerade als sie das dachte, fügte Endou hinzu: »Lass deine Tasche hier. Und dein Portemonnaie auch. Du brauchst doch nur deine Bankkarte, oder?«

Shino blieb wie angewurzelt stehen und drehte sich zu ihr um. Endou grinste sie noch immer an, aber ihre verengten Augen blitzten wie die einer Katze, die mit ihrer Beute spielt.

Eine Weile hatte sie diese drei für ihre Freundinnen gehalten. Shino verfluchte ihre eigene Dummheit.

Beim Eintritt in die Highschool war sie noch neu in der Stadt gewesen und kannte daher natürlich niemanden, noch hatte sie gemeinsame Gesprächsthemen mit ihren Mitschülern. Also schwieg sie in der Schule stets. Endou und ihre Freundinnen waren die Ersten gewesen, die sie angesprochen hatten.

Sie luden sie zum gemeinsamen Mittagessen ein, und bald darauf gingen sie auf dem Heimweg von der Schule zu viert in einem Fast-Food-Restaurant essen. Shino hörte ihnen hauptsächlich zu und war von den Themen der Mädchen heimlich irritiert, trotzdem war sie froh. Schließlich waren Endou und die anderen beiden die ersten Freunde seit Langem, die nichts von »diesem Vorfall« wussten. Sie ließen sie glauben, dass sie an dieser Schule ein normales Schülerdasein würde führen können.

Erst viel später erkannte sie, dass die drei sie nur angesprochen hatten, weil sie aus ihrer Adresse im Klassenbuch geschlussfolgert hatten, dass sie allein lebte.

Als sie fragten, ob sie zu Besuch kommen könnten, hatte Shino sofort eingewilligt. Sie lobten ihr Apartment, beneideten Shino darum, und dann saßen sie alle mit einem Haufen Snacks zusammen und schwatzten, bis es dunkel wurde.

Die Mädchen kamen auch am nächsten Tag und am übernächsten Tag in Shinos Apartment.

Schließlich fingen sie an, sich in Shinos Zimmer umzuziehen und von dort aus den Zug zu nehmen, um in der Stadt feiern zu gehen. Bei der Gelegenheit ließen sie ihr Gepäck in dem Zimmer zurück, und schon bald war Shinos kleiner Schrank vollgestopft mit ihren Klamotten.

Schuhe. Taschen. Make-up. Das Zeug von Endou und den anderen wurde immer mehr. Als es Mai wurde, kamen die drei nach dem Feiern betrunken wieder und übernachteten bei ihr.

Eines Tages wandte Shino endlich vorsichtig ein, dass sie nicht zum Lernen käme, wenn die drei jeden Tag vorbeikämen.

Endou tat es ab mit einem: »Wir sind doch Freunde, oder?« Am nächsten Tag forderte sie einen Zweitschlüssel.

Und dann kam dieser Samstag Ende Mai.

Shino war aus der Bücherei zurückgekommen und stand vor ihrer Wohnungstür, als sie von drinnen lautes Gelächter hörte. Es waren nicht allein die Stimmen der drei Mädchen.

Shino hielt den Atem an und lauschte. Dass sie ihr eigenes Zimmer ausspionieren musste, machte sie unglaublich niedergeschlagen.

Sie konnte klar und deutlich einige Männerstimmen hören.

In ihrer Wohnung waren fremde Männer. Der Gedanke ließ Shino vor Angst erstarren. Dann packte sie die Wut. Endlich begriff sie die Wahrheit.

Sie lief die Treppe des Apartmentgebäudes hinunter und rief mit ihrem Handy die Polizei. Der Polizist, der daraufhin kam, war von den Aussagen beider Seiten sichtlich verwirrt, doch Shino wiederholte beharrlich, dass sie niemanden dieser Leute kennen würde.

Als der Polizist sie aufforderte, mit zur Wache zu kommen, funkelte Endou Shino böse an, sagte »Pfft, so ist das also«, raffte ihre Klamotten zusammen und verließ die Wohnung.

Ihre Rache kam prompt.

Für ein normales Mädchen hatte Endou unvorstellbar teuflische Recherchefähigkeiten, mit denen sie den Grund für Shinos Alleinleben herausfand – dieser Vorfall, der sich vor fünf Jahren in einer weit entfernten Präfektur zugetragen hatte und der kaum noch im Internet zu finden war – und ihn vor der gesamten Schule enthüllte. Die Schüler sprachen nicht mehr mit Shino, und selbst die Lehrer vermieden es, sie direkt anzusehen.

Alles war wieder genau wie in der Mittelschule.

Doch das war okay für Shino.

Ihr Wunsch nach Freunden, ihre eigene Schwäche hatte ihr Urteil getrübt. Doch nur sie allein konnte sich retten. Sie musste aus eigener Kraft stärker werden und das Trauma ihrer Vergangenheit überwinden. Dafür brauchte sie keine Freunde. Feinde waren ihr lieber. Feinde, gegen die sie kämpfen musste. Alles um sie herum war ein Feind.

Shino atmete scharf ein und sah Endou direkt ins Gesicht.

In Endous verengten Augen blitzte es gefährlich. Nun war ihr Lächeln ganz verschwunden. Leise sagte sie: »Also, was ist? Geh schon.«

»Nein.«

»Was …?«

»Nein. Ich werde dir kein Geld leihen«, erwiderte Shino, ohne den Blick abzuwenden.

Eine entschiedene Weigerung würde noch mehr Feindseligkeit und Groll schüren, das war Shino bewusst. Dennoch hatte sie nicht vor, Endous Forderungen zu gehorchen oder ihnen etwas vorzumachen und dann wegzulaufen. Sie wollte keine Schwäche zeigen, nicht Endou, sondern sich selbst gegenüber. Sie wollte stärker werden, das war ihr einziger Wunsch in den letzten fünf Jahren gewesen. Wenn sie sich jetzt einschüchtern ließe, wären all ihre bisherigen Bemühungen umsonst gewesen.

»Du Miststück … was bildest du dir eigentlich ein?« Endous rechter Augenwinkel zuckte, und sie trat einen Schritt auf Shino zu. Die anderen beiden stellten sich schnell hinter Shino und kesselten sie ein.

»Ich gehe jetzt, lasst mich durch«, sagte Shino leise.

Auch wenn die drei sich so aufspielten, ging sie nicht davon aus, dass sie den Mut hätten, dem tatsächlich auch Taten folgen zu lassen. Wenn sie nach Hause kamen, war jede von ihnen auf ihre Art ein normales Mädchen. Und nach ihrer letzten Erfahrung mit der Polizei sollten sie ihre Lektion gelernt haben.

Aber Endou kannte Shinos Schwäche – sie wusste genau, wo sie Shino treffen musste, um ihr wehzutun.

Auf ihren grell geschminkten Lippen lag ein höhnisches Lächeln.

Mit einer gemächlichen Bewegung hob Endou die rechte Faust und richtete sie auf den Steg von Shinos Brille. Sie streckte Zeige- und Mittelfinger aus, um mit ihrer Hand eine

Pistole nachzuahmen, wie es Kinder tun. Es war die harmlose, kindische Karikatur einer Waffe.

Doch das allein reichte, um Shino am ganzen Körper erschauern zu lassen.

Allmählich wich die Kraft aus ihren Beinen, und der Gleichgewichtssinn verließ sie. Die Szenerie der Seitengasse verlor jede Farbe. Sie konnte den Blick nicht abwenden von den glänzenden, langen Nägeln dieser Finger, die direkt auf sie gerichtet waren. Je schneller ihr Herz schlug, desto lauter wurde das hohe Klingeln in ihren Ohren ...

»Bamm!«, schrie Endou unvermittelt. Ein schriller Laut entschlüpfte Shinos Kehle. Tief aus ihrem Körper stieg ein unkontrollierbares Zittern auf.

»Hi hi ... hey, Asada«, sagte Endou kichernd mit immer noch ausgestreckten Fingern, »mein Bruder hat ein paar Modellwaffen. Soll ich sie mal zur Schule mitbringen und dir zeigen? Du magst doch Pistolen, oder?«

Shinos Zunge bewegte sich nicht. Sie lag zusammengeschrumpft in ihrem ausgetrockneten Mund.

Kaum merklich schüttelte sie den Kopf. Wenn sie in der Schule auf einmal eine wahrhaftige Modellwaffe sehen müsste, würde sie sicher an Ort und Stelle in Ohnmacht fallen. Allein beim Gedanken daran krampfte sich ihr Magen zusammen, und sie krümmte sich.

»Hey, nicht kotzen, Asada!«, hörte sie eine weitere abfällige Stimme hinter sich.

»Es war 'ne Riesensauerei, als du das eine Mal im Geschichtsunterricht gekotzt hast.«

»Na, aber bei den ganzen betrunkenen alten Säcken passiert das schon mal.«

Sie brachen in schrilles Gelächter aus.

Sie wollte hier weg. Sie wollte weglaufen und das Weite suchen. Doch sie konnte es nicht. Zwei widersprüchliche Stimmen stritten heftig in ihrem Kopf.

»Also schön, gib mir einfach, was du dabeihast, und wir lassen dich gehen, Asada. Du siehst gar nicht gut aus.«

Endou streckte den Arm nach der Tasche in Shinos rechter Hand aus, aber sie hatte keinerlei Kraft, sich dagegen zu wehren. Je mehr sie sich ermahnte, nicht daran zu denken, sich nicht daran zu erinnern, desto lebendiger wurde das schwarze Schimmern auf der Leinwand ihrer Erinnerung. Das Gefühl von schwerem, feuchtem Stahl. Der stechende Geruch des Schießpulvers ...

In diesem Moment rief jemand hinter ihr: »Hierher, Herr Polizist, schnell!«

Es war die Stimme eines jungen Mannes.

Sofort ließ Endou die Tasche los. In beeindruckender Geschwindigkeit rannten die drei zur Vorderseite der Gasse und tauchten in der Menschenmenge in der Einkaufspassage unter.

Jetzt verließen Shino endgültig die Kräfte, und sie sank in sich zusammen.

Angestrengt versuchte sie ihren Atem wieder unter Kontrolle zu bringen und die ersten Anzeichen einer Panikattacke zu verscheuchen. Die Geräusche der Einkäufer auf der Ladenstraße und der Geruch von Yakitori, der von der Ladenfront des Supermarkts zu ihr herüberwehte, ließen sie allmählich wieder zu sich kommen und vertrieben die Erinnerung an den Albtraum.

Wie lange hatte sie wohl so dagesessen? Nach einer Weile sprach die Stimme sie scheu an: »Alles in Ordnung, Asada?«

Ein letztes Mal atmete Shino tief durch, dann spannte sie ihre taub werdenden Beine an und stand auf.

Während sie ihre Brille richtete, drehte sie sich um und erblickte einen schlanken Jungen von kleiner Statur.

Er trug Jeans und einen Nylon-Parka, über seiner Schulter hing ein dunkelgrüner Rucksack. Mit seinen rundlichen Gesichtskonturen unter der schwarzen Baseballkappe sah er in Alltagskleidung wie ein Mittelschüler aus, doch die dunklen Schatten unter seinen Augen straften sein junges Aussehen Lügen.

Shino kannte seinen Namen. Er war der Einzige in dieser Stadt, dem sie trauen konnte – oder der zumindest nicht ihr Feind war. Und auch in der anderen Welt war ihr Verhältnis so gut, dass sie ihn als Kampfgefährten bezeichnen konnte.

Als sie fühlte, dass sich ihr Herzklopfen endlich beruhigt hatte, lächelte Shino vage und antwortete: »Ich bin okay. Danke, Shinkawa. Wo ist der Polizist?«

Sie spähte hinter ihn, aber die dämmrige Gasse war immer noch menschenleer, und es war niemand zu sehen.

Kyouji Shinkawa kratzte sich durch die Kappe am Kopf und lachte: »Das war ein Bluff. So was kommt doch oft in Serien oder Manga vor, da wollte ich's auch mal ausprobieren. Zum Glück hat es funktioniert.«

Shino schüttelte leicht entgeistert den Kopf. »Erstaunlich, dass du aus dem Stegreif so improvisieren konntest. Was machst du denn hier?«

»Ach, ich war in der Spielhalle dort. Und als ich aus dem Hinterausgang kam ...« Kyouji deutete hinter sich. Dort war tatsächlich eine silberne Tür in der zur Gasse gewandten, fleckigen Betonwand. »... da hab ich gesehen, wie sie dich umzingelt haben. Ich wollte wirklich schon den Notruf wählen, aber dann ...«

»Schon gut, du warst meine Rettung. Danke.«

Als Shino ihn anlächelte, strahlte Kyouji für einen Moment zurück, setzte dann aber sofort wieder eine besorgte Miene auf. »Asada … passiert so etwas häufiger? Also … Es geht mich zwar nichts an, aber vielleicht solltest du es der Schule oder so melden …?«

»Selbst wenn ich es melden würde, kann ich nicht auf die zählen. Keine Sorge, falls es noch mehr eskalieren sollte, gehe ich zur Polizei. Statt dir Gedanken um andere zu machen, wie sieht es denn bei dir aus … Ist alles in Ordnung?«

»Ja … mir geht's gut. Ich seh die Typen nicht mehr«, sagte der zierliche Junge mit einem selbstironischen Grinsen.

Kyouji Shinkawa war bis zu den Sommerferien Shinos Klassenkamerad gewesen, doch ab dem zweiten Halbjahr war er nicht mehr zur Schule gekommen.

Gerüchteweise hatte sie gehört, dass Kyouji von den älteren Mitschülern in seinem Fußball-Klub heftig gemobbt wurde. Weil er klein war und seine Familie eine große Privatklinik führte, sahen sie ihn wohl als das perfekte Opfer an. Wenn sie auch nicht gar so dreist wie Endou und ihre Freundinnen gewesen waren, so hatten sie doch eine beachtliche Summe aus ihm herausgepresst, indem sie ihn für Essen und Vergnügungen zahlen ließen.

Kyouji hatte ihr gegenüber jedoch nie etwas davon erwähnt.

Sie hatten sich im Juni in der Bezirksbücherei in der Nachbarschaft kennengelernt.

Shino hatte in einem Lesezimmer in der ersten Etage durch eine große Illustrierte mit dem Titel *Die Waffen der Welt* geblättert.

Zu diesem Zeitpunkt konnte sie sich noch Waffen auf Fotos ansehen, ohne dass es bei ihr eine Panikattacke auslöste. Doch als sie nur zehn Sekunden auf die Seite schaute, auf der »jene Waffe« abgebildet war, gelangte sie an ihre Grenze und schlug das Magazin hastig zu. In diesem Augenblick hörte sie jemanden hinter sich fragen, ob sie Waffen mögen würde.

Sie brauchte einen Moment, um zu begreifen, dass es die Stimme eines ihrer Klassenkameraden war.

Shino wollte schon antworten, dass das überhaupt nicht der Fall war, ganz im Gegenteil. Doch dann hätte ihr Gegenüber sich selbstverständlich gefragt, warum sie sich dieses Magazin ansah, und da es schwierig gewesen wäre, eine plausible Antwort darauf zu erfinden, antwortete sie nur undeutlich.

Mittlerweile wusste Kyouji, dass Shino in der wirklichen Welt unter einer Phobie vor Schusswaffen litt, doch zu dem damaligen Zeitpunkt missverstand er ihre vage Antwort und setzte sich freudig lächelnd auf den Platz neben ihr.

Während er in die Illustrierte zeigte, ließ er sie an seinem Wissen über Waffen teilhaben, und Shino hörte zu, obwohl sie innerlich Blut und Wasser schwitzte. Irgendwann kam Kyouji auf eine gewisse »Alternativwelt« zu sprechen.

Sie wusste, dass vor einigen Jahren Full-Dive-Spielekonsolen auf den Markt gekommen waren, und sie hatte auch schon mal von der Bezeichnung VRMMO gehört. Allerdings hatte Shino schon in ihrer Kindheit keine Affinität zu Computerspielen gehabt. Ihr reichte es, die sogenannten »Welten der Schwerter und Magie« in Fantasy-Romanen zu erleben, doch darüber hinaus hatte sie kein Interesse daran.

Aber in der virtuellen Welt, von der Kyouji bei ihrer ersten Begegnung so begeistert erzählte, gab es offenbar weder Schwerter noch Magie. Stattdessen gab es dort Schusswaffen.

Der Name dieser Welt war *Gun Gale Online*. Es war ein grauenhaftes Ödland, in dem sich die Spieler gegenseitig umbrachten mit den detailgetreuen Replikaten einer Vielzahl von Schusswaffen, die es wirklich gab oder mal gegeben hatte.

Shino unterbrach seinen Redefluss und fragte ihn leise, ob es in dem Spiel eine bestimmte Waffe gäbe.

Der Junge blinzelte überrascht und nickte dann, als würde sich das von selbst verstehen.

Shino fragte sich, ob sie sich in dieser virtuellen Welt dieser Waffe gegenüberstellen können würde. Könnte sie sich dieser schwarzen Pistole, die vor fünf Jahren ein tiefes, bleibendes Loch in ihre elfjährige Seele gerissen hatte, erneut stellen, gegen sie kämpfen und ihr Trauma endlich überwinden …?

Shino ballte die Hände, die feucht vom Angstschweiß waren, und fragte Kyouji mit heiserer Stimme, wie viel es insgesamt kosten würde, wenn sie mit dem Spiel anfinge.

Das war nun ein halbes Jahr her.

Das Mädchen mit dem Namen Sinon, das aus Shinos Innerem geboren wurde, war in der Ödnis von *GGO* als eiskalte Scharfschützin berüchtigt.

Leider war sie jedoch immer noch keinem Gegner mit jener Waffe begegnet. Daher konnte Shino es nicht mit Sicherheit sagen. War ihr Selbst in der Wirklichkeit – nicht Sinon, sondern Shino Asada – tatsächlich stärker geworden …?

Die Antwort darauf hatte sie noch nicht gefunden.

»Hey, wollen wir in ein Café gehen? Ich lad dich ein.«

Kyoujis Stimme riss Shino aus ihren Gedanken. Als sie aufblickte, färbte sich das in die schmale Gasse fallende Sonnenlicht bereits rötlich.

»Wirklich …?«, fragte sie lächelnd, und Kyouji nickte fröhlich.

»Du könntest mir von dem Riesenkampf neulich erzählen. In einer Seitenstraße hier gibt's ein ruhiges Café.«

Ein paar Minuten später erreichten sie unter Kyoujis Führung das Café. Als Shino sich auf einen Platz im hinteren Teil des Lokals sinken ließ und ihre Hände um eine Tasse mit duftendem Milchtee schloss, entspannte sie sich endlich. Endou und die anderen beiden würden zweifelsohne irgendwann wieder hinter ihr her sein, aber darüber konnte sie sich noch Sorgen machen, wenn der Zeitpunkt gekommen war.

»Ich habe von vorgestern gehört. Du sollst ja eine richtige Heldin gewesen sein.«

Shino blickte von ihrer Tasse auf. Der schlanke Junge sah sie an, während er mit dem Löffel in der Vanilleeiskugel in seinem Eiskaffee stocherte.

»Das stimmt nicht. Die Operation war ein Reinfall. Vier von den sechs Mitgliedern unserer Schwadron hat es erwischt. Als Ergebnis eines Angriffs aus dem Hinterhalt kann man das kaum als Sieg bezeichnen«, antwortete sie schulterzuckend. Der Gedanke an Schusswaffen konnte in der Realität leicht eine Panikattacke bei ihr auslösen. Doch wenn es um Begebenheiten im Spiel ging, gelang es ihr, die Fassung zu bewahren – was womöglich ein Resultat ihrer virtuellen Rehabilitation war.

»Es war trotzdem beeindruckend. Mir hat jemand erzählt, dass dieser Behemoth mit seiner Minigun bisher nie in einem Gruppenkampf gestorben ist.«

»Ach …? So berühmt ist er also. Ich kannte ihn gar nicht, weil ich seinen Namen nie im Bullet-of-Bullets-Ranking gesehen habe.«

»Kein Wunder. So mächtig die Minigun auch ist, aber mit fünfhundert Schuss Munition im Inventar sprengst du dein Gewichtslimit und kannst nicht mehr rennen. Bei den Sologefechten im BoB würde er einfach aus der Distanz erschossen werden, und das war's dann. Dafür ist er in Gruppenkämpfen mit genügend Unterstützung praktisch unbesiegbar. Solche Waffen sind echt unfair.«

Shino musste unwillkürlich lächeln, als er wie ein Kind einen Schmollmund zog.

»Das bekomme ich wegen meiner Hécate II auch oft genug zu hören. Obwohl sie beim Einsatz auch einige Tücken hat. Dieser Behemoth denkt bestimmt das Gleiche.«

»Pfft, was für ein Luxusproblem. Also, was ist dein Plan für das nächste BoB?«

»Ich nehme natürlich teil. Ich habe Daten über fast alle der ersten zwanzig Spieler vom letzten Mal zusammen. Diesmal nehme ich mit der Hécate teil und werde …« *… sie alle töten*, wollte sie sagen, überspielte es jedoch hastig und sagte stattdessen: »… versuchen, den Preis für einen der Spitzenplätze zu bekommen.«

Beim zweiten Bullet of Bullets vorletzten Monat hatte Shino zum ersten Mal an dem großen Meisterschaftsturnier in *GGO* teilgenommen. Sie hatte es zwar durch die Qualifikationsrunde und bis ins Hauptturnier der besten dreißig Spieler geschafft, war dann aber mit einem enttäuschenden 22. Platz ausgeschieden.

Im BoB wurden die Spieler zu Beginn des Turniers an zufälligen Orten auf einer ausgedehnten Map platziert, sodass die Gefahr bestand, plötzlich in einen Nahkampf zu geraten. Aus diesem Grund hatte Shino nicht ihr Scharfschützengewehr Hécate II, sondern ein Sturmgewehr ausgerüstet, war dann jedoch mitten in einem Nahkampf aus der Distanz von einem Scharfschützen mit einem »Remington M40« erledigt worden.

Das war nun zwei Monate her, und in der Zwischenzeit hatte sie gelernt, mit der manchmal widerspenstigen Hécate umzugehen. Außerdem war sie an eine seltene MP7 – eine leichtgewichtige Maschinenpistole – gekommen und damit auch für Nahkämpfe einigermaßen gewappnet. Deswegen hatte sie vor, am kurz bevorstehenden dritten BoB mit ihrem riesigen Gewehr teilzunehmen. Ihr Plan war im Grunde, irgendwo Deckung zu suchen und zu warten, bis jemand in ihrem Schussfeld auftauchte, und sie dann einen nach dem anderen abzuschießen – selbst wenn man sie dafür als feige betiteln würde.

Wenn sie in *GGO*, wo es von starken Kämpfern wimmelte, alle Feinde erledigen könnte und sie selbst als die Beste von ihnen aus dem Turnier hervorgehen würde, könnte sie sicher endlich …

Kyoujis bedauerndes Seufzen riss Shino aus ihren düsteren Gedanken und brachte sie zurück in die Realität.

»Verstehe …«

Sie blinzelte und warf ihm einen Blick zu. Er sah sie an, die Augen zu schmalen Schlitzen verengt, als sei er geblendet.

»Du bist echt beeindruckend, Asada. Du hast so eine krasse Waffe bekommen … und dein STR-Wert passte auch noch wie die Faust aufs Auge dazu. Obwohl ich dich überhaupt erst auf *GGO* gebracht habe, hast du mich mittlerweile total abgehängt.«

»Das stimmt doch gar nicht. Du hast es bei der letzten Qualifikation doch auch bis ins Halbfinale geschafft. Da ging es doch nur noch um Glück. Echt schade, wenn du bis in die Endrunde gekommen wärst, hättest du auch am Turnier teilnehmen können.«

»Nein … es ist zwecklos. Wenn man nicht erhebliches Glück bei den Drops hat, kommt man mit einem AGI-Build nicht mehr weiter. Ich habe meine Stats verbockt …«, klagte Kyouji, und sie runzelte leicht die Stirn.

Kyoujis Spielcharakter »Spiegel« hatte einen Build, der ganz auf AGI, also den Beweglichkeitsparameter, ausgelegt war, wie es in der Anfangszeit von *GGO* populär gewesen war.

Dieser Build hatte im ersten halben Jahr des Spiels alle anderen Spielertypen abgehängt durch seine überwältigende Ausweich- und Schnellfeuerfähigkeit – in diesem Fall war mit »Schnellfeuer« nicht die Feuergeschwindigkeit der Waffe gemeint, sondern die Zeit, bis der Bullet Circle sich nach Anvisieren stabilisierte. Aber je weiter die Map aufgedeckt wurde, desto mehr mächtige Munitionswaffen tauchten auf. Den AGI-Builds fehlten die zum Ausrüsten erforderlichen STR-Punkte, also Kraft. Zudem wurde das Ausweichen immer schwieriger, je besser die Zielgenauigkeit der Waffen selbst wurde. Jetzt, acht Monate nach dem Start des Spiels, war es bei Weitem nicht mehr der vorherrschende Build.

Mit einem großkalibrigen, mächtigen Gewehr mit herausragender Schnellfeuerfähigkeit wie dem »FN FAL« oder dem »H&K G3« konnte man immer noch an vorderster Front mitspielen. Tatsächlich hatte der Zweitplatzierte beim letzten BoB, ein Spieler namens »Yamikaze«, ebenfalls einen puren AGI-Build. Allerdings war er von einem gewissen »XeXeeD« mit ausbalanciertem STR-VIT-Build besiegt worden.

Trotzdem war Shino der Meinung, dass die Statuswerte am Ende nur die »Stärke des Charakters« bestimmten und es einen entschieden wichtigeren Faktor gab: nämlich die Stärke des Spielers selbst. Seine Willensstärke. So wie dieser Behemoth zwei Tage zuvor im Kampf stets beherrscht und ruhig geblieben war und zudem noch die Gelassenheit gehabt hatte, sein schiefes Grinsen aufzusetzen. Die Quelle seiner Kraft war nicht die M134 Minigun, sondern ebendieses grimmige Grinsen.

Daher konnte Shino nicht anders, als an Kyoujis Aussage Anstoß zu nehmen.

»Hmm ... Die seltenen Waffen sind zwar tatsächlich stark ... und manche der stärkeren Spieler haben auch seltene Waffen, aber nicht alle mit seltenen Waffen sind auch gute Spieler. Tatsächlich hatten von den dreißig Spielern im letzten Turnier etwa die Hälfte angepasste Waffen aus dem Shop.«

»Du hast leicht reden, mit deiner superseltenen Waffe und dazu noch einem ausbalancierten Build mit genügend STR. Die Ausrüstung macht verdammt viel aus ...« Kyouji seufzte, während er seinen Eiskaffee umrührte.

Shino dachte sich, dass weitere Diskussionen zwecklos seien, und versuchte, das Thema abzuschließen. »Dann nimmst du nicht am nächsten BoB teil?«

»Nein. Wäre ohnehin sinnlos.«

»Ach so … Hm … Na ja, du musst ja auch viel lernen. Du machst doch einen Kurs in der Vorbereitungsschule für die Uniaufnahmeprüfung, oder? Wie lief denn die Probeprüfung?«

Weil Kyouji seit dem Ende der Sommerferien nicht mehr zur Schule ging, war er offenbar ziemlich mit seinem Vater aneinandergeraten.

Sein Vater leitete eine recht große Privatklinik, und obwohl Kyouji der zweitgeborene Sohn war, wie sein Name schon sagte – sein Name wurde mit dem Kanji für »Zwei« geschrieben –, wurde von ihm seit jeher gefordert, die Aufnahmeprüfung für die medizinische Fakultät abzulegen. Am Ende einer ziemlich angespannten Familienkonferenz wurde ihm schließlich erlaubt, zu Hause zu lernen. Trotzdem wurde ihm das Versprechen abgenommen, dass er im übernächsten Jahr die Prüfung für die Aufnahme an der Universität ablegte, um sich ohne Zeitverlust an der medizinischen Fakultät der berühmten privaten Universität zu immatrikulieren, an der schon sein Vater seinen Abschluss gemacht hatte.

»Ah … ja.« Kyouji nickte und grinste. »Keine Sorge, ich halte mein Niveau, das ich in der Schule hatte. Alles im grünen Bereich, Frau Lehrerin!«

»Sehr gut«, erwiderte sie scherzhaft und lächelte. »Du bist eben so viel im Spiel, da habe ich mir etwas Sorgen gemacht. Du bist immer schon da, wenn ich mich einlogge.«

»Tagsüber lerne ich natürlich, aber man braucht auch mal Abwechslung.«

»Wenn du so viel online bist, dürftest du ganz gut verdienen, oder?«

»Nein, nicht wirklich. Mit einem AGI-Build kann man nicht mehr solo jagen gehen ...«

Da das Gespräch wieder abzudriften schien, fiel Shino ihm schnell ins Wort: »Na ja, es reicht ja, wenn du die Gebühren wieder reinbekommst. Entschuldige, ich muss mich so langsam auf den Heimweg machen.«

»Ach ja, du musst dir dein Abendessen selbst machen. Ich hoffe, du lädst mich mal wieder ein.«

»Äh, j... ja, na klar. Bald ... wenn ich besser kochen kann«, antwortete sie hastig.

Ein einziges Mal hatte Shino ihn zu sich eingeladen und Abendessen für sie beide gekocht. Das Essen selbst war lustig gewesen, aber während sie anschließend einen Tee tranken, wurden Kyoujis Blicke über den Tisch hinweg immer glühender, und ihr wurde ein wenig unwohl. Auch wenn er ein Hardcore-Onlinegamer und Waffenfanatiker war, war er immer noch ein Junge, und sie musste einsehen, dass es leichtsinnig gewesen war, ihn in ihre Single-Wohnung einzuladen.

Es war nicht so, dass sie Kyouji nicht mochte. Die Gespräche mit ihm in der Realität waren für sie eine der wenigen Gelegenheiten, sich etwas zu entspannen. Doch momentan konnte sie sich nicht mehr mit ihm vorstellen. Nicht, bevor sie diese Erinnerung überwunden hatte, die den Grund ihres Herzens pechschwarz färbte.

»Danke für die Einladung. Und ... danke noch mal für deine Hilfe. Das war echt cool«, sagte Shino, während sie aufstand. Kyouji strahlte über das ganze Gesicht und kratzte sich am Kopf.

»Ich wünschte, ich könnte dich immer beschützen. Also ... sag mal, soll ich dich von der Schule nach Hause begleiten?«

»N… Nein, das geht schon. Ich muss schließlich auch stärker werden«, gab Shino zurück, und Kyouji schlug wieder die Augen nieder, als würde er in ein zu helles Licht schauen.

Sie stieg die Betonstufen hinauf, die sich vom eingesickerten Regenwasser vieler Jahre blassgrau gefärbt hatten.

Die zweite Tür führte zu dem Apartment, in dem Shino allein lebte. Sie holte den Schlüssel aus ihrer Rocktasche und steckte ihn in das veraltete, elektronische Schloss. Auf einem kleinen Panel gab sie einen vierstelligen Code ein und drehte den Schlüssel, woraufhin ein metallisches Klicken ertönte.

Sie trat in den kühlen, halb dunklen Flur und zog die Tür hinter sich zu.

Dann drehte Shino den Türknauf, bis sie den Verriegelungston hörte, und flüsterte tonlos: »Bin wieder da.« Natürlich antwortete niemand.

Von der erhöhten Schwelle zum Wohnbereich, auf der eine Fußmatte lag, hatte der enge Flur eine Länge von etwa drei Metern. Auf der rechten Seite befand sich die Tür zum Badezimmer und auf der linken eine kleine Küchenzeile.

Nachdem Shino das Gemüse und den Tofu, die sie im Supermarkt gekauft hatte, im Kühlschrank neben der Spüle verstaut hatte und in den Wohnraum getreten war, atmete sie erleichtert auf. Mit dem letzten Licht des Tages, das durch die Vorhänge hereinfiel, fand sie den Schalter und knipste die Lampe an.

Es war ein schmuckloses Zimmer. Der Boden war mit Fliesen im Dielenboden-Design ausgelegt, und die Vorhänge waren elfenbeinfarben. An der rechten Wand standen ein schwarzes Metallbett und dahinter ein ebenso mattschwarzer

Schreibtisch. Auf der gegenüberliegenden Seite gab es eine kleine Truhe, ein Bücherregal und einen Ankleidespiegel. Das war im Großen und Ganzen die gesamte Einrichtung.

Sie stellte die Schultasche auf den Boden und legte ihren weißen Schal ab. Sie zog den Mantel aus, hängte ihn auf einen Kleiderbügel und mit dem Schal in den kleinen Schrank. Sie nahm das glänzende, dunkelgrüne Halstuch von ihrer dunklen Schuluniform ab und öffnete gerade den Reißverschluss unter ihrer linken Achsel, als sie innehielt und ihr Blick zum Schreibtisch wanderte.

Die heutigen Ereignisse nach Schulschluss waren ziemlich stürmisch gewesen, doch heimlich war sie auch ein wenig stolz auf sich, dass sie sich Endous Drohungen von Angesicht zu Angesicht entgegengestellt hatte. Zwar wäre sie fast in Panik geraten, doch sie war nicht weggelaufen und hatte standgehalten.

Außerdem hatte sie vor zwei Tagen in *GGO* den stärksten Gegner, dem sie je begegnet war, am Ende eines erbitterten Kampfes besiegt. Sie hatte das Gefühl, als hätte all das ihr Herz mit einem noch stärkeren Feuer gestählt.

Kyouji Shinkawa hatte ihr erzählt, dass Behemoth bis dahin in Gruppenkämpfen unbesiegbar gewesen war. Dieser Mann hatte einen so enormen Druck ausgestrahlt, dass diese Legende auf keinen Fall eine Übertreibung gewesen war. Shino war schon etliche Male in Kämpfen besiegt worden und auf den Tod gefasst gewesen – doch am Ende hatte sie den Sieg gewaltsam an sich gerissen.

Vielleicht …

Vielleicht könnte sie sich jetzt dieser Erinnerung stellen und sie bewältigen.

Reglos starrte Shino auf die Schublade ihres Schreibtisches.

Nach etwa einer Minute warf sie das Halstuch, das sie noch immer in der Hand hielt, auf das Bett und ging dann schnellen Schrittes zum Schreibtisch.

Sie atmete ein paarmal tief durch und verscheuchte den Schauer, der ihr über den Rücken lief.

Sie legte ihre Finger auf den Griff der dritten Schublade und zog diese langsam auf.

Darin reihten sich kleine Schachteln aneinander, in die ihre Schreibutensilien sortiert waren. Als sie die Schublade noch weiter öffnete, kam deren hinterer Teil zum Vorschein. Hinter den Reihen von Schachteln tauchte »es« schließlich auf. Ein mattschwarz glänzendes, kleines ... Spielzeug.

Es war eine Modellwaffe. Doch sie war extrem detailliert gearbeitet, und die mit feinen Linien versehene Oberfläche sah ganz und gar wie Metall aus.

Der Anblick allein beschleunigte ihren Herzschlag, und während Shino versuchte, ihn wieder zu beruhigen, streckte sie ihre Hand aus. Behutsam berührte sie den Griff der Pistole, packte ihn und hob sie hoch. Sie fühlte sich schwer an in ihrer Hand und so eisig, als hätte sie die Kälte des ganzen Zimmers absorbiert.

Diese Spielzeugwaffe war keine Replik einer echten Waffe. Der Griff war ergonomisch gebogen, und direkt über dem großen Abzugsbügel schaute eine großkalibrige Mündung heraus. Das grobe Verschlussgehäuse mit Lüftungsschlitzen war ein gutes Stück hinter dem Griff positioniert, was als Bullpup-Stil bezeichnet wurde.

Der Name der Waffe war »Procyon SL«, eine optische Feuerwaffe aus *Gun Gale Online*. Obwohl sie zur Kategorie der Faustfeuerwaffen gehörte, verfügte sie über einen vollautomatischen Feuermodus, was sie äußerst beliebt als Zweitwaffe für den Kampf gegen Monster machte.

Shino besaß selbst eine davon in ihrem Lagerraum in Glocken, aber sie hatte sich diese Replik nicht gekauft. Das Teil war anscheinend auch gar nicht im Handel erhältlich.

Es war einige Tage nach ihrer Teilnahme am Finale von Bullet of Bullets gewesen, wo sie den 22. Platz geholt hatte. Da hatte sie eine an ihren Spielaccount adressierte Mail auf Englisch vom *GGO*-Betreiber »Zaskar« erhalten.

Nachdem sie mit Mühe den Inhalt verstanden hatte, entnahm sie der Mail, dass sie sich als Preis für ihre Teilnahme am BoB entweder Geld oder auch ein Item im Spiel oder eben einen Modellnachbau dieser Procyon SL aussuchen dürfe.

Die Vorstellung, in der wirklichen Welt eine Waffe zugeschickt zu bekommen – und sei es auch nur ein Spielzeug –, war für sie unerträglich, also wollte sie prompt das Preisgeld im Spiel wählen, doch dann kam ihr plötzlich ein Gedanke.

Um den Erfolg ihrer »Schocktherapie« mit *GGO* zu überprüfen, müsste sie irgendwann auch in der Wirklichkeit eine Modellwaffe berühren. Andererseits gab es zu viele mentale Hürden, sich in einen Spielzeugladen zu begeben und dort eine Modellwaffe zu kaufen. Kyouji hätte ihr sicherlich mit Freuden eine geliehen. Als sie jedoch daran dachte, dass sie Gefahr lief, an Ort und Stelle eine Panikattacke zu bekommen, wenn er ihr die Waffe überreichte, ließ sie von der Idee lieber ab. Eine Modellwaffe im Internet zu kaufen, erschien ihr am machbarsten, aber es fiel ihr schon schwer, sich die

Bilder der verschiedenen Waffen im Onlineshop anzusehen, weswegen sie den Plan nicht in die Tat umsetzte. Und natürlich war es auch eine Frage des Geldes.

Wenn der *GGO*-Betreiber ihr umsonst eine Modellwaffe zuschicken würde, wäre das für sie vielleicht die Gelegenheit – trotzdem überlegte sie hin und her, bis sie sich kurz vor Ablauf der Frist schlussendlich für den Preis in der wirklichen Welt entschied.

Eine Woche später kam per Eilzustellung ein schweres Päckchen.

Sie brauchte zwei weitere Wochen, bis sie sich zum Öffnen des Päckchens durchringen konnte.

Aber die Reaktion, die der Inhalt bei ihr auslöste, zerstörte ihre Hoffnungen. Shino stopfte das Ding in die hinterste Ecke der Schreibtischschublade, und selbst die Erinnerung daran schob sie in einen Winkel ihres Gedächtnisses.

Nun nahm sie die Procyon erneut in die Hand.

Die Kälte der Waffe strömte von ihrer rechten Handfläche durch ihren Oberarm bis in ihre Schulter und drang in ihr Innerstes. Für ein Modell aus Kunstharz war es unglaublich schwer. Die Faustfeuerwaffe, die Sinon wohl mit Leichtigkeit auf ihren Fingerspitzen herumgeschwungen hätte, schien für Shino fest an den Boden gekettet zu sein.

Je mehr Körperwärme das Ding aus ihrer Hand raubte, desto mehr schien es sich aufzuheizen. Als es schließlich lauwarm war und feucht von ihrem Angstschweiß, schien diese Wärme plötzlich jemand anderem zu gehören.

Wer war das?

Es war ... dieser Mann.

Sie konnte nicht mehr verhindern, dass sich ihr Herzschlag beschleunigte und das eiskalte Blut mit lautem Dröhnen durch ihren Körper raste. Ihr Orientierungssinn schwand. Der Boden unter ihren Füßen kippte weg und verlor seine Festigkeit.

Doch Shino konnte den Blick nicht von dem schwarzen Glänzen der Waffe abwenden. Aus nächster Nähe starrte sie darauf.

In ihren Ohren klingelte es. Bald wandelte sich der Ton in einen schrillen Schrei. Der Schrei eines kleinen Mädchens, voll purer Angst.

Wer war es, der da schrie?

Das war … sie selbst.

Shino kannte das Gesicht ihres Vaters nicht.

Das bedeutete nicht nur, dass sie sich nicht an sein Gesicht erinnern konnte. Sie hatte diese Person wortwörtlich nie gesehen, nicht einmal auf Fotos oder in Videos.

Shino war keine zwei Jahre alt gewesen, als ihr Vater in einem Verkehrsunfall umgekommen war.

An diesem Tag fuhr die kleine Familie – ihr Vater, ihre Mutter und Shino – mit dem Auto über eine alte, einspurige Straße an einem Berghang zur Grenze der Tohoku-Region, um das Jahresende im Elternhaus ihrer Mutter zu verbringen. Sie hatten Tokyo verspätet verlassen, und es war bereits nach elf Uhr abends, als es passierte.

Den Reifenspuren am Unfallort nach zu urteilen, war die Ursache ein Lkw gewesen, der in einer Kurve ausgebrochen und auf die Gegenfahrbahn geraten war.

Der Fahrer des Lkws hatte die Windschutzscheibe durchschlagen und war auf die Straße geschleudert worden. Er war fast augenblicklich tot. Die rechte Seite des Kleinwagens wurde mit voller Wucht erfasst, er schoss über die Leitplanke und stürzte den Berghang hinunter, wo sein Fall von zwei Bäumen gestoppt wurde. Zu diesem Zeitpunkt hatte ihr Vater, der gefahren war, wegen seiner schweren Verletzungen bereits das Bewusstsein verloren, starb aber nicht sofort. Ihre Mutter auf dem Beifahrersitz hatte nur einen einfachen Bruch des linken Oberschenkelknochens, während die kleine Shino, fest angeschnallt in ihrem Kindersitz auf der Rückbank, mehr oder weniger unverletzt blieb. Sie hatte später keinerlei Erinnerungen an diesen Vorfall.

Unglücklicherweise wurde diese Straße selbst von den Einheimischen kaum benutzt, und besonders tief in der Nacht fuhren hier keine Autos mehr. Zudem war bei der Kollision das Mobiltelefon im Auto zu Bruch gegangen.

Erst am nächsten Morgen, sechs Stunden später, bemerkte ein Fahrer auf seinem Weg über die alte Straße den Unfall und meldete ihn.

Während dieser Stunden konnte Shinos Mutter nichts anderes tun, als ihrem Mann neben sich dabei zuzusehen, wie er langsam an seinen inneren Blutungen starb und erkaltete.

Und tief im Herzen ihrer Mutter zerbrach etwas.

Nach dem Unfall drehte sich die Zeit für ihre Mutter bis zu ihren Teenagerjahren zurück, bevor sie Shinos Vater begegnet war. Sie und Shino verließen Tokyo und zogen bei Shinos Großeltern ein. Sie vernichtete alle Andenken an Shinos Vater, insbesondere Fotos und Videos, und erzählte niemals von Erinnerungen an ihn.

Shinos Mutter lebte wie ein Mädchen vom Lande, das sich nichts wünschte außer Ruhe und Frieden. Als was sie Shino ansah, wusste Shino selbst heute noch nicht, fünfzehn

Jahre nach dem Unfall. Vielleicht hielt sie sie für ihre kleine Schwester, gleichwohl liebte sie Shino auch nach dem Unfall noch genauso innig. Shino erinnerte sich, dass sie ihr jeden Abend Bilderbücher vorlas und Schlaflieder sang.

In Shinos Erinnerung war ihre Mutter stets ein fragiles Mädchen, das leicht verletzt werden konnte. Je mehr Shino begann zu begreifen, desto mehr wurde ihr klar, dass sie stark sein musste. Dass sie ihre Mutter beschützen musste.

Als einmal Shinos Großeltern außer Haus waren, wollte ein aufdringlicher Vertreter nicht mehr den Hauseingang verlassen und hatte ihre Mutter damit verängstigt. An ihrer Stelle drohte die neunjährige Shino ihm, die Polizei zu rufen, wenn er nicht verschwände, und setzte ihn vor die Tür.

Für Shino war die Außenwelt immer ein Ort voller Dinge gewesen, die ihr ruhiges Leben mit ihrer Mutter gefährdeten. Sie musste ihre Mutter beschützen, das war alles, woran sie dachte.

Deswegen, so dachte Shino, war es gewissermaßen unvermeidbar, dass dieser Vorfall geschah. Vielleicht hatte die Außenwelt, die sie so angestrengt fernzuhalten versuchte, voller Bosheit zurückgeschlagen.

Als Shino elf Jahre alt und in der fünften Klasse der Grundschule war, spielte sie kaum draußen. Ihre tägliche Routine bestand darin, direkt von der Schule nach Hause zu kommen und ein Leihbuch aus der Bibliothek zu lesen. Ihre Noten waren gut, aber sie hatte kaum Freunde. Sie war extrem empfindlich gegenüber Einmischungen von außen. Einmal schlug Shino einem Jungen eine blutige Nase, weil er ihr einen harmlosen Streich spielen wollte und ihre Schulschuhe versteckt hatte.

Es geschah an einem Samstagnachmittag kurz nach Beginn des zweiten Halbjahres.

Shino und ihre Mutter gingen zusammen in die kleine Postfiliale in der Nachbarschaft. Außer ihnen war kein einziger Kunde dort. Während ihre Mutter am Schalter Dokumente einreichte, setzte sich Shino auf eine Bank in der Filiale. Sie ließ die Beine baumeln und las ein Buch, das sie mitgebracht hatte. An den Titel konnte sie sich nicht mehr erinnern.

Als die Tür quietschte und sie den Kopf hob, sah sie einen Mann hereinkommen. Er war hager und im mittleren Alter, trug gräuliche Kleidung und eine Reisetasche in einer Hand.

Er blieb im Eingang stehen und sah sich in der Postfiliale um. Für einen Moment trafen sich ihre Blicke. Seine Augenfarbe kam ihr seltsam vor. Im gelblichen Weiß seiner Augen rollten rastlos pechschwarze Iriden wie tiefe Löcher herum. Es lag an seinen extrem erweiterten Pupillen, wie sie heute wusste. Später stellte sich heraus, dass er sich Aufputschmittel gespritzt hatte, kurz bevor er in die Postfiliale gegangen war.

Noch bevor Shino sich über ihn wundern konnte, ging er schnell hinüber zum Schalter.

Shinos Mutter war mit irgendwelchen Formalitäten am Schalter für Überweisungen und Einzahlungen beschäftigt, als der Mann plötzlich ihren Arm packte und sie wegriss. Dann stieß er sie hart zur Seite. Ihre Mutter stürzte starr vor Schreck und mit weit aufgerissenen Augen zu Boden, ohne auch nur einen Laut von sich zu geben.

Shino sprang im Nu auf die Beine und wollte sich gerade lauthals über die ungerechtfertigte Gewalt gegen ihre geliebte Mutter beschweren, als es geschah.

Der Mann schleuderte seine Tasche auf den Tresen und zog etwas Schwarzes daraus hervor. Erst als er das Ding auf den Postbeamten hinter dem Schalter richtete, begriff sie, dass es eine Pistole war. *Eine Pistole … ein Spielzeug … nein, die ist echt … ein Überfall?!* Einzelne Worte blitzten in Shinos Bewusstsein auf.

»Macht die Tasche mit Geld voll!«, brüllte der Mann heiser und setzte sofort hinzu: »Beide Hände über den Tisch! Drückt nicht den Alarmknopf! Keiner bewegt sich!«

Er schwenkte seine Waffe nach links und rechts, um die Angestellten weiter hinten in Schach zu halten.

Shino überlegte, ob sie hinausrennen und Hilfe holen sollte. Doch sie konnte ihre Mutter nicht zurücklassen, die immer noch am Boden lag.

Während sie noch zauderte, schrie der Mann erneut: »Los, rein mit dem Geld! Alles, was ihr dahabt! Beeilung! Mach schon!«

Das Gesicht des Postbeamten war wie versteinert, aber er holte ein etwa fünf Zentimeter dickes Bündel Banknoten hervor, als …

Für einen Moment schien sich die Luft in der Postfiliale auszudehnen. In Shinos Ohren klingelte es unangenehm, und sie brauchte eine Weile, bis sie begriff, dass es von einem lauten Knall verursacht worden war. Daraufhin ertönte ein leises, metallisches *Pling*, als etwas an der Wand abprallte und vor ihre Füße rollte. Es war eine schmale, goldene Hülse.

Als sie wieder aufsah, griff der Postbeamte hinter dem Tresen sich mit weit aufgerissenen Augen an die Brust. Auf seinem weißen Hemd zeichnete sich unter der Krawatte ein kleiner roter Fleck ab. Kaum hatte sie das erkannt, da kippte der Beamte mitsamt seinem Stuhl nach hinten, wobei er einen Dokumentenschrank mit sich riss.

»Ich sagte, nicht den Knopf drücken!«

Die Stimme des Mannes überschlug sich. Shino sah, wie seine Hand, in der er die Waffe hielt, zitterte. Ein Geruch wie von Feuerwerk stach ihr in die Nase.

»Hey, du! Komm her und pack das Geld ein!«

Der Mann richtete seine Pistole auf zwei weibliche Angestellte, die starr vor Schreck dastanden.

»Na los!«, schrie er schrill, doch die beiden Frauen schüttelten nur schwach den Kopf und rührten sich nicht. Vermutlich hatten sie das Verhalten bei einem Raubüberfall trainiert, aber kein Handbuch der Welt konnte sie vor einer tatsächlich abgefeuerten Kugel schützen.

Der Mann trat einige Male zornig gegen den Tresen und hob dann wieder seine Waffe, als wolle er wieder jemanden erschießen. Die Frauen schrien auf und duckten sich.

Doch da drehte er sich um und zielte auf den Kundenbereich.

»Wenn ihr nicht schnell macht, erschieße ich noch jemanden! Ich knall sie ab!«

Und er richtete seine Waffe auf Shinos Mutter am Boden, die mit leerem Blick aufsah.

Sie schien sich nicht einmal mehr rühren zu können, weil das Geschehen, das sich vor ihren Augen abspielte, ein zu großer Schock für sie war. Augenblicklich dachte Shino:

Ich muss Mama beschützen.

Die Macht dieser Überzeugung, dieses Willens, der sie seit frühester Kindheit begleitet hatte, setzte ihren Körper in Bewegung.

Shino warf ihr Buch beiseite und sprang los, klammerte sich an die Hand des Mannes, die die Waffe hielt, und biss kräftig zu. Ihre spitzen Kinderzähne bohrten sich mühelos in sein Fleisch.

»Aaah?!«, schrie er überrascht auf und versuchte, sie abzuschütteln. Shino wurde gegen den Tresen geschleudert, wobei sie zwei ihrer Milchzähne verlor, was sie nicht einmal bemerkte. Denn just in diesem Moment rutschte die schwarze Waffe aus seiner Hand und fiel zu Boden. Wie in Trance hob Shino sie auf.

Sie war schwer.

Das Gewicht von Metall, das in ihren Armen resonierte. Der geriffelte Griff war feucht vom Schweiß des Mannes, der die Waffe bis gerade noch gehalten hatte, und strahlte seine zurückgebliebene Körperwärme aus, als sei die Waffe lebendig.

Auch in ihrem jungen Alter wusste Shino, wozu dieses Werkzeug diente. Und sie konnte es benutzen, um diesen furchterregenden Mann aufzuhalten. Von diesem Gedanken geleitet hielt sie die Pistole hoch, wie sie es bei ihm zuvor gesehen hatte, legte beide Zeigefinger auf den Abzug und richtete die Waffe auf ihn.

Sogleich stürzte sich der Mann mit einem spitzen Schrei auf sie und packte ihre Handgelenke, um die Waffe aus ihren Händen zu winden.

Sie wusste heute noch nicht, ob dieser Umstand gut oder schlecht war. Aber die simple Wahrheit war, dass es ihr schlussendlich half, dass er die auf ihn gerichtete Waffe fest im Griff hatte.

Heute hatte Shino mehr als genug Wissen über »jene Waffe«, die in diesem Raubüberfall benutzt worden war.

Im Jahr 1933, vor über neunzig Jahren, hatte die Sowjetarmee eine Faustfeuerwaffe mit dem Namen »Tokarew TT-33« verwendet. China hatte bald darauf eine Kopie produziert, die sie als »Modell 54 Black Star« bezeichnet hatten. Das war der Name ebenjener Waffe.

Die Pistole hatte Kaliber .30 und verschoss 7,62-mm-Patronen mit Stahlkern. Verglichen mit den gängigen 9-mm-Patronen später entwickelter Handfeuerwaffen war das zwar ein kleines Kaliber, es verfügte jedoch über eine größere Menge Schießpulver. Aus diesem Grund hatte die Patrone beim Verlassen der Mündung Überschallgeschwindigkeit, und die Pistole verfügte über die größte Durchschlagskraft unter den Faustfeuerwaffen.

Daher war allerdings auch der Rückstoß gewaltig, und in den 1950er-Jahren war die Tokarew als Ordonnanzwaffe der Sowjetunion von der kompakteren »Makarow« mit 9-mm-Patronen abgelöst worden.

Dies war keine Waffe, mit der ein elfjähriges Kind umgehen konnte. Doch als der Mann fest ihre Handgelenke packte und sie fürchtete, er würde ihr die Waffe entreißen, drückte sie reflexartig den Abzug.

Ein immenser Stoß breitete sich von ihren Händen über die Ellbogen bis zu den Schultern aus, doch die Rückstoßenergie, die entgegengesetzt zur Mündung verlaufen sollte, wurde von den Händen des Mannes fast vollständig abgefangen. Abermals schien die Luft vor Hitze zu explodieren.

Der Mann gab ein Glucksen wie von einem Schluckauf von sich und ließ Shino los, dann taumelte er ein paar Schritte zurück. Auf der Bauchregion seines grau gemusterten Hemds breitete sich schnell ein dunkelroter Kreis aus.

»Ah … Aaaah!«, schrie er laut auf und presste beide Hände auf seinen Bauch. Eines seiner größeren Blutgefäße musste verletzt worden sein, denn zwischen seinen Fingern quoll ein Schwall von Blut hervor.

Doch der Mann ging nicht zu Boden. Da die von der Black Star abgefeuerten kleinkalibrigen Vollmantelgeschosse einen menschlichen Körper sofort durchdrangen, hatten sie nur eine geringe Mannstoppwirkung.

Schreiend streckte er seine blutbesudelten Hände nach Shino aus und wollte sie packen. Blut spritzte aus seiner Wunde und auf Shinos Hände.

Ihre Finger zuckten krampfartig, wodurch sie erneut den Abzug drückte.

Dieses Mal schnellte die Waffe weit zurück, und ein heftiger Schmerz raste durch ihre Ellbogen und Schultern. Ihr Körper wurde nach hinten geschleudert, und sie prallte mit dem Rücken so hart gegen den Tresen, dass ihr die Luft wegblieb. Den Knall des Schusses nahm sie kaum noch wahr.

Die zweite Kugel traf den Mann unterhalb des rechten Schlüsselbeins, bohrte sich durch seinen Körper und blieb in der Wand hinter ihm stecken. Er stolperte, rutschte auf seinem eigenen Blut aus und stürzte auf den Linoleumboden.

»Aaaargh!«

Doch er hörte noch immer nicht auf, sich zu bewegen. Unter wütendem Gebrüll stemmte er beide Hände auf den Boden, um sich wieder aufzurichten.

Shino verfiel in Panik. Sie wusste, wenn sie ihn dieses Mal nicht endlich stoppte, würde er zweifellos sie und ihre Mutter töten.

Sie ignorierte die reißenden Schmerzen in ihren Armen und Schultern, trat zwei Schritte vor und zielte genau auf die Mitte des Körpers des Mannes, der seinen Oberkörper gerade halb aufgerichtet hatte.

Der dritte Schuss kugelte ihr die rechte Schulter aus. Dieses Mal gab es nichts, was die Wucht des Rückstoßes abgefangen hätte, also überschlug sie sich und fiel rücklings hin. Die Waffe ließ sie jedoch nicht los.

Die abgefeuerte Kugel verfehlte ihr Ziel abermals und traf ihn einige Dutzend Zentimeter höher – mitten im Gesicht. Mit einem dumpfen Schlag prallte sein Kopf auf dem Boden auf. Nun bewegte er sich nicht mehr und er schrie auch nicht mehr.

Shino rappelte sich mühsam auf, um sich zu vergewissern, dass er tatsächlich ausgeschaltet war.

Ich habe sie beschützt, war ihr erster Gedanke. Sie hatte ihre Mutter beschützen können.

Shino drehte sich um und wandte den Blick zu ihrer Mutter, die ein paar Meter entfernt am Boden lag. Und in den Augen ihrer Mutter, der Person, die sie mehr als alles andere auf der Welt liebte ...

... sah sie klar und deutlich Schrecken und Furcht, die ihr selbst galten.

Shino blickte hinunter auf ihre Hände, die immer noch fest den Griff der Waffe hielten und mit einer klebrigen, dunkelroten Flüssigkeit bespritzt waren.

Ihr Mund öffnete sich, und endlich fing sie an zu schreien.

»Aaaah ...!« Während sich ein schriller Schrei tief aus ihrer Kehle drängte, starrte sie weiterhin auf die Procyon SL in ihren Händen. Von den Handrücken bis zu den

Fingerzwischenräumen trieften ihre Hände vor Blut. Sooft sie auch blinzelte, das Blut verschwand nicht. *Tropf, tropf*, fielen die zähflüssigen Tropfen auf ihre Füße.

Plötzlich strömte auch aus ihren Augen Flüssigkeit. Ihr Blickfeld verschwamm, und das schwarze Glänzen der Modellwaffe verdeckte alles andere.

Mitten in dieser Dunkelheit sah sie das Gesicht des Mannes.

Die dritte abgefeuerte Kugel flog auf sein Gesicht zu. Obwohl sie ihr Ziel traf, war die Wunde überraschend klein und sah mehr aus wie ein einfaches Muttermal. Doch gleich darauf barst ein dichter roter Nebel aus seinem Hinterkopf. Ausdruck und Leben schwanden aus seinem Gesicht.

Im nächsten Moment rollte nur sein linkes Auge herum und sah sie mit einer Pupille wie ein bodenloses Loch an.

Es starrte ihr direkt in die Augen.

»Ah ... Ah ...!« Plötzlich klebte ihre Zunge an ihrem Rachen, und sie bekam keine Luft mehr. Gleichzeitig fühlte sie, wie sich ihr Magen heftig zusammenkrampfte.

Sie biss die Zähne aufeinander, nahm all ihre geistige Kraft zusammen und schleuderte die Procyon zu Boden. Dann lief sie schwankend zur Küche und drehte den Knauf der Tür zum Badezimmer, die Hand nass vom kalten Schweiß.

Sobald sie den Toilettendeckel hochgerissen und sich vorgebeugt hatte, ergoss sich ein Schwall heißer Flüssigkeit aus ihrem Magen. Ihr Körper krümmte und verkrampfte sich, und sie erbrach sich immer wieder, bis alles, was in ihr gewesen war, ihren Körper verlassen zu haben schien.

Als das Krampfen ihres Magens endlich nachließ, war Shino vollkommen ausgelaugt.

Sie streckte die linke Hand aus und betätigte die Spülung. Mit einiger Anstrengung erhob sie sich, nahm ihre Brille ab und wusch sich ihr Gesicht und ihre Hände wieder und wieder mit beißend kaltem Wasser.

Zum Schluss spülte sie sich den Mund aus, nahm ein sauberes Handtuch aus dem Regal und trocknete sich ab, während sie das Bad verließ. Ihre Denkfähigkeit war komplett gelähmt.

Mit unsicheren Schritten ging sie in ihr Zimmer zurück. Möglichst ohne direkt hinzusehen, warf sie ihr Handtuch über die Modellwaffe auf dem Boden, hob sie mit dem Handtuch auf und warf sie wieder in die hintere Ecke der geöffneten Schreibtischschublade. Geräuschvoll schloss sie die Schublade und ließ sich dann vornüber auf ihr Bett fallen, nun wirklich völlig erschöpft.

Die Tropfen, die von ihrem nassen Pony ihre Wangen hinabrannen, vermischten sich mit ihren Tränen und sickerten in die Matratze. Unbewusst flüsterte sie immer wieder mit leiser Stimme: »Hilfe ... irgendjemand ... Hilfe ... Hilfe ... irgendjemand ...«

Ihre Erinnerungen an die Tage nach dem Vorfall waren nicht klar.

Wie die Erwachsenen in dunkelblauen Uniformen sie in angespanntem Tonfall aufgefordert hatten, ihnen die Waffe zu überreichen, und ihre Finger zu verkrampft gewesen waren, um sich von dem Griff zu lösen.

Die vielen sich drehenden roten Lichter. Das gelbe Band, das im Wind flatterte. Wie sie von den vielen weißen Lichtern dahinter geblendet wurde.

Wie sie sich endlich der Schmerzen in ihrer Schulter gewahr wurde, als man sie in einen Streifenwagen setzte, und wie der Polizist sie dann schleunigst zu einem Krankenwagen brachte, als sie es vorsichtig erwähnte – und andere fragmentarische Erinnerungen.

In ihrem Krankenhausbett wurde sie wiederholt von zwei Polizistinnen zu dem Vorfall befragt. Immer wieder sagte sie, dass sie zu ihrer Mutter wolle, doch dieser Wunsch wurde ihr erst viel später erfüllt.

Shino wurde nach drei Tagen entlassen und kehrte in das Haus zurück, in dem ihre Großeltern sie erwarteten. Doch ihre Mutter blieb für über einen Monat im Krankenhaus. Ihr friedliches Leben, wie es vor dem Vorfall gewesen war, kam nie wieder zurück.

Aufgrund der jugendgefährdenden Inhalte vermieden es die Massenmedien, über die Einzelheiten der Angelegenheit zu berichten. Der Fall wurde als bewaffneter Raubüberfall auf die Postfiliale mit Tod des Tatverdächtigen an die Staatsanwaltschaft übergeben, eine Verhandlung gab es nicht. Doch es war ein kleines Städtchen auf dem Land. Die Geschehnisse in der Post verbreiteten sich bis ins letzte Detail wie ein Lauffeuer in der Stadt – und schlimmer noch, die Geschichte wurde auch noch ausgeschmückt.

In den letzten anderthalb Jahren der Grundschule wurde Shino mit jedem erdenklichen Synonym für »Mörder« bombardiert, und nachdem sie in die Mittelschule gekommen war, wurde sie stattdessen durchweg ignoriert.

Doch für Shino waren die Blicke der anderen selbst kein so großes Problem. Schließlich hatte sie seit jeher kaum Interesse daran gehabt, zu irgendeiner Gruppe zu gehören.

Die Spuren jedoch, die der Vorfall in ihrem Herzen hinterlassen hatte – die waren selbst nach Jahren noch nicht im Geringsten verheilt und quälten sie unablässig.

Seit damals rief der Anblick von allem, was einer Pistole auch nur ähnelte, die lebendigen Erinnerungen an den Vorfall in ihr Gedächtnis zurück und verursachte in ihr Symptome eines Schocks. Diese Anfälle – die vom Hyperventilieren bis zum Verkrampfen des ganzen Körpers, dem Verlust der Orientierung, Erbrechen und in schlimmeren Fällen bis zur Ohnmacht führten – konnten zum Beispiel durch den Anblick einer Spielzeugpistole, die ein Kind auf der Straße trug, aber selbst durch die Abbildung einer Waffe im Fernsehen leicht ausgelöst werden.

Deswegen konnte Shino kaum eine Serie oder einen Film sehen. Sie erlitt mehrere Anfälle wegen des Videomaterials, das im Sozialkundeunterricht verwendet wurde. Vergleichsweise sicher waren Romane – und auch das nur eingeschränkt auf die alten literarischen Werke. Den Großteil der Mittelschule verbrachte sie damit, in einer dämmrigen Ecke der Bibliothek durch die großformatigen Gesamtausgaben zu blättern.

Als sie sich mit dem Wunsch, nach dem Abschluss der Mittelschule irgendwo weit weg zu arbeiten, an ihre Großeltern wandte und auf rigorosen Widerstand traf, teilte sie ihnen mit, dass sie in dem Fall zumindest eine Highschool in der Stadt besuchen wolle, in der sie als Baby mit ihrem Vater und ihrer Mutter zusammengelebt hatte. Natürlich wollte sie damit auch den ewigen Gerüchten und den neugierigen Blicken entkommen, doch vor allem war sie überzeugt, dass ihre seelischen Wunden nie heilen würden, wenn sie in ihrem Heimatort bliebe.

Natürlich waren ihre Symptome als ein typischer Fall von Posttraumatischer Belastungsstörung diagnostiziert worden, und sie hatte während der vergangenen vier Jahre unzählige Beratungen erhalten. Sie nahm brav die ihr verordnete Medizin. Doch die Worte der Ärzte mit ihrem seltsamerweise immer gleichen Lächeln kratzten nur an der Oberfläche von Shinos Herzen und erreichten nie den Ort, der verwundet war. Während sie in ihren makellosen Behandlungszimmern saß und sich ihr »Verstehe, das muss hart für dich gewesen sein« anhörte, sagte sie zu sich selbst: *Dann haben Sie also auch schon jemanden mit einer Pistole erschossen, ja?*

Mittlerweile bereute sie ihr damaliges Benehmen, das den Aufbau von Vertrauen behindert und Therapiefortschritte gar nicht erst zugelassen hatte. Trotzdem waren das noch immer Shinos aufrichtige Gefühle. Wahrscheinlich hoffte sie nur darauf, dass jemand klipp und klar entscheiden würde, ob ihre Handlungen gut oder schlecht gewesen waren. Doch natürlich würde kein Arzt ihr eine solche Antwort geben.

Aber sosehr Shino auch unter den Erinnerungen und Anfällen litt, so dachte sie doch nie daran, sich das Leben zu nehmen.

Sie bereute nicht, auf diesen Mann gezielt und abgedrückt zu haben. Als er die Waffe auf ihre Mutter gerichtet hatte, hatte er ihr keine andere Wahl gelassen. Selbst wenn sie zu diesem Moment zurückkehren könnte, würde sie wieder das Gleiche tun.

Shino glaubte, dass auch dieser Mann nie seinen Frieden finden würde, wenn sie den Selbstmord als Ausweg wählte.

Also wollte sie stärker werden. Sie wünschte sich die Stärke, sagen zu können, dass es in dieser Situation zu ihrem

Handeln hatte kommen müssen. Wie eine Soldatin, die auf dem Schlachtfeld erbarmungslos ihre Feinde tötete. Das war auch einer der Gründe, warum sie allein leben wollte.

Als sie den Mittelschulabschluss gemacht hatte und ihren Heimatort verließ, verabschiedete sie sich nur von ihrem Großvater, ihrer Großmutter und ihrer Mutter, die in Shino immer noch das kleine Mädchen vor dem Vorfall sah, sie umarmte und ihr den Kopf streichelte.

Shino war in die Stadt umgezogen, in der die Luft stickig, das Wasser schlecht und einfach alles teuer war.

Und sie hatte Kyouji Shinkawa und das VRMMORPG *Gun Gale Online* kennengelernt.

Als sich ihre Atmung und ihr Herzschlag endlich langsam beruhigten, öffnete Shino leicht die Lider.

Sie lag auf dem Bauch im Bett, die linke Wange auf ihrem Kissen, und ihr Blick fiel auf den länglichen Ankleidespiegel.

Aus dem Spiegel blickte ein Mädchen zurück, dem nasse Haarsträhnen an der Stirn klebten. Sie war ein wenig zu dünn, mit großen Augen. Sie hatte eine kleine Nase und keine vollen Lippen. Im Großen und Ganzen machte sie den Eindruck eines unterernährten Kätzchens.

Alles, was sie mit der Scharfschützin des Ödlands, Sinon, gemein hatte, waren ihr Körperbau und die kurzen Haare, von denen an den Seiten zwei dünne Strähnen zusammengebunden waren. Sinon war mehr wie ein wilder Luchs.

Als sie sich das erste Mal voller schlimmer Befürchtungen in *GGO* eingeloggt hatte, war sie gleich mit auf ein Schlachtfeld genommen worden, obwohl sie sich noch überhaupt nicht auskannte. Dabei machte sie eine unerwartete Entdeckung.

Vielleicht lag es daran, dass die Landschaft in dieser Alternativwelt so ganz anders war als das Japan der Wirklichkeit – jedenfalls konnte sie in dieser Welt jede Waffe berühren, nein, selbst wenn sie andere Spieler damit erschoss, fühlte sie nicht mehr als eine leichte Anspannung und erlitt keine Anfälle.

Shino war überzeugt, endlich eine Methode gefunden zu haben, ihre Erinnerungen zu bewältigen. Und tatsächlich: Seit sie *GGO* spielte, konnte sie sich Bilder von Waffen ansehen, ohne dass es einen Anfall bei ihr auslöste, und sie konnte sich auch mit Kyouji über die Waffen in *GGO* unterhalten.

Aber das war nicht alles. Mittlerweile liebte sie ihre riesige, brutale Hécate II, die sie vor einem halben Jahr bekommen hatte. Sie kam zur Ruhe, wenn sie deren Lauf streichelte, wie es gleichaltrige Mädchen mit ihren Haustieren oder Kuscheltieren taten. Sie spürte ihre Wärme, wenn sie ihre Wange an den abgerundeten Kolben legte.

Wenn sie weiter mit dieser Waffe im Ödland kämpfen würde, würden sich ihre Wunden irgendwann schließen, und die Angst würde verschwinden. In diesem Glauben erschoss sie unzählige Monster und zahllose Spieler mit ihren todbringenden Kugeln.

Aber in ihrem Herzen fragte eine Stimme immer wieder: *Wirklich? Willst du das wirklich?*

Sinon gehörte bereits zu den besten dreißig unter den Zehntausenden von *GGO*-Spielern. Sie beherrschte mühelos ein Anti-materiel rifle, das angeblich keiner außer ihr in einem Gefecht einsetzen konnte. Sie brachte den sicheren Tod für jeden, der von ihrem Zielfernrohr erfasst wurde. Sie war eine Kämpferin mit einem Herzen aus Eis und ohne Übertreibung genau das, was Shino früher immer hatte sein wollen.

Trotzdem konnte Shino in der Wirklichkeit nicht einmal eine Modellwaffe in die Hand nehmen.

War das wirklich das, was sie wollte ...?

Die Augen des Mädchens im Spiegel blickten hinter seinen Brillengläsern ratlos hin und her.

Die Gläser der Brille, die sie seit letztem Jahr trug, hatten keine Sehstärke. Sie trug die Brille nicht zur Verbesserung ihrer Sehfähigkeit, sondern als »Rüstung«. Die Gläser aus widerstandsfähigem NXT-Polymer würden sogar einer Kugel standhalten – so stand es auf dem Reklamezettel. Shino wusste nicht, ob das stimmte, aber sie sparte sich die Brille vom Mund ab, und sie gab ihr ein kleines Gefühl von Sicherheit. Wenn sie jetzt ohne Brille auf der Nase das Haus verließ, wurde sie unruhig.

Aber das bedeutete auch, dass sie von einem kleinen Accessoire abhängig war.

Als sie die Augen fest schloss, stieg in ihr wieder diese schwächliche Frage auf: *Bitte ... sagt mir ... was soll ich tun ...?*

Niemand wird dich retten!, schrie sie innerlich, um die feige Stimme abzuschütteln, und stand auf. Ihr Blick fiel auf die silbern glänzenden Ringe des AmuSphere auf dem kleinen Tischchen neben dem Bett.

Es reichte einfach noch nicht. Das war das einzige Problem.

Es gab in jener Welt einundzwanzig Schützen, die besser als Sinon waren. Wenn sie sie alle ins Jenseits geschickt hatte und als die Stärkste von allen über das Ödland herrschte, würden Shino und Sinon endlich eins werden, und sie würde auch in dieser Welt wahre Stärke erlangen.

Dann würden »jener Mann« und »jene Waffe« in der Menge der Zielpersonen untergehen, die Sinon zu Fall gebracht hatte, und nie wieder in ihren Erinnerungen auftauchen.

Shino griff die Fernbedienung der Klimaanlage, regelte die Heizung herunter und zog sich das Sakko ihrer Schuluniform aus. Sie öffnete das Häkchen ihres Rocks, zog ihn über die Beine und warf ihn zu dem Sakko auf den Boden. Zuletzt nahm sie die blasstürkisblaue Brille ab und legte sie vorsichtig auf den Rand des Schreibtisches.

Sie legte sich gerade auf das Bett, hob das AmuSphere hoch und setzte es sich auf den Kopf.

Mit den Fingern tastete sie nach dem Schalter. Sobald ein leiser elektronischer Ton das Ende des Stand-by-Betriebs verkündete, sagte sie leise: »Link Start.«

Ihr Flüstern war zittrig und heiser, wie das eines Kindes, das vom vielen Weinen erschöpft war.

5

Während der Browser startete, wurde automatisch die URL der Startseite aufgerufen, und gleich mehrere Reihen von Tabs öffneten sich.

Alle standen im Zusammenhang mit *Gun Gale Online*, mit besonderem Schwerpunkt auf Seiten, die Informationen zum Thema Death Gun boten.

Er bediente mit der rechten Hand die 3-D-Maus und sprang zu dem Tab mit der Seite, die derzeit die meiste Aufmerksamkeit erhielt. Auf der Homepage stand »Informationssammlung zu Death Gun«, und einzig die Worte Death Gun waren rot gefärbt.

Zuerst schaute er in den Updateverlauf und stellte fest, dass der Administrator der Seite heute Abend noch keine neuen Informationen gepostet hatte, also wechselte er zum Forum. Seit seinem letzten Seitenaufruf vorige Nacht hatte es offenbar etliche neue Einträge gegeben, denn in den Threads blinkte an einigen Stellen das Icon »New«, und er machte sich daran, sie der Reihe nach durchzulesen.

XeXeeD und Tarako lassen sich gar nicht mehr blicken. Ist schon fast ein Monat, oder? Werden dann nicht bald ihre Accounts gesperrt? Falls sie jemand irl kontaktieren kann und was rausfindet, melden plz.*

Ich sag doch, es gibt keinen. Nicht mal die Leute aus ihren Schwadronen kennen eine Kontaktadresse irl. Und wer seine persönlichen Daten in GGO *weitergibt, ist sowieso ein Idiot.*

*in real life = im echten Leben

Wir wissen doch, an welchem Tag und zu welcher Zeit Death Gun sie erschossen hat. Falls sie wirklich tot sind, müsste sich doch herausfinden lassen, ob genau zu dem Zeitpunkt VRMMO-Spieler gestorben sind, oder?

Jetzt hol nicht wieder die alten Themen raus, lies den Backlog. Wenn sie allein gewohnt haben, merkt keiner, dass sie gestorben sind. Und wir haben bereits festgestellt, dass man von der Polizei eh nichts erfährt. Und wenn man Zaskar per Mail auf Englisch anfragt, bekommt man übrigens auch nur eine Standardantwort, sie würden keine privaten Userdaten herausgeben, bla, bla.

Ich wette, es ist ein Prank von XeX und Tara, weil sie mit dem Spiel aufhören. Aber wenn sie nicht bald auftauchen und es aufklären, interessiert's sowieso keinen mehr!

Am Ende wird's darauf hinauslaufen, dass jemand die Sache selbst überprüfen muss. Also werde ich morgen um 2330 Uhr vor der Zentralbank in Glocken mit einer roten Rose an der Brust warten. Komm und erschieß mich, Death Gun.

Ein Held ist aufgetaucht! Aber es hat keinen Sinn, wenn du nicht deinen richtigen Namen und deine Adresse bekannt gibst, bevor du stirbst.

Bitte mach den Dive von einem öffentlichen Internetcafé aus.

…

Er schnalzte ärgerlich mit der Zunge. Dann drehte er am Mausrad und aktivierte den nächsten Tab. Doch in keinem Forum und auf keiner Seite fand er die gewünschte Art von Eintrag.

Der Plan war gewesen, dass mit dem Tod des zweiten Spielers das Internet überflutet werden würde von dem Gerede, ob Death Guns Macht nicht echt sein könnte. Die *GGO*-Spieler sollten vor Furcht erzittern, wer der Nächste sein würde, und einer nach dem anderen aus dem Spiel austreten.

Doch in Wirklichkeit hatten diese idiotischen Online-Gamer immer noch nicht Death Guns wahren Schrecken begriffen und machten die ganze Zeit nur Witze. Und die Gesamtzahl der *GGO*-Useraccounts hatte anscheinend auch kaum abgenommen.

Tatsächlich hatte er nicht einkalkuliert, dass in der wirklichen Welt nicht über die Tode von XeXeeD und Usujio Tarako berichtet werden würde. Wie es schien, gab es in der Stadt Tag für Tag eine so hohe Anzahl an unnatürlichen Todesfällen, dass Fälle ohne deutliche Anzeichen eines Verbrechens es gar nicht erst in die Nachrichten schafften.

Natürlich wusste er, dass die beiden, die er erschossen hatte, in der Wirklichkeit einen Herzstillstand gehabt hatten und tatsächlich tot waren. Ebendas war die Macht von Death Gun.

Die Verlockung, diese Information im Forum zu posten, war groß. Aber selbst für ihn wäre es schwierig gewesen, eine plausible Quelle zu präsentieren, und schließlich würde es der Legende von Death Gun schaden. Death Gun war der absolut Stärkste, der jemals in diesem Ödland erschienen war, ein wahrer Todesgott, dessen Macht selbst die der Betreiber überflügelte.

Ach, was soll's.

Er seufzte tief und zwang sich, sich wieder zu beruhigen.

Bald würde das dritte Bullet of Bullets abgehalten werden. Death Gun plante, in der finalen Runde weitere zwei, wenn möglich auch drei Spieler zu eliminieren. Natürlich müsste er es ohne die Macht jener Waffe durch die Vorrunde schaffen, doch mit seinen Statuswerten, die er jeden Tag bis zu zwanzig Stunden trainierte, sollte das kein allzu großes Problem darstellen.

Das BoB verlangte einen maximalen Grad an Aufmerksamkeit. Die Echtzeit-Übertragung des Turniers auf MMO Stream wurde nicht nur in *GGO*, sondern auch von Spielern anderer VRMMOs verfolgt. Wenn er auf dieser riesigen Bühne wahrhaftig als der Stärkste über alle anderen dominieren würde und diejenigen, die von seiner Waffe getroffen wurden, aus dem Internet verschwanden, würde nicht mal ein Idiot noch an der Macht von Death Gun zweifeln.

Wenn er so viel Aufmerksamkeit erhalten würde, könnte er seinen derzeitigen Account natürlich nicht mehr benutzen, aber das war nicht von Bedeutung. Solange er diese Waffe hatte, könnte jederzeit ein neuer Death Gun im Ödland auftauchen.

Und dann würde er noch mehr töten. Geplant waren sieben Menschenopfer. Zu dem Zeitpunkt würden Spieler in Scharen austreten, und schließlich würde *Gun Gale Online* selbst den Tod finden.

Damit würde Death Gun zur Legende werden.

Die Zahl der Todesopfer, die dieses verdammte *Sword Art Online* hervorgebracht hatte, würde er zwar niemals erreichen können, aber das war auch nur das Werk eines Wahnsinnigen gewesen, der die Gehirne der User mit Mikrowellen geröstet hatte.

Death Guns Macht war nicht derart ordinär. Die von ihm in der virtuellen Welt abgefeuerten Kugeln stoppten das Herz seiner Opfer in der Realität. Niemand außer ihm und seiner anderen Hälfte konnte das Geheimnis dahinter begreifen. Death Gun war allen überlegen. Auch dieser berüchtigte »schwarze Schwertkämpfer«, der *SAO* abgeschlossen hatte, würde kein Problem darstellen. Bald schon wäre der Moment gekommen, wenn er der wahrhaftig stärkste Spieler aller VRMMOs sein würde.

Absolute Macht – der legendäre Herrscher der Unterwelt – der Stärkste – der Stärkste ...

Er bemerkte, dass er unbewusst die Maus so fest gepackt hatte, dass er sie fast zerbrach. Er atmete tief aus und entspannte seine Schultern.

Er wartete ungeduldig auf diesen Tag. Wenn er diese Legende wahr machen könnte, hätte er in dieser erbärmlichen Welt nichts mehr zu schaffen. Es wäre ein Abschied für immer von diesen stumpfsinnigen Leuten, die ihn plagten.

Er schloss alle Browser-Tabs und rief eine lokale HTML-Datei auf. Darin war eine Reihe von Porträtfotos – Ausschnitte von Screenshots aus *GGO*, neben denen jeweils der Name und Informationen zur Ausrüstung der Person aufgelistet waren. Die Fotos von XeXeeD ganz oben und Usujio Tarako darunter waren ausgegraut und mit einem blutroten X gezeichnet.

Das war Death Guns Liste von Zielpersonen. Mit anderen Worten, die Zahl der tödlichen Kugeln im Magazin seiner Waffe. Jeder der sieben war ein bekannter und starker Spieler in *GGO*.

Langsam scrollte er durch die Liste, bis das unterste Foto in der Mitte angezeigt wurde. Die einzige weibliche Spielerin unter den sieben.

Der Screenshot war schräg von oben rechts aufgenommen worden. Das hellblaue kurze Haar mit zwei dünnen, zusammengebundenen Strähnen neben ihrem Gesicht, die die Linie ihrer Wangen halb verdeckten. Wegen des hochgezogenen sandgelben Schals war ihr Mund leider nicht zu erkennen, aber ihre tiefblauen, irgendwie katzenhaften Augen allein strahlten ein faszinierendes Funkeln aus.

Der Name neben dem Foto lautete »Sinon«. Ihre Hauptwaffe war das Anti-materiel rifle »Ultima Ratio Hécate II«.

Er hatte sie schon etliche Male selbst im Spiel gesehen. Wie sie auf dem Markt von Glocken einkaufte, auf einer Bank im Park an einem Hotdog von einem der Verkaufsstände kaute und mit ihrem riesigen Gewehr auf dem Rücken über das Schlachtfeld rannte. In jeder dieser Situationen hatte sie einen koketten Charme, der sein Verlangen, sie zu besitzen, immer weiter anstachelte. Sie lächelte kaum, und ihre Augen waren immer von einer gewissen Wehmut erfüllt, aber das zog ihn nur noch mehr an.

Er hatte seine Zweifel daran, Sinon auf die Liste der Zielpersonen zu setzen. Falls sie ihm mit Leib und Seele gehören würde, nicht nur im Spiel, sondern auch in der Wirklichkeit ...

Doch seine andere Hälfte, der andere Teil von Death Gun würde ihren Tod wollen. Sinon war in ganz *GGO* als eiskalte Scharfschützin und Göttin der Unterwelt berühmt, jeder kannte sie. Als Blume, die Death Gun geopfert wurde, gab es niemanden, der angemessener gewesen wäre.

Er streckte seine Hand aus und strich mit den Fingerspitzen über Sinons Bild.

In dem Gefühl des glatten, glänzenden Monitors unter seinen Fingern glaubte er, ihren weichen und warmen Körper zu spüren.

6

Ich setzte den Blinker, legte mich in die Kurve und fuhr durch das große Tor.

Sofort fühlte ich die tadelnden Blicke der Passanten auf beiden Seiten der Allee auf mir und drosselte hastig die Geschwindigkeit meines Motorrads.

Im Gegensatz zu den heutzutage immer weiter verbreiteten Elektroscootern machte mein heruntergekommenes thailändisches Bike mit 125 ccm Zweitaktmotor, das ich mir mithilfe von Agil beschafft hatte, einen Höllenlärm. Wenn Suguha mitfuhr, beschwerte sie sich jedes Mal unzufrieden, es sei »laut«, »stinkend« und »unbequem«. Und jedes Mal tat ich es ab und sagte ihr, dass sie nicht wie der Wind sein könnte, wenn sie keinen Sinn für diesen Sound hätte. Aber heimlich bedauerte ich, dass ich nicht einen der Viertakt-Scooter nach Einführung der Schadstoffbegrenzung genommen hatte.

Umso mehr, wenn ich wie jetzt auf das Krankenhausgelände fuhr.

Mit der Geschwindigkeit eines Karrens, der von einem Esel gezogen wird, tuckerte ich die Allee entlang, bis vor mir die Einfahrt des Parkplatzes erschien. Erleichtert fuhr ich hindurch und parkte meine Maschine am Rand des Motorradparkplatzes. Als ich den dieser Tage veralteten Zündschlüssel zog und den Helm abnahm, konnte ich den schwachen Geruch von Desinfektionsmitteln wahrnehmen.

Es war der Samstag eine Woche nach meinem kostspieligen Kaffeekränzchen mit Kikuoka.

Als die Mail gekommen war, dass der Raum für meinen Dive in *Gun Gale Online* vorbereitet sei, hatte ich mich endlich aufgerafft. Aus welchem Grund auch immer war der betreffende Ort ein gewisses städtisches Krankenhaus im Chiyoda-Bezirk. Obwohl ich für gewöhnlich kaum ins Zentrum von Tokyo kam, verfuhr ich mich nicht. Denn das an dieses Krankenhaus angegliederte Rehabilitationszentrum war genau der Ort gewesen, wo ich nach meiner Befreiung aus *SAO* meine Muskulatur wiederaufgebaut hatte.

Selbst als ich nach meiner etwa einmonatigen Rehabilitation entlassen worden war, war ich diesen Weg immer noch regelmäßig für weitere Untersuchungen und dergleichen gefahren. Fast ein halbes Jahr war ich nun nicht mehr hier gewesen, aber als ich den vertrauten Anblick des weißen Gebäudes sah, fühlte ich eine seltsame Mischung aus Nostalgie und Niedergeschlagenheit. Ich schüttelte leicht den Kopf, um das Gefühl zu vertreiben, und machte mich auf den Weg zum Eingang.

Mein Gespräch mit Asuna sechs Tage zuvor, in dem ich ihr im Park am Kaiserpalast ganz in der Nähe des Krankenhauses die Situation erklärt hatte, kam mir wieder in den Sinn.

»W… Waaas?! Kirito, willst du etwa mit *ALO* aufhören …?!«

Asunas weit geöffnete Augen wurden augenblicklich feucht, und ich schüttelte schnell den Kopf.

»Nein, so ist das gar nicht! Es ist nur für ein paar Tage. Danach konvertiere ich sofort wieder zurück! Ehrlich gesagt … muss ich mir mal aus gewissen Gründen die Lage in einem anderen VRMMO ansehen …«

Bei dieser Erklärung entspannte sich Asuna endlich und blickte mich nun fragend an: »Die Lage ansehen …?

Bisher hast du dir dafür doch einfach immer neue Accounts angelegt, oder nicht? Warum musst du ihn diesmal konvertieren?«

»Na ja, wegen … dieses einen Beamten mit der Brille …«

Dann erklärte ich ihr stockend, dass ich den Treffpunkt am Kaiserpalast hauptsächlich vorgeschlagen hatte, weil Kikuoka mich zu einem Treffen in der Nähe beordert hatte, ließ aber einen Teil der Geschichte bewusst aus.

Als wir die Pforte erreichten, hatte ich sie grob ins Bild gesetzt. Wir gaben die Besuchertickets am Schalter zurück und gingen über die Hirakawamon-Brücke, als Asuna mit skeptischer Miene sagte: »Wenn es ein Auftrag von Kikuoka ist … kann man wohl nichts machen, aber … ich frage mich, ob man ihm wirklich über den Weg trauen kann … andererseits hat er uns wirklich sehr geholfen …«

»Tja, da geht's dir genau wie mir.«

Daraufhin lächelten wir beide etwas gezwungen.

Asuna setzte sofort wieder ein ernstes Gesicht auf und ergriff fest meine Hand. »Komm bitte so schnell wie möglich zurück, ja? Es gibt nur ein Zuhause für uns.«

»Na klar. Ich komme sofort zurück nach *ALO*. Ich werde nur mal nachforschen, was in *Gun Gale Online* vor sich geht.«

Richtig.

Ich hatte Asuna gegenüber kein Sterbenswort davon gesagt, was das wahre Ziel von meinem Dive in *GGO* war, mit dem mich Kikuoka beauftragt hatte, also meine Mission, in Kontakt mit Death Gun zu treten, der – möglicherweise – über eine rätselhafte Kraft verfügte. Hätte ich ihr davon erzählt, hätte sie mich ohne jeden Zweifel entweder aufgehalten oder vorgeschlagen, mit mir zu gehen, da war ich mir sicher.

Es war eine egoistische Ausrede, aber ich hatte nicht vor, sie in die Nähe von virtuellen Welten zu bringen, die auch nur entfernt nach Ärger rochen.

Zudem hielt ich die Geschichte mit Death Gun zu 99 Prozent für ein Gerücht.

Jemand, der Menschen aus der virtuellen Welt heraus in der Wirklichkeit den Tod brachte.

Wie ich es auch drehte und wendete, das schien mir einfach nicht möglich zu sein. Das AmuSphere war doch letzten Endes nicht mehr als ein Gerät, das sich aus einem normalen Fernseher entwickelt hatte. Man konnte die »virtuellen Welten« und die »Full-Dive-Technologie« leicht für eine von der Innovation hervorgebrachte Magie halten, aber im Grunde waren es simple, nützliche Geräte und keine magischen Items, die die menschliche Seele vom Körper trennten und in eine alternative Welt brachten.

Aber das verbleibende eine Prozent hatte mich hierhergeführt.

Vor einigen Monaten hatte ich alte digitale Zeitschriften sortiert, die sich im Speicher meines PCs angesammelt hatten, und dabei einen Artikel mit einem kurzen Interview von Argus-Entwicklungsleiter Akihiko Kayaba aus der Zeit kurz vor dem Start von *SAO* entdeckt. Darin erzählte der mittlerweile Verstorbene:

Aincrad ist die Abkürzung für An Incarnating Radius, eine ›verwirklichte Welt‹. In dieser Welt werden die Spieler Zeuge, wie zahlreiche ihrer Träume Realität werden. Und es hört nicht bei solch typischen Spielelementen wie Schwertern, Monstern und

Dungeons auf, in dieser Welt kann der Spieler die Macht finden, sich selbst zu verändern …

In der Tat hatte ich mich verändert. Auch Asuna hatte sich verändert. Genau wie Agil, Klein, Liz und Silica. Durch die Erfahrungen während der zwei Jahre in der Welt von *SAO* hatten wir alle uns so sehr verändert, dass wir nie wieder sein würden wie zuvor.

Aber was, wenn die von Kayaba erwähnte »Veränderung« damit nicht aufhörte …? Dank des VRMMO-Programmpakets »The Seed« gab es mittlerweile einen ganzen VR-Nexus mit einer ständig wachsenden Zahl von virtuellen Welten. Was, wenn in einem Winkel dieses Nexus ein Element entstanden war, das es ermöglichte, die Grenzen zwischen virtueller und realer Welt zu verändern …?

Mit einem Summen öffnete sich die automatische Tür vor mir, woraufhin ein Schwall von warmer Luft und Desinfektionsmittelgeruch meine unruhigen Gedanken unterbrach.

Auf jeden Fall hatte es in der Wirklichkeit zwei Todesopfer gegeben, also konnte ich nicht sicher sagen, dass es vollkommen ungefährlich sein würde, mit Death Gun in Kontakt zu treten. Wenn ich nach meiner Rückkehr zu *ALO* Asuna davon erzählen würde, wäre sie sicher verärgert, doch am Ende würde sie es verstehen.

Sie würde verstehen, dass es keine andere Wahl gab für mich – oder vielmehr für Kirito, der die Zeitachse von Aincrad vorzeitig beendet und »The Seed« verbreitet hatte.

Nachdem ich einen kurzen Stopp in der Toilette eingelegt hatte, erreichte ich mithilfe der Anweisungen in der ausgedruckten Mail von Kikuoka ein Zimmer im dritten Stock der stationären Abteilung. Auf dem Schild neben dem Türrahmen stand kein Patientenname. Ich klopfte an und öffnete die Tür.

»Hi! Lange nicht gesehen, Kirigaya!«, begrüßte mich eine mir wohlbekannte Krankenschwester, die mich während meiner langen Rehabilitationsphase unterstützt hatte.

Die langen Haare unter ihrer Schwesternhaube waren zu einem dicken Zopf geflochten und mit einer kleinen weißen Schleife zusammengebunden. Sie war recht hochgewachsen für eine Frau, und die blasspinke Uniform betonte ihre Figur, die auf viele Patienten sicherlich verführerisch wirkte. Auf dem kleinen Namensschild an ihrer linken Brust stand »Aki«.

Sie strahlte über ihr ganzes zierliches Gesicht und sah dabei so adrett aus wie ein Engel, aber ich wusste, dass sie, wenn nötig, außerordentlich Furcht einflößend sein konnte. Nach einer Sekunde der Erstarrung verbeugte ich mich hastig und murmelte: »Äh ... Hallo, lange nicht gesehen ...«

Sogleich streckte die Krankenschwester ihre Hände aus und befühlte mich an Schultern, Armen und Oberkörper.

»Huch?!«

»Oho, du hast ja wieder was auf den Rippen. Aber das reicht noch lange nicht. Isst du denn auch ordentlich?«

»M... Mach ich, mach ich. Aber was tun Sie denn eigentlich hier ...?« Ich schaute mich um, aber außer uns war niemand in dem kleinen Zimmer zu sehen.

»Dieser Beamte mit der Brille hat mir alles erzählt. Du sollst für die Behörde in einem virtuellen ... Netzwerk-Dings ermitteln? Dabei bist du noch nicht mal ein Jahr zurück, du Armer. Da ich für deine Rehabilitation zuständig war, wollte er unbedingt, dass ich hier deine Verfassung überwache.

Sogar meine Schicht heute wurde gestrichen. Er scheint auch mit der Oberschwester gesprochen zu haben, ganz wie man es von der Staatsgewalt erwartet, was? Also, auf gute Zusammenarbeit, Kirigaya.«

»Äh … ja, gleichfalls …«

Als hätten Sie es so geplant, weil ich mich einer hübschen Frau nicht widersetzen würde, Sie verschlagener Hund, Kikuoka!, verfluchte ich den abwesenden Agenten innerlich, während ich lächelnd Akis ausgestreckte Hand ergriff. »Also kommt der Beamte mit der Brille gar nicht?«

»Nein, er sagte, er hätte ein Meeting, bei dem er anwesend sein müsse. Aber er hat dir eine Nachricht hinterlassen.«

Ich öffnete den braunen Umschlag, den sie mir gab, und entnahm einen handgeschriebenen Zettel.

Schick deinen Bericht an die übliche Mailadresse. Stell uns deine Ausgaben in Rechnung, sie werden dir zusammen mit der Zahlung deines Honorars nach Abschluss der Mission zurückerstattet. PS: Auch wenn du mit der hübschen Krankenschwester allein in einem Zimmer bist, halte bitte deine jugendlichen Triebe im Zaum.

Sofort zerknüllte ich die Notiz mitsamt dem Umschlag und stopfte alles in die Tasche meiner Motorradjacke. Wenn Aki das lesen würde, hätte ich möglicherweise eine echte Klage wegen sexueller Belästigung am Hals.

Sie blinzelte verwundert, daher rang ich mir ein gequältes Lächeln ab und sagte: »Ja … also, dann würde ich jetzt direkt online gehen …«

»Oh, aber natürlich. Es ist alles bereit.«

Neben dem Gel-Bett, zu dem sie mich führte, stand eine übertriebene Anzahl von Überwachungsgeräten, und auf der Kopflehne glänzte silbrig ein brandneues AmuSphere.

»Also, zieh dich aus, Kirigaya.«

»Wi... Wie bitte?!«

»Ich muss Elektroden anbringen. Ich habe während deines Aufenthalts hier sowieso schon alles gesehen, kein Grund, rot zu werden.«

»Ähm ... reicht obenrum?«

Aki überlegte einen Moment und nickte dann glücklicherweise. Resigniert zog ich die Jacke und mein langärmliges Hemd aus, dann legte ich mich auf das Bett. Sie klebte eine Reihe von Elektroden auf meinen Oberkörper, die die elektrische Aktivität meines Herzens überwachten. Zwar hatte das AmuSphere selbst eine Funktion zur Überwachung der Herzfrequenz, doch Kikuoka befürchtete offenbar, dass jemand das AmuSphere hacken und diese Funktion unterdrücken könnte. Demnach war er wohl wirklich um meine Sicherheit besorgt.

»Gut, das sollte reichen ...«

Die Krankenschwester überprüfte ein letztes Mal die Überwachungsgeräte und nickte. Ich griff nach dem AmuSphere, setzte es mir auf und schaltete es ein.

»Äh, also dann ... bis später. Ich schätze, der Dive wird so vier bis fünf Stunden dauern ...«

»Alles klar. Ich werde deinen Körper genau im Auge behalten, also sei unbesorgt.«

»Vielen Dank ...«

Wie bin ich nur in diese Lage gekommen ...?, fragte ich mich, obwohl es dafür nun zu spät war, und schloss die Augen.

Gleichzeitig ertönte das elektronische Piepsen, das mir den Abschluss des Bootvorgangs verkündete.

»Link Start.«

Als ich das Kommando sprach, verdeckten die vertrauten weißen Lichtstrahlen mein Blickfeld und lösten mein Bewusstsein von meinem Körper.

Sobald ich in der Welt landete, fühlte ich Unbehagen.

Den Grund begriff ich ein paar Sekunden später. Der gesamte Himmel war gelb mit dem Anflug einer blassen Röte.

Ich hatte gehört, dass die Zeit in *Gun Gale Online* synchron zur echten Zeit war. Kurzum, kurz nach ein Uhr am Nachmittag hätte der Himmel genauso blau sein müssen wie der, den ich gerade noch durch das Krankenhauszimmer gesehen hatte. Doch was war dann der Grund für diese trübe Dämmerung?

Eine Weile stellte ich Vermutungen an, bis ich schließlich mit den Schultern zuckte und meinen Gedankengang unterbrach. Das Setting von *GGO* war ein ödes Land der Erde nach dem letzten Weltkrieg. Dieser Himmel war vermutlich ein Effekt, um eine postapokalyptische Atmosphäre zu erzeugen.

Nun richtete ich mein Augenmerk auf den imposanten Anblick von »SBC Glocken«, der weitläufigen Hauptstadt von *GGO*. Wie zu erwarten von dem einflussreichsten Science-Fiction-VRMMO bildete diese Stadt einen auffälligen Kontrast zu den Fantasy-Stadtbildern der neu gebauten »Yggdrasil City« auf der Spitze des Weltenbaums in Alfheim oder den jeweiligen Hauptstädten auf den Ebenen des ehemaligen Aincrad.

Eine Ansammlung von metallisch wirkenden Hochhäusern ragte dunkel empor, als wollte sie am Firmament kratzen, und wurde von einem Netz aus Luftkorridoren verbunden. In den Häuserschluchten schwebten lauter holografische

Neonreklamen, die zum Boden hin immer zahlreicher wurden und schließlich eine wahre Flut von Farben und Tönen schufen.

Zuletzt sah ich zu meinen Füßen hinunter. Ich stand nicht auf Erde oder Stein, sondern auf einem mit Metallplatten gepflasterten Weg.

Hinter mir befand sich ein kuppelförmiges Gebäude, das der Spawnpunkt für neue Spieler sein musste, während sich vor mir eine breite Straße erstreckte, die vermutlich die Hauptstraße der Stadt war. Zu beiden Seiten drängten sich dubiose Läden aneinander, und ich fühlte mich an die Nebenstraßen von Akihabara erinnert.

Die Spieler, die dazwischen umherliefen, wirkten allesamt wie Leute, die mit allen Wassern gewaschen waren.

Die Männer waren bei Weitem in der Überzahl. Vielleicht lag es daran, dass ich aus *ALO* kam, in dem es eine verhältnismäßig hohe Frauenquote gab und die Bewohner grazile Elfen waren, doch der Anblick all dieser grobschlächtigen Kerle in Camouflage-Jacken und schwarzen Rüstungen, die mit großen Schritten über die Straße stapften, wirkte auf mich eindrucksvoll und energisch, vor allem aber einfach schmuddelig. Zudem hatte jeder Einzelne von ihnen einen gefährlichen Blick und eine abweisende Haltung.

Es gab noch einen anderen Grund, warum ich mich so überwältigt fühlte. Die meisten Spieler trugen über der Schulter oder an der Hüfte schwarz glänzende, grobe Schusswaffen.

Anders als Schwerter und Speere mit ihren dekorativen Details hatten Schusswaffen nur den einen Zweck, nämlich eine Waffe zu sein. Das Design ihrer Farben und Formen diente nur dazu, einen Feind zur Strecke zu bringen.

Ich kam zu dem Schluss, dass dasselbe auch über diese Welt gesagt werden konnte.

Das einzige, radikale Ziel in dieser Spielwelt bestand im »Kämpfen, Töten, Rauben«. Auf Elemente wie »die Freude an einer Fantasiewelt«, die in *ALO* betont wurden, war hier fast vollständig verzichtet worden.

Daher würde ein attraktives oder niedliches Aussehen hier wohl eher ein Minuspunkt sein. Um den Feind auf dem Schlachtfeld einzuschüchtern, war das Erscheinungsbild als grimmiger Krieger immer ein bedeutsamer Faktor. Das war der Grund, warum viele Männer sich einen dichten, ungepflegten Bart stehen ließen oder auffällige Narben im Gesicht trugen.

Welches Erscheinungsbild hatte also mein Avatar?

Erst jetzt kam mir dieser Gedanke, und ich blickte an mir hinunter. Wenn ich die Aufmerksamkeit von Death Gun auf mich ziehen wollte, wäre ein Aussehen wie ein Macho-Soldat aus einem Hollywoodstreifen von Vorteil …

Ich hatte eine schlimme Vorahnung.

Die Haut meiner Hände war weiß und glatt, die Finger überraschend schlank. Mein Körper war in einen schwarzen Kampfanzug gekleidet und möglicherweise noch schlanker als mein echter. Meiner Perspektive nach zu urteilen, war ich auch nicht sonderlich groß.

Wie ich neulich auch Asuna erklärt hatte, konnte ich natürlich keinen komplett neuen Startcharakter für den Dive in *Gun Gale Online* erstellen. Wer konnte schon sagen, wie lange es ansonsten dauern würde, bis ich Death Gun treffen könnte, der es nur auf die stärksten Spieler abgesehen hatte.

Es gab nur eine einzige gemeinsame Meta-Regel in allen Spielwelten, die mithilfe des VRMMO-Programmpakets »The Seed« erschaffen worden waren – oder genauer gesagt, die auf dem »Cardinal«-System liefen. Nämlich die Funktion der »Charakterkonvertierung«. Sofern ein Spiel mit »The Seed« entwickelt wurde, konnte diese Funktion auf keinen Fall deaktiviert werden.

Mit der Konvertierung war es möglich, seine Charakterdaten aus einem Spiel ohne Verlust der Fähigkeiten in das Spiel eines anderen Betreibers zu transferieren. Ganz ähnlich wie eine SIM-Karte, mit der man jedes Handy unabhängig vom Betreiber benutzen konnte.

Angenommen, man würde einen in Spiel A aufgezogenen Charakter mit einer Stärke von 100 und einer Schnelligkeit von 80 in Spiel B transferieren. Daraufhin würde eine Konvertierung der relativen Statuswerte durchgeführt und in Spiel B ein Charakter mit STR 40 und AGI 30 ins Leben gerufen werden. Kurz gesagt, ein überdurchschnittlich starker Kampfkoloss aus *ALO* würde in *GGO* als ebenso überdurchschnittlicher Kämpfer wiedergeboren werden.

Selbstverständlich diente diese Funktion nicht dazu, Kopien seines Charakters anzulegen. Sobald ein Charakter konvertiert worden war, wurden seine Daten in der alten Welt vollständig gelöscht. Zudem konnte nur der Charakter selbst transferiert werden, aber keinerlei Items. Obwohl es eine nützliche Funktion war, brauchte es daher auch eine Menge Mut für die Durchführung einer Konvertierung. Wegen des Transfers meines »Spriggan Kirito« aus *ALO* nach *GGO* hatte ich gezwungenermaßen fast alle meine Items im Lager von Agils neu eröffnetem Shop in Yggdrasil City untergebracht. Aber wer keinen so vertrauenswürdigen Bekannten hatte wie ich, musste sich damit abfinden, all seine Habseligkeiten zu verlieren.

Demnach sollte ich durch die Konvertierung also auch in dieser Welt einen Charakter haben, der ebenso stark wie Kirito in *ALO* war – wobei ich meinen Charakter dort zurückgesetzt und neu trainiert hatte, weswegen meine Statuswerte nicht mehr so überragend wie die des ursprünglichen Kiritos in *SAO* waren. Aber da man das äußere Erscheinungsbild genau wie Items nicht mitnehmen konnte, hatte ich keine Vorstellung davon, wie mein neuer Charakter aussehen würde. Ich hatte daher auf den robusten Soldaten-Typ gehofft, aber ...

Mit einer bösen Vorahnung sah ich mich in der Umgebung um und näherte mich dem Spiegelglas, das die Außenwände der Kuppel schmückten, aus der ich gerade getreten war.

Dann weiteten sich meine Augen vor Entsetzen.

»Wa... Was ist das denn?!«

In der Reflexion sah ich eine Gestalt, die Lichtjahre von dem entfernt war, was ich mir erhofft hatte.

Ich war eindeutig noch kleiner als zu meiner Zeit als Spriggan und dazu noch dünn. Meine Haare waren unverändert schwarz, aber sie fielen glatt vom Kopf bis zu den Schulterblättern. Das Gesicht war genauso hell wie meine Hände, und meine Lippen hatten ein frisches Rot.

Auch meine Augen waren wie meine Haare wieder schwarz, doch sie waren viel größer und glänzender als zuvor. Von langen Wimpern umrahmt, sahen mich diese Augen aus dem Spiegel mit einem ebenso unschuldigen wie verführerischen Blick an, sodass ich unwillkürlich vergaß, dass es sich um mein eigenes Spiegelbild handelte, und verlegen wegschaute. Erneut sah ich mich direkt an und stieß einen lang gezogenen Seufzer aus.

Asuna sagte oft, dass Kirito in *SAO* ein ziemlich mädchenhaftes Gesicht hatte, aber diese Gestalt hier ging weit darüber hinaus. Während ich geistesabwesend dort stand und mich fragte, wie um alles in der Welt ich mit dem Aussehen die Stärke eines Soldaten vermitteln sollte, kam auf einmal ein Mann zu mir gerannt, der ein Stück weit entfernt etwas gegessen hatte, und sprach mich von hinten an: »Oho, Fräulein, du hast aber ein Glück! Das ist doch ein Avatar aus der Reihe F-1300? Das Modell sieht man fast nie! Was meinst du, du hast doch gerade erst angefangen, würdest du mir den Avatar mit deinem Account zusammen verkaufen? Ich würde dir zwei Mega-Credits dafür geben!«

Ich starrte ihn einen Moment lang an, mein Kopf wie leer gefegt. Plötzlich kam mir eine gewisse Möglichkeit in den Sinn, und ich betastete hastig meine Brustgegend. Doch glücklicherweise war dort alles flach und fühlte sich nicht so an, wie ich befürchtet hatte. Anscheinend hatte es also doch keinen schrecklichen Unfall gegeben, bei dem mein Geschlecht umgewandelt worden war.

In nahezu allen VR-Games der letzten Zeit war es verboten, einen Avatar mit dem gegenteiligen Geschlecht zu spielen. Der Grund dafür war anscheinend, dass das Spielen mit einem Avatar des anderen Geschlechts über einen längeren Zeitraum nicht zu vernachlässigende negative Folgen für Körper und Geist hatte. Da jedoch das Spielergeschlecht anhand der Gehirnwellenmuster bestimmt wurde, kam es dem Hörensagen nach äußerst selten zu Unfällen, bei denen jemand als das andere Geschlecht identifiziert wurde und dann nach dem ersten Dive eine große Überraschung erlebte.

Mir fiel ein, dass es im *SAO* der ersten Generation noch möglich gewesen war, das andere Geschlecht zu spielen, doch gleich nach dem offiziellen Start war man zwangsweise in sein eigentliches Geschlecht umgewandelt worden. Kayaba musste damals schon von diesen negativen Folgen gewusst haben ... Für einen Moment hing ich so meinen Gedanken nach, dann sah ich endlich den Mann an und antwortete mit einem Schulterzucken: »Äh ... tut mir leid, aber ich bin ein Kerl.«

Selbst meine Stimme hätte als – wenn auch recht tiefe – Frauenstimme durchgehen können. Entnervt wartete ich auf seine Antwort, doch diesmal verschlug es ihm für kurze Zeit die Sprache, bevor er doppelt so aufgeregt wie zuvor drauflosplapperte: »Aber dann ... wäre das ja das Modell M-9000?! Der Wahnsinn, in dem Fall zahl ich dir vier, nein, fünf Mega-Credits. Bitte, verkauf es mir!«

Ich hätte ihm den Account verkauft oder meinetwegen sogar geschenkt, wenn er ihn gegen sein Aussehen getauscht hätte, aber leider war das nicht möglich.

»Äh ... das ist kein neuer Charakter, sondern konvertiert. Ich kann ihn nicht einfach für Geld verkaufen, tut mir leid.«

»Oh ... Ach so ...«, gab der Mann zurück und sah sich mein Gesicht noch einmal bedauernd aus allen Richtungen an. Dann schien er sich wieder zu fassen und fragte: »Es gibt ein Gerücht, dass diese seltenen Avatare wahrscheinlicher auftreten, je öfter man den Account vor der Konvertierung benutzt. Würdest du mir nur so zur Info verraten, wie viel Zeit du auf dem Account vorher gespielt hast?«

»Was? Wie viel Zeit?«

Ich dachte nach. Die gesamte Spielzeit meines Accounts vor der Konvertierung, mit anderen Worten des Schwertkämpfers Kirito von *SAO* bis *ALO*, betrug mindestens zwei Jahre ... also 730 Tage mal 24 Stunden ...

»Ähm ... zehnt...«, wollte ich schon allzu ehrlich antworten, überspielte es jedoch hastig. Das VRMMO-Genre war kaum drei Jahre alt, und außer den ehemaligen *SAO*-Spielern konnte niemand zehntausend Stunden im Dive verbracht haben.

»Äh, nein, etwa ein Jahr. Es war bestimmt nur Zufall.«

»Hmm, verstehe ... Na, sag mir Bescheid, wenn du deine Meinung änderst«, sagte er und drückte mir ein transparentes Item in die Hand, bevor er widerstrebend abzog. Es war eine Karte, auf der sein Charaktername, Geschlecht und seine Gilde verzeichnet waren. Während ich noch darauf starrte, leuchtete die Karte auf und verschwand. Vermutlich waren die Daten in ein Adressenverzeichnis oder Ähnliches im System eingetragen worden.

Immer noch mit meinem Schicksal hadernd starrte ich aus den Augenwinkeln wieder meine Reflexion im Spiegelglas an und überlegte, was ich tun könnte. Aber ich kam nur zu dem Schluss, dass es nicht zu ändern war.

Der Konvertierungsverlauf war in meinen Charakterdaten gespeichert, sodass ich bei meiner Rückkehr nach *ALO* wieder der stachelhaarige Spriggan Kirito sein würde. Wenn ich jedoch erneut zu *GGO* konvertierte, würde mir gleichermaßen auch wieder dieser androgyne Avatar zugeteilt werden.

Doch mein Motto war, jeder unglücklichen Lage etwas Positives abzugewinnen. Nachdem ich einige Minuten hin und her überlegt hatte, kam mir endlich ein Vorteil in den Sinn.

Ich war einzig und allein in diese Welt gekommen, um Kontakt zu dem Spieler Death Gun herzustellen und festzustellen, ob seine Fähigkeit authentisch war, möglichst ohne dabei von ihm erschossen zu werden. Um das zu erreichen, musste ich auffallen, indem ich mich durch meine Stärke hervorhob.

Angesichts der Art des Spiels gab es in *GGO* nur äußerst wenige Frauen. Auf den ersten Blick würde mich jeder für ein hübsches Mädchen halten, was zwar nicht das Aussehen war, das ich mir erwünscht hatte, aber so fiel ich ohne jeden Zweifel auf. Ich konnte nicht darauf hoffen, auf dem Schlachtfeld auch nur im Entferntesten einschüchternd zu wirken, daher würde mir nichts anderes übrig bleiben, als es mit meiner Kampfkraft wieder wettzumachen.

Was das Demonstrieren meiner Stärke anging, hatte ich immerhin schon einen Plan.

Es brauchte seine Zeit, sich durch gewöhnliches Gameplay – wie das Raiden von Dungeons oder das mir unliebsame PK – einen Namen zu machen, aber zu meinem Glück sollte genau ab diesem Tag das Meisterschaftsturnier Bullet of Bullets im Spiel veranstaltet werden. Ich würde daran teilnehmen und mich bis zum Battle Royale der Finalrunde durchkämpfen. Wenn ich einen der Spitzenränge erreichte und bekannt wurde, müsste auch Death Gun auf mich aufmerksam werden. Oder vielleicht würde er selbst auch an dem Turnier teilnehmen.

Es war äußerst fraglich, wie gut ich bei meinem ersten Dive in dieses Spiel würde kämpfen können, doch ich musste es einfach versuchen. Ein Kampf gegen Schützen mit Feuerwaffen war natürlich nicht dasselbe wie gegen die Bogenschützen und Magier in *ALO*, aber solange es ein VRMMO war, sollte es dennoch einige Gemeinsamkeiten geben. Ich würde mein Bestes geben – und falls das nicht ausreichen sollte, läge das in Kikuokas Verantwortung, der mir diese verrückte Aufgabe aufgenötigt hatte.

Jedenfalls musste ich mich zunächst um die Registrierung für das Turnier kümmern und danach um meine Ausrüstung.

Ich warf einen letzten, flüchtigen Blick auf mein Spiegelbild, schnaubte und machte mich dann auf den Weg die Hauptstraße hinunter. Als ich gleich darauf bemerkte, wie ich mir unbewusst mit den Fingerspitzen die Haarsträhnen aus dem Gesicht schob, verdüsterte sich meine Laune.

Nach ein paar Minuten hatte ich mich hoffnungslos verlaufen.

Die Stadt mit dem seltsamen Namen SBC Glocken war offenbar aus unzähligen weitläufigen, übereinanderliegenden Etagen konstruiert. Vor mir erhob sich eine ganze Reihe von Ebenen wie eine verkleinerte Version der schwebenden Festung Aincrad, und durch eine Öffnung weit oben Richtung Himmel konnte ich das Abendrot sehen. Riesige Gebäude über mehrere Ebenen reihten sich aneinander. Die Luftkorridore, Aufzüge und Rolltreppen dazwischen glitzerten hübsch, aber ihr komplexes Netzwerk erinnerte an einen Dungeon.

Natürlich konnte man im Hauptmenü auch eine detaillierte dreidimensionale Karte der Stadt aufrufen, aber den dort angezeigten Standort mit dem Anblick vor mir abzugleichen, machte die Sache nicht einfacher.

In einem Einzelspieler-RPG wäre ich einfach aufs Geratewohl losmarschiert und nie mehr an meinen Ausgangspunkt zurückgekehrt, aber glücklicherweise war dies ein MMO. In solch einem Fall gab es nur eines zu tun.

Unter den Passanten auf der Straße entdeckte ich jemanden, der nicht als NPC, sondern Spieler gekennzeichnet war, lief zu ihm hinüber und sprach ihn von hinten an: »Ähm, Entschuldigung, könntest du mir vielleicht den Weg …«

Gleich darauf bereute ich es.

Die Person, die sich da zu mir umdrehte, war ganz offensichtlich ein Mädchen.

Ihre blassblauen Haare trug sie als unkomplizierte Kurzhaarfrisur, nur die dünnen, zusammengebundenen Strähnen zu beiden Seiten ihrer Stirn sorgten für einen Akzent. Unter den definierten Brauen leuchteten große, indigoblaue Augen, die irgendwie katzenhaft wirkten, gefolgt von einer kleinen Nase und blassen Lippen.

Mir kam der Gedanke, dass es möglicherweise wie ich ein Junge mit einem mädchenhaften Avatar sein konnte, und ich ließ blitzschnell meinen Blick über ihren Körper wandern. Doch unter dem sandfarbenen Schal, wo der Reißverschluss ihrer Jacke geöffnet war, wölbte sich ihr T-Shirt eindeutig weiblich. Zudem war sie recht zierlich, was ich zunächst nur nicht bemerkt hatte, weil meine Augenhöhe ein gutes Stück niedriger war als sonst.

In VRMMOs konnte man zu siebzig Prozent davon ausgehen, dass ein männlicher Spieler eine Frau nach dem Weg fragte, um sie anzumachen.

Wie ich befürchtet hatte, zeigte das Gesicht der Spielerin eindeutiges Misstrauen – doch überraschenderweise verschwand dieser Ausdruck gleich.

»Bist du neu im Spiel? Wo willst du denn hin?«, fragte sie mit einer schönen, klaren Stimme und lächelte mich sogar leicht an. Ich rätselte, woher diese Reaktion auf einmal kam, doch dann verstand ich den Grund. Das Mädchen erlag demselben Irrtum wie der Avatar-Käufer wenig zuvor. Sie hielt mich ebenfalls für ein Mädchen. Was für ein Schlamassel.

»Tja, also ...«

Reflexartig wollte ich sie über mein Geschlecht aufklären, unterbrach mich jedoch.

In gewissem Sinne kam diese Situation vielleicht gerade recht. Wenn ich später einen männlichen Spieler ansprechen würde und der mich auch wieder mit einem Mädchen verwechselte, könnte es durchaus problematisch werden. Doch mein zweites Motto lautete schließlich, mir alles zunutze zu machen, was mir zur Verfügung stand, also war es in diesem Fall das Beste, sie fürs Erste in ihrem Glauben zu lassen, auch wenn ich ein schlechtes Gewissen hatte.

»Ja, ich bin neu hier. Ich suche einen günstigen Waffenladen, und dann wollte ich noch zur Generalverwaltung ...«, antwortete ich. Meine Stimme klang tiefer und rauer als die ihre, und sie sah mich fragend an.

»Die Generalverwaltung? Was willst du denn da?«

»Also ... Ich möchte mich bei diesem Battle-Royale-Event anmelden, das bald starten soll ...«

Als sie das hörte, blinzelte sie überrascht, und ihre Augen wurden noch größer.

»Äh ... aber du hast heute erst mit dem Spiel angefangen, oder? Also, das heißt natürlich nicht, dass du nicht teilnehmen darfst, aber deine Statuswerte sind vermutlich noch nicht gut genug ...«

»Oh, der Charakter ist nicht neu. Ich habe ihn aus einem anderen Spiel konvertiert.«

»Ach so.« Die blauen Augen des Mädchens glitzerten, und dieses Mal zeigte es mir ein herzliches Lächeln. »Darf ich dich fragen, was dich in dieses staubige, nach Öl stinkende Spiel verschlagen hat?«

»Na ja ... also, bisher habe ich immer nur Fantasy-Games gespielt, und da dachte ich mir, ich könnte mal etwas Cyber-mäßiges ausprobieren ... und ich war irgendwie neugierig auf die Kämpfe mit Schusswaffen.«

Das war keine Lüge. Ich war tatsächlich neugierig, inwiefern sich meine auf den Nahkampf mit Schwertern spezialisierten VRMMO-Skills auf ein Spiel wie *GGO* übertragen lassen würden.

»Verstehe. Und dann willst du auch noch gleich am BoB teilnehmen, du hast ganz schön Mumm.« Sie schmunzelte und nickte dann. »In Ordnung, ich zeig dir den Weg. Ich wollte ohnehin gerade zur Generalverwaltung. Und davor wolltest du noch zu einem Gun Shop, ja? Hast du bestimmte Waffen, die du magst?«

»Ähm ...« So spontan fiel mir nichts ein. Als ich ihr die Antwort schuldig blieb, lächelte sie wieder.

»Gut, dann lass uns in das Kaufhaus gehen, wo es eine große Auswahl gibt. Hier entlang.«

Sie drehte sich um und ging los. Eilig folgte ich dem wehenden Ende ihres Schals.

Es wäre absolut unmöglich gewesen, sich den Weg einzuprägen, so viele kurvenreiche Straßen, Fahrsteige und Rolltreppen passierten wir, bis wir einige Minuten später plötzlich auf einer breiten Straße ankamen. Direkt vor uns war ein auffälliger Laden, der an den Supermarkt eines ausländischen Großunternehmens erinnerte.

»Dort ist es.«

Sie ging zügig durch die Menschenmenge auf das Geschäft zu.

Das großzügige Ladeninnere war erfüllt von bunten Lichtern und Geräuschen wie in einem Vergnügungspark. Die NPC-Verkäufer waren allesamt schöne Frauen, die in freizügige, silberne Uniformen gekleidet waren und ein breites Geschäftslächeln zur Schau trugen, während dabei erschreckenderweise in ihren Händen und an den Wänden zu allen Seiten grobe Faustfeuerwaffen und Maschinengewehre dunkel glänzten.

»Wow, was für ein Laden«, sagte ich, und das Mädchen an meiner Seite lächelte etwas gequält.

»Eigentlich kann man in den richtigen Fachgeschäften eher einen guten Fund machen als in solch einem allgemeinen Shop für Anfänger. Na ja, wenn du hier einen Waffentyp findest, der dir gefällt, kannst du immer noch dorthin gehen.«

Bei ihren Worten fiel mir auf, dass viele der Spieler, die durch den Laden schlenderten, auffällig bunte Outfits trugen und verglichen mit ihrer wüstensandfarbenen Kleidung laienhaft wirkten.

»Nun gut. Welchen Status-Build hast du denn?«, fragte sie mich, woraufhin ich für einen Moment nachdachte. Auch wenn ich zwischen verschiedenen Welten konvertiert hatte, sollte mein Charakter die ursprüngliche Gewichtung der Skills beibehalten haben.

»Äh, meine Priorität ist Kraft und dann Geschwindigkeit … schätze ich?«

»Ein STR-AGI-Build also. In dem Fall würdest du dich als Kämpfer auf mittlere Distanz eignen, mit einem eher schweren Sturmgewehr oder auch einem großkalibrigen Maschinengewehr als Hauptwaffe und einer Pistole als Zweitwaffe. Oh … aber du hast ja deinen Charakter gerade erst konvertiert, nicht wahr? Was bedeutet, du wirst nicht so viel Geld haben …«

»Ach … stimmt ja.«

Ich rief schnell das Menüfenster mit einem Wink meiner rechten Hand auf. Obwohl ich bei der Konvertierung meine Statuspunkte behalten hatte, waren meine Items und Coins nicht transferiert worden. Kurzum, der Betrag, der am Ende meines Inventars angezeigt wurde, war …

»Äh … tausend Credits.«

»Also gerade mal das Startkapital.«

Wir sahen uns an und lächelten verlegen.

»Hmm …«, murmelte sie, während sie wieder eine ernste Miene aufsetzte und einen Finger nachdenklich an das Kinn legte. »Mit der Summe kannst du dir höchstens eine kleine Raygun leisten … oder vielleicht gerade noch einen gebrauchten Revolver mit scharfer Munition … Hör mal, wenn du magst …«

Ich ahnte, was sie als Nächstes sagen würde, und beeilte mich, den Kopf zu schütteln. In keinem MMO wurde es gern gesehen, wenn ein Newbie übermäßig viel Unterstützung von einem erfahrenen Spieler in Anspruch nahm. Ich war zwar nicht für den Spaß am Spiel hier, dennoch musste ich gewissen Prinzipien als Gamer treu bleiben.

»N… Nein, das geht schon. Äh … gibt es hier nicht irgendwas, wo man schnell und ohne großen Aufwand Geld machen kann? Wenn ich mich nicht irre, soll es hier doch Casinos im Spiel geben …«

Nun lächelte sie mich etwas entgeistert an. »So was kann man machen, wenn man zu viel Geld hat und es verprassen will. Aber es gibt an jeder Ecke kleinere und größere Casinos, selbst in diesem Laden, soweit ich weiß …«

Sie sah sich um und zeigte dann in eine Ecke im hinteren Teil des Geschäfts. »Da hinten ist so etwas Ähnliches, ein Glücksspiel. Siehst du?«

Ihr schlanker Finger zeigte auf irgendein gigantisches Gerät, an dem elektrische Lichter blinkten.

Als wir uns der Apparatur näherten, erkannte ich, dass sie die gesamte Wand einnahm – zu groß, um noch als Spielautomat bezeichnet werden zu können.

Sie musste um die drei Meter breit und zwanzig Meter lang sein. Der Boden aus Metallplatten war eingefasst von etwa hüfthohen Sperrwänden, und ganz hinten stand ein NPC, der aussah wie ein aus einem Western entsprungener Revolverheld. An unserem Ende war keine Sperrwand, sondern stattdessen eine metallische Drehschranke und eine viereckige Säule, die die Kasse zu sein schien.

Hinter dem Revolverhelden, der von Zeit zu Zeit seine riesige Pistole aus dem Holster zog, sie um seine Fingerspitzen wirbelte und dabei provokante Äußerungen von sich gab, war eine Backsteinwand mit unzähligen Einschusslöchern und darüber der pinke Neonschriftzug »Untouchable!«.

»Was ist das …?«, fragte ich das Mädchen, und es erklärte es mir, wobei es auf die jeweiligen Stellen wies.

»Du gehst durch das Tor hier vorne hinein und versuchst, so nah wie möglich an den NPC heranzukommen, während er auf dich schießt. Den bisherigen Rekord siehst du dort.«

Damit zeigte sie auf eine rot leuchtende Linie auf dem Boden zwischen den Sperrwänden. Es waren etwa zwei Drittel der gesamten Strecke.

»Oh ... und wie viel bekommt man da?«

»Nun, ein Spiel kostet 500 Credits. Du bekommst tausend Credits, wenn du zehn Meter schaffst, und zweitausend bei fünfzehn Metern. Und falls es dir gelingt, den NPC zu berühren, bekommst du das gesamte Geld, das bisher von den Spielern gesetzt wurde.«

»Alles?!«

»Siehst du, dort auf dem Schild wird die Gewinnsumme angezeigt. Dreihunderttausend und ein paar Zerquetschte.«

»D... Das ist ja eine Riesensumme!«

»Es ist ja auch unmöglich«, erwiderte sie prompt und zuckte mit den Schultern. »Sobald man die Acht-Meter-Linie überquert, feuert der NPC so schnell, dass es schon an Cheating grenzt. Er kann superschnell nachladen und verschießt Dreier-Salven, obwohl er nur einen Revolver hat. Wenn du die Bullet Line siehst, ist es schon zu spät.«

»Bullet Line ...?«

In diesem Moment zupfte sie an meinem Ärmel und flüsterte mir zu: »Schau mal, da erhöht wieder einer die Summe im Gewinntopf.«

Als ich meinen Blick vom NPC zum Eingang wandte, sah ich, wie sich gerade drei Männer dem Spiel näherten.

Einer von ihnen, der eine winterliche, weiß-graue Camouflage-Militärjacke trug, stellte sich entschlossen vor die Schranke. Er presste seine Handfläche auf ein Panel am oberen Ende des Kassenterminals, wodurch anscheinend die Bezahlung durchgeführt wurde, denn sogleich ertönte eine übertrieben fröhliche Fanfare. Auf der Stelle versammelte sich ein gutes Dutzend Leute aus dem Laden, um ihm zuzusehen.

Der NPC rief etwas auf Englisch, was wohl so viel bedeutete wie »Ich schieß deinen Arsch auf den Mond«, und legte seine Hand auf das Holster mit dem Revolver. Vor dem Mann im Wintercamouflage erschien auf einer grünen Holo-Anzeige eine große »3«, und mit einem Soundeffekt wurden die Sekunden heruntergezählt. Im selben Moment, als die Anzeige auf »0« sprang, öffnete sich die Metallschranke krachend.

»Huaaaaah!«

Mit einem Kampfschrei sprintete der Mann los – dachte ich, doch da spreizte er die Beine und bremste abrupt ab. Er riss die Augen weit auf, kippte den Oberkörper plötzlich nach rechts und hob seinen linken Arm und sein linkes Bein zu einer komischen Pose.

Als ich mich noch wunderte, was für ein Tanz das denn nun war, sausten rot leuchtende Kugeln zehn Zentimeter links neben seinem Kopf, unter seiner linken Achsel und dem linken Knie vorbei. Der NPC hatte seine Waffe gezogen und dreimal in Folge gefeuert. Ein perfektes Ausweichmanöver – ganz so, als hätte der Spieler die Schussbahnen vorausgeahnt.

»Waren das gerade die Bullet Lines …?«, raunte ich dem blauhaarigen Mädchen zu, und es nickte, bevor es mit ebenso leiser Stimme antwortete: »Genau, er ist den Kugeln mithilfe der Bullet Lines ausgewichen.«

Sobald die Feuerlinien verschwunden waren, stürmte der Mann wieder wie wild los und stoppte sofort wieder. Dieses Mal beugte er seinen Oberkörper mit weit gegrätschten Beinen um neunzig Grad.

Gleich darauf flogen mit einem schrillen Pfeifen zwei Kugeln über seinen Kopf hinweg und die dritte zwischen seinen Beinen hindurch. Erneut ein Sprint nach vorn und ein weiterer Stopp. Es war wie ein »Ochs am Berg«-Spiel.

Der Spieler in Wintercamouflage bewegte sich beeindruckend wendig und war im Nu sieben Meter nach vorn gesprintet. In drei weiteren Metern würde er seinen doppelten Einsatz zurückgewinnen – doch da geschah es.

Der NPC, der bisher immer drei Schüsse in den gleichen Intervallen gefeuert hatte, feuerte nun zeitversetzt erst zwei Schüsse und dann einen dritten. Der Spieler wich der verspäteten letzten Kugel mit einem Sprung aus, doch beim Landen verlor er die Balance und berührte mit einer Hand den Boden. Als er sich hastig wieder aufrappeln wollte, war es schon zu spät, die rechte Hand des NPCs blitzte, und die abgeschossenen Feuerlinien versprühten auf der weißen Weste des Mannes orange Funken.

Eine klägliche Fanfare ertönte. Der NPC rief irgendwelche derben Worte des Triumphs, und mit einem leisen metallischen Klimpern stieg die Gewinnsumme auf der Anzeige über ihm um weitere 500 Credits. Mit hängenden Schultern trat der Mann niedergeschlagen durch die Schranke nach draußen.

»Siehst du ...?«, fragte das Mädchen neben mir, während es hinter seinem Schal vage lächelte, und zuckte erneut mit den Schultern. »Es wäre etwas anderes, wenn man mehr Bewegungsfreiheit nach rechts und links hätte, aber man muss quasi in einer geraden Linie auf den NPC zurennen, deswegen ist an der Stelle immer Schluss.«

»Hmm ... verstehe. Wenn man die Bullet Lines sieht, ist es schon zu spät ...«, murmelte ich und ging auf die Schranke zu.

»Ah, hey, Moment mal ...«, versuchte sie mich überrascht aufzuhalten. Ich grinste sie schief an und legte meine Hand auf das Kassenpanel. Ich hörte ein Rasseln wie von einer altmodischen Registrierkasse, und die fröhliche Fanfare erklang.

Die Zuschauer und die drei Männer raunten einander etwas zu, vielleicht weil der nächste Dummkopf sein Glück versuchte oder auch wegen meines Erscheinungsbilds. Das Mädchen mit dem Schal stemmte beide Hände in die Hüften und schüttelte missbilligend den Kopf.

Der Revolverheld schleuderte mir neue Beschimpfungen entgegen, als vor meinen Augen der Countdown begann.

Ich duckte mich und machte mich bereit für einen Sprint mit voller Geschwindigkeit. Sobald der Countdown die Null erreichte und sich die Metallschranke öffnete, stürmte ich los.

Ich war erst wenige Schritte gelaufen, als der NPC blitzschnell die Hand hob und sich aus der Spitze seines Revolvers drei rote Linien in meine Richtung erstreckten. Sie zeigten auf meinen Kopf, meine rechte Brust und mein linkes Bein.

Als ich das realisierte, sprang ich mit ganzer Kraft nach vorne rechts. Gleich darauf streiften die orangen Feuerlinien meine linke Seite. Sofort sprang ich mit dem rechten Fuß von der Sperrwand ab und kehrte in die Mitte zurück.

Natürlich war das meine erste Konfrontation mit Schusswaffen in einem VRMMO. Aber auch in *ALO* und selbst *SAO* gab es einige Monster, die Fernangriffe mit Bogen, giftigen Flüssigkeiten oder Magie benutzten. Es gab nur eine Methode, ihren Geschossen auszuweichen. Man musste aus den Augen des Feindes die Schussbahn ablesen. Darauf hatte der

Entwickler Akihiko Kayaba vermutlich besonderen Wert gelegt. Monster in VRMMOs auf dem Cardinal-System hatten alle die Besonderheit, dass sie ohne Ausnahme ihre Augen auf die Stelle richteten, die sie anvisierten. Zumindest sofern sie mit einem augenähnlichen Organ ausgestattet waren.

Dieses Prinzip musste genauso für diesen Revolverhelden gelten, der gerade seine Waffe auf mich anlegte.

Ich richtete mein Augenmerk nicht auf die roten Bullet Lines, nicht einmal auf die schwarze Pistolenmündung, sondern einzig und allein auf die Augen des NPCs. In seinem zuckenden, leblosen Blick erkannte ich die Anzeichen für die Flugbahnen seiner nächsten Schüsse. Gleichzeitig bewegte ich mich gerade weit genug nach rechts, links, oben oder unten und wich den lautlos auftauchenden Bullet Lines aus. Wenn die tatsächliche Kugel dann vorbeisauste, machte ich mich schon wieder für den nächsten Sprint bereit.

Als ich dem zweiten Angriff mit drei Schüssen in Folge ausgewichen war, hatte ich offenbar die Zehn-Meter-Marke passiert, denn ein kurzer Soundeffekt erklang. Doch ich nahm den Ton kaum wahr.

Der NPC entriegelte die nun leere Trommel seines Revolvers, woraufhin die leeren Patronenhülsen nach hinten ausgestoßen wurden. Mit einer einzigen Bewegung der linken Hand lud er sechs neue Patronen, ließ die Trommel mit einem Klicken wieder zurückschnappen – für diese gesamte Bewegungsfolge brauchte er eine halbe Sekunde, was in der Tat einem Cheat gleichkam – und richtete die Waffe dann wieder auf mich.

Der nächste Angriff war nicht mehr das klare Angriffsmuster mit je drei Schüssen wie zuvor. In unregelmäßigem Rhythmus schoss er zweimal, ein weiteres Mal, dann wieder dreimal. Mehr als der Hälfte der Kugeln wich ich allein mit Intuition aus und näherte mich ihm so weitere fünf Meter. Wieder eine kurze Fanfare. Gleichzeitig führte der Revolverheld seinen blitzschnellen Nachladevorgang durch.

Noch fünf Meter bis zum Ziel. Mein Gegner war schon fast zum Greifen nah. Es mochte nur Einbildung sein, aber ich sah deutlich, wie sich das bärtige Gesicht des NPC-Revolverhelden gehässig verzerrte.

Unter dem Cowboyhut zuckten seine schwarzen Augen hin und her und huschten waagerecht über meine Brust. Ich entschied, dass ein Ausweichmanöver nach rechts oder links unmöglich sein würde, also warf ich mich auf die Metallplatten und schlitterte über den Boden. Die nächsten sechs Schüsse wurden so schnell wie mit einer Maschinenpistole abgefeuert, doch ich entwischte ihnen und gewann weitere zweieinhalb Meter.

Meinem Gegner war abermals die Munition ausgegangen. In der halben Sekunde, die er zum Nachladen brauchte, könnte ich ihn erreichen …

Als ich jedoch aufstand, glaubte ich, ein hämisches Grinsen in seinen Augen blitzen zu sehen.

Reflexartig verwarf ich mein Vorhaben, nach vorne zu sprinten, und sprang stattdessen mit ganzer Kraft in die Luft.

Die Stelle, an der ich eben noch gestanden hatte, wurde von sechs Lasern durchlöchert, die er ohne nachzuladen aus seinem Revolver geschossen hatte.

Was zur Hölle?!, schrie ich innerlich, während ich noch im Sprung eine Drehung machte und direkt vor dem NPC landete.

Zu gern hätte ich ihm an dieser Stelle ein Wort des Triumphs entgegengeschleudert, doch ich musste das Spiel für mich entscheiden, bevor er noch weitere Trumpfkarten ausspielen konnte – vielleicht Laserstrahlen aus den Augen oder dergleichen. Rasch klopfte ich dem NPC in der Lederweste auf die Brust.

Es gab einen Moment der Stille, als seien alle Geräusche im Laden verschluckt worden.

»Oh my goooood!«, schrie der NPC auf, wobei er sich mit einer übertrieben dramatischen Geste an den Kopf fasste, und fiel mit den Knien voran auf den Boden. Gleichzeitig erscholl ein ganzer Sturm von frenetischen Fanfaren.

Darunter mischte sich ein Rumpeln, und als ich verwundert den Blick hob, stürzte die Backsteinmauer hinter dem NPC zusammen, als würde sie von innen heraus explodieren. Bevor ich mich auch nur darüber wundern konnte, strömte ein prasselnder Münzregen aus dem Inneren hervor. Die Münzen sprangen um meine Füße und verschwanden mit einem hübschen Klimpern.

Die digitale Anzeige der Gewinnsumme unter dem Neonschild verringerte sich in schwindelerregender Geschwindigkeit, und als sie die Null erreichte, stoppte auch der goldene Wasserfall. Nachdem ein unglaublich lauter Soundeffekt durch den Laden gehallt war, setzte sich das Spiel zurück. Dann stand der Revolverheld auf und ließ seine Waffe wieder um die Fingerspitzen wirbeln. Wie schon zuvor rief er den Umstehenden Provokationen in seinem breiten Slang zu, doch nachdem er gerade dieses äußerst unfaire Zwölf-Schuss-Manöver präsentiert hatte, war fraglich, ob es noch jemand versuchen würde.

»Puh ...«, seufzte ich, als ich durch einen Ausgang in der linken Sperrwand die Spielgasse verließ.

Im Publikum, das sich unbemerkt verdoppelt hatte, brach Trubel aus. Stimmen schwirrten herum, die sich fragten, was da gerade passiert war und wer ich war.

Vom Rand der Menschenmenge kam das blauhaarige Mädchen mit kleinen Schritten zu mir herübergelaufen und starrte mich mit weit aufgerissenen, katzenhaften Augen an. Nach ein paar Sekunden kam ihr mit heiserer Stimme über die Lippen: »Wo hast du denn diese Reflexe her ...? Am Ende, als du direkt vor ihm warst ... da bist du aus zwei Metern Entfernung den Lasern ausgewichen ... Aus der Distanz gibt es doch kaum noch einen Zeitunterschied zwischen der Bullet Line und dem tatsächlichen Schuss ...«

»Äh, na ja ... also ...«, stammelte ich, unschlüssig, was ich antworten sollte. Schließlich sagte ich: »Bei dem Spiel geht es doch darum, dass man die Bullet Lines vorhersieht, oder?«

»D... Die Bullet Lines vorhersehen?!«

Ihr Schrei hallte durch den ganzen Laden. Auch die anderen Zuschauer starrten mich mit offenem Mund stumm an.

Nachdem sich die Menge ein paar Minuten später endlich aufgelöst hatte, inspizierte ich nachdenklich verschiedene Gewehre in einer Vitrine in einer Ecke des Waffenladens.

»Hmm ... Warum hat dieses Sturmgewehr ein größeres Format als die Maschinenpistole, obwohl es ein kleineres Kaliber hat?«, fragte ich das nette Mädchen neben mir naiv, doch es schien sich immer noch nicht von dem Schock erholt zu haben. Wie eine Katze, die etwas Unbekanntes beobachtet, starrte sie mich ebenso argwöhnisch wie neugierig an.

»Du weißt nicht einmal das und hast trotzdem solche Ausweich-Skills ...? Du sagtest, du hättest deinen Charakter konvertiert, ja? Welches Spiel hast du denn vorher gespielt?«

»Oh, ach ... eins von diesen ganzen Fantasy-Spielen ...«

»Aha ... Na, egal. Wenn du an der Qualifikationsrunde des BoB teilnimmst, habe ich noch genug Gelegenheit, dich kämpfen zu sehen. Also, was war die Frage? Warum das Sturmgewehr ein kleines Kaliber hat? Das nahm seinen Anfang mit dem amerikanischen M16, für das ein Konzept entworfen wurde, um kleinkalibrige Hochgeschwindigkeitsgeschosse mit Priorität auf Zielgenauigkeit und Durchschlagskraft ...« Plötzlich unterbrach sie sich und machte ein Gesicht, als hätten sie ihre eigenen Worte verstimmt. Doch diese seltsame Reaktion verschwand gleich wieder, und ein zurückhaltendes Lächeln trat an ihre Stelle. »Aber das ist eigentlich völlig egal, nicht wahr? Also, lass uns schnell deine Einkäufe erledigen.«

»Äh, ja, vielen Dank«, stimmte ich zu, wenn auch verwundert. Sie wandte sich von mir ab und lief an dem großen Schaukasten entlang.

»Da du gerade 300.000 gewonnen hast, kannst du dir eine richtig gute Waffe leisten, denke ich ... Aber im Endeffekt kommt es auf deine Vorlieben an, also müssen wir die als Erstes herausfinden.«

»Meine Vorlieben ...?«

Ich folgte dem Mädchen und sah mich dabei zwischen all den schwarz glänzenden Waffen um, doch keine von ihnen sprach mich wirklich an. Das lag natürlich auch daran, dass sich mein Wissen über Schusswaffen darauf beschränkte, dass es bei den Faustfeuerwaffen Revolver und Automatikwaffen gab.

Während ich mir den Kopf zerbrach, hatte ich unbemerkt das Ende der Schaukästen erreicht, die den Laden lückenlos ausfüllten. Ich überlegte, ob ich sie eine Waffe für mich wählen lassen sollte, als mir etwas Seltsames ins Auge fiel.

Es hatte drei Zentimeter Durchmesser und eine Länge von gut 25 Zentimetern. An einer Seite hing ein Metallbeschlag, ähnlich einem Karabinerhaken, wie er zum Bergsteigen verwendet wird. Das andere Ende war etwas dicker, und in der Mitte befand sich eine schwarze Öffnung, die wie eine Mündung aussah. Da es in diesem Laden ausgestellt wurde, musste es wohl eine Art von Schusswaffe sein, aber ich konnte weder einen Griff noch einen Abzug entdecken. Nur ein kleiner Schalter befand sich oben an der Seite des Laufs.

»Ähm ... was ist das hier?«, fragte ich. Das Mädchen warf einen Blick darauf und zuckte dann kurz mit den Schultern, was eine Art Marotte von ihm zu sein schien.

»Ach ... das ist ein Lichtschwert.«

»E... Ein Lichtschwert?«

»Ein Schwert aus Licht eben. Der richtige Name ist ›Photon Sword‹, aber alle nennen es Laserblade oder Lightsaber oder Beamsaber oder so ähnlich.«

»Ein Schwert?! Es gibt also auch in dieser Welt Schwerter?«

Aufgeregt näherte ich mein Gesicht dem Schaukasten. Jetzt, wo sie es sagte, es erinnerte doch sehr an die Waffen, mit denen die Ritter in alten Science-Fiction-Filmen für Recht und Ordnung im Universum gesorgt hatten.

»Es gibt sie schon, aber keiner benutzt sie tatsächlich.«

»Wieso das?«

»Na, weil ... man damit nur aus nächster Nähe trifft. Und bevor du so nah an den Gegner herankommen kannst, hat er dich längst abgeknallt ...« Sie unterbrach sich und starrte mich mit leicht geöffneten Lippen an.

Fast hätte ich sie frech angegrinst, rettete mich aber noch mit einem breiten Lächeln. »Also muss ich einfach nur nah genug an den Gegner herankommen.«

»N... Na ja, deine Ausweichtechnik ist zwar beeindruckend, aber gegen eine vollautomatische Waffe ... Ah!«

Sie hatte den Satz noch nicht beendet, da hatte ich aus den aufgereihten Photonenschwertern in dem Schaukasten schon auf eines mit einer ansprechenden mattschwarzen Lackierung geklickt. Ein Pop-up-Menü erschien, in dem ich »BUY« auswählte, woraufhin eine NPC-Verkäuferin in irrsinniger Geschwindigkeit herbeigeeilt kam und mir lächelnd eine Art Metallpanel überreichte. In dessen Mitte bemerkte ich die gleiche grüne Scannerfläche wie zuvor an der Kasse des Spiels, also legte ich meine rechte Hand darauf.

Der Soundeffekt einer Registrierkasse erklang, und auf dem Panel materialisierte sich mit einem Summen das schwarze Photonenschwert. Als ich es in die Hand nahm, bedankte sich die Verkäuferin lächelnd für meinen Einkauf und kehrte ebenso schnell, wie sie gekommen war, wieder zu ihrer Position zurück.

»Ah, da hat sie's gekauft ...«, sagte sie, während sie mich mit schief gelegtem Kopf ansah. »Na, der eigene Kampfstil ist eben Geschmackssache, was?«

»Genau. Wenn sie verkauft werden, sollte es auch möglich sein, auf die eine oder andere Weise mit ihnen zu kämpfen«, erwiderte ich, wobei ich die kurze, zylindrische Waffe fester packte und vor mich hielt. Als ich mit dem Daumen den Schalter umlegte, wuchs mit einem tiefen, vibrierenden Laut eine gut einen Meter lange Klinge aus Energie aus dem Griff und warf ihr violettblaues Licht auf die Umgebung.

»Ohh«, raunte ich unwillkürlich. Ich hatte schon die unterschiedlichsten Schwerter geschwungen, große wie kleine, aber noch nie eines, dessen Klinge aus immateriellem Licht bestand.

Eine genauere Betrachtung ergab, dass die Klinge keine Ausrichtung hatte, sondern mehr wie ein schmaler, langer Zylinder war. Ich nahm die mittlere Position ein und probierte die Bewegungsfolge von »Vertical Square« aus, ein einhändiger Sword Skill aus *SAO*-Zeiten, der mir auch ohne Systemunterstützung in Fleisch und Blut übergegangen war.

Zwumm, fwomm, summte das Lichtschwert wohltönend, während es ein komplexes Muster in die Luft zeichnete und dann plötzlich stoppte. Natürlich spürte ich durch das geringe Gewicht des Schwerts kaum den Trägheitswiderstand.

»Wow ...« Das Mädchen neben mir klatschte in die Hände und lächelte mich etwas überrascht an. »Du hast ja richtig was drauf. War das eine Technik aus deiner Fantasy-Welt? Vielleicht habe ich dich unterschätzt.«

»Ach, das war doch nichts Besonderes ... Aber es ist ganz schön leicht.«

»Na klar, das geringe Gewicht ist so ziemlich der einzige Vorteil der Waffe. Wie dem auch sei, auch wenn du das jetzt als Hauptwaffe nutzen möchtest, solltest du dir noch eine Maschinenpistole oder Handfeuerwaffe als Zweitwaffe zulegen. Du brauchst schließlich eine Ablenkung, um dich weit genug zu nähern.«

»Verstehe, da wirst du wohl recht haben.«

»Wie viel hast du noch übrig?«, fragte sie, und ich rief mein Menüfenster auf. Von den über 300.000 Credits, die ich zuvor gehabt hatte, war gut die Hälfte verschwunden. Sie blinzelte und zuckte dann leicht mit den Schultern.

»Urgs, diese Lichtschwerter sind ja irre teuer. Also noch 150.000 ... da du auch noch Geld für Munition und Rüstung brauchst, bleibt es wohl bei einer Pistole.«

»Also, das überlasse ich ganz dir.«

»Du brauchst eine Waffe mit scharfer Munition, wenn du am BoB teilnehmen willst ... Um deine Gegner abzuhalten, brauchst du vermutlich eher Präzision als Durchschlagskraft ... Hmm«, murmelte sie vor sich hin, während sie langsam an einem Schaukasten mit Handfeuerwaffen entlangging. Schließlich deutete sie auf eine Waffe: »Du hättest dann zwar nicht mehr viel Geld übrig, aber diese ›FN Five-Seven‹ wäre gut.«

Ihr schlanker Finger zeigte auf eine recht kleine, automatische Waffe mit einem glatten, abgerundeten Griff.

»Five ... Seven?«

»Das ist das Kaliber, 5,7 mm. Das ist zwar kleiner als die üblichen 9 mm Parabellum, aber weil ihre Form den Gewehrpatronen sehr ähnlich ist, hat die Waffe einen Vorteil in Hinsicht auf Präzision und Durchschlagskraft. Weil es spezielle Patronen sind, kann man sie sonst nur noch mit der Maschinenpistole benutzen, aber da du keine andere Schusswaffe tragen wirst, macht das ja nichts.«

»O... Okay ...«

Wie ein Wasserfall sprudelten die Erläuterungen aus ihr heraus und weckten erneut meine Neugier, wer dieses blauhaarige Mädchen sein mochte.

Da *GGO* ein Spiel mit fixen Geschlechtern war, musste der Spieler dahinter auch weiblich sein, aber ihre Abstammung und ihr Alter konnte ich beim besten Willen nicht bestimmen. Doch meine Intuition sagte mir, dass wir altersmäßig nicht weit auseinander lagen.

Natürlich hatte jeder, der länger ein MMORPG spielte, ein detailliertes Wissen über Items aus dem Spiel. Auch Asuna und Leafa fanden kaum noch ein Ende, wenn sie einmal anfingen, sich über die Schwerter oder Zauber in *ALO* zu unterhalten.

Aber Schusswaffen schienen mir doch etwas Spezielles zu sein. Ich hatte gehört, dass die Hälfte der Waffen in *GGO* tatsächlich existierte. Blut und Mord waren das einzige Leitmotiv, das mir dazu in den Sinn kam. Dieses Mädchen in meinem Alter hatte einen Dive in eine solche Welt gemacht und sich so lang durchgekämpft, bis es ein erfahrener Spieler mit ausführlichen Kenntnissen aller möglichen Schusswaffen geworden war. Ich fragte mich, was sie dazu antrieb.

»Hey, hörst du mir zu?«

»Äh, ja, klar.« Ich nickte hastig und unterbrach meinen Gedankengang. »Gut, dann kaufe ich die. Was sollte ich mir sonst noch besorgen?«

Außer der von ihr empfohlenen »Five-Seven« kaufte ich ihren Anweisungen entsprechend noch Ersatzmunition, eine dicke, kugelsichere Jacke, einen »Generator zur Erzeugung eines Schutzfelds gegen optische Waffen« in Gürtelform sowie einige kleinere Ausrüstungsgegenstände, womit die 300.000 Credits, die ich im Ausweich-Spiel verdient hatte, komplett verbraucht waren.

Als ich mit dem ungewohnten Gewicht des Photonenschwerts rechts und der Five-Seven links an meiner Hüfte den Laden wieder verließ, hatte sich der abendliche Himmel rötlich gefärbt.

»Du hast mir wirklich sehr geholfen, vielen Dank«, sagte ich mit einer Verbeugung, doch sie lächelte vage hinter ihrem Schal und schüttelte den Kopf.

»Ach was, ich habe ohnehin nicht viel zu tun bis zum Start der Qualifikationsrunde ... Oh!«, unterbrach sich das Mädchen und warf einen hastigen Blick auf ein klobiges Chronometer an seinem linken Handgelenk. »Verdammt, um drei Uhr schließt die Registrierung für das Turnier, wenn ich mich nicht irre. Selbst wenn wir rennen, schaffen wir es vielleicht nicht mehr rechtzeitig zur Verwaltung ...«

»Huch, du wolltest dich also auch noch registrieren?«

»Ja«, entgegnete sie mit blassem Gesicht, also folgte ich ihrem Beispiel und sah auf meine soeben erstandene Digitaluhr, die 14:51 Uhr anzeigte.

»Ähm, gibt es nicht irgendwelche Transportmittel wie Teleportieren oder so?! Items oder Magie oder auch besondere Kräfte?«

»Ich erkläre es dir, während wir rennen!«, rief sie, während sie auch schon herumwirbelte und in nördlicher Richtung auf der Hauptstraße lossprintete. Hastig folgte ich ihrem wehenden Schal. Nach ein paar Sekunden hatte ich sie eingeholt. Sie warf mir einen flüchtigen Blick zu und fuhr mit angespannter Stimme fort: »Hier in *GGO* gibt es nur eine einzige Möglichkeit, wie sich ein Spieler teleportieren kann: Indem man stirbt und an den Checkpoint zurückkehrt. Der Checkpoint in Glocken ist in der Nähe der Generalverwaltung, aber innerhalb der

Stadt kann man keine HP verlieren, also bringt uns das nicht weiter …«

Während ihrer Erklärung rannten wir so schnell wir nur konnten zwischen den umherlaufenden NPCs und Spielern hindurch. Ich hatte Mühe, mit ihr Schritt zu halten. Das lag zum einen an meinem niedrigeren Blickwinkel als in *ALO*, vor allem aber an ihrer erstaunlichen Schnelligkeit. Das war nicht allein ihren Statuswerten zu verdanken, sondern ihrer ausgezeichneten Körperkontrolle, mit der sie ihre Bewegungen in einer Full-Dive-Umgebung perfekt beherrschte.

Sie sah erneut auf ihre Uhr und zeigte die Straße hinunter.

»Da hinten ist die Generalverwaltung. Sie ist am nördlichen Ende der Stadt, bis dahin sind es noch drei Kilometer. Die Anmeldung dauert fünf Minuten, also müssen wir es in drei Minuten dorthin schaffen …«

Weit in der Ferne, am Ende der geraden Hauptstraße, sah ich einen besonders gigantischen Turm, der im Licht der Abendsonne rot glänzte. Es war ein gerader Weg dorthin, aber einen Kilometer in einer Minute zurückzulegen, während man auch noch den Passanten ausweichen musste, war selbst in einer VR-Welt schwierig, in der man nicht außer Atem geriet.

Falls ich es nicht zur Anmeldung schaffen würde, wäre das meiner unzureichenden Vorbereitung geschuldet, aber dieses blauhaarige Mädchen, das neben mir rannte, hätte es noch ganz ohne Anstrengung geschafft, wenn ich es nicht so lange aufgehalten hätte. Mit schlechtem Gewissen warf ich ihr einen Blick zu. Sie hatte die Zähne zusammengebissen, und in ihren Augen flackerte Anspannung. Zwischen ihren virtuellen Atemgeräuschen hörte ich sie leise sagen: »Bitte … ich muss es einfach schaffen …«

Intuitiv begriff ich, dass die Qualifikationsrunde dieses Bullet-of-Bullets-Turniers für sie eine größere Bedeutung als ein bloßes Spielevent hatte. Sie hatte sicher ihre Gründe, warum sie unbedingt an diesem Turnier teilnehmen wollte.

Angestrengt sah ich mich nach einer Möglichkeit um, das Mädchen in den weniger als drei verbleibenden Minuten zum Turm zu bringen.

Sofort fiel mir ein Schild ins Auge.

Ein Teil der breiten Fahrbahn zu unserer Linken war zu einem Parkplatz erweitert worden, und dort standen drei Kleinwagen in leuchtenden Primärfarben. Auf einer Tafel dahinter blinkte ein Neonschild mit dem Schriftzug »Rent a Buggy!«. Es war klar, was das bedeutete.

»Das ist es!«

Ich packte unvermittelt ihre Hand und änderte unseren Kurs. Sie gab einen überraschten Laut von sich, als ich mit so viel Schwung über den Seitenstreifen sprang und in die »Rent a Buggy«-Ecke stürmte, dass sie praktisch hinterherschwebte.

Die dort aufgereihten Maschinen waren allesamt dreirädrige Buggys mit einem Rad vorn und zwei hinten. Halb schubste ich sie auf das Trittbrett am Heck des zuvorderst geparkten, roten Buggys und ließ sie aufsteigen, derweil sprang ich selbst auf den Fahrersitz. Am unteren Teil des Tachometer-Panels entdeckte ich den gleichen Handflächenscanner wie beim Einkaufen. Als ich meine Hand daraufpresste, sprang mit dem Kassenklingeln der Motor an.

Der vordere Teil des Buggys war glücklicherweise genau wie ein Motorrad aufgebaut, zudem wurde es offenbar auch manuell bedient. Ich packte die Lenkergriffe und gab ohne zu zögern Gas. Der Verbrennungsmotor heulte gellend auf. Mit schwebendem Vorderrad schoss der Buggy auf die Straße.

»Kyah!«, hörte ich sie hinter mir niedlich aufschreien, und ihre dünnen Arme schlangen sich um meinen Bauch.

»Halt dich gut fest!«, schrie ich etwas verspätet. Sobald ich mit quietschenden Reifen in einer scharfen Rechtskurve auf die Fahrbahn eingebogen war, gab ich Vollgas. Schnell schaltete ich hoch, und im Nu zeigte der Tachometer über hundert Stundenkilometer an. Innerlich war ich froh, dass ich in der Wirklichkeit keinen Elektroscooter fuhr, sondern ein antiquiertes Motorrad mit Gangschaltung.

Während ich den futuristischen Fahrzeugen auf der Straße nach rechts und links auswich, schaltete ich geschäftig die Gänge um, da hörte ich das Mädchen an meinem rechten Ohr rufen: »W… Wie machst du das? Die Buggys zu fahren, ist superschwierig, selbst die meisten männlichen Spieler können nicht damit umgehen …!«

Entschuldigung, eigentlich bin ich einer dieser männlichen Spieler, dachte ich, aber ich sprach es nicht aus. Stattdessen antwortete ich nur vage: »Ach … na ja, ich habe früher auch mal Rennspiele gespielt … Hoppla!«

Der große Bus vor uns wechselte auf einmal die Spur, und ich wich ihm mit schlingernden Hinterreifen aus. Ich schaltete herunter, um wieder zu beschleunigen, und fuhr an ihm vorbei. Nun, es war Ende 2025, und dieser Tage gab es wohl tatsächlich nicht mehr viele Leute, die noch mit einer unzeitgemäßen manuellen Gangschaltung umgehen konnten. Selbst in den Fahrschulen übte man das Fahren grundsätzlich mit Elektroscootern. Weil ich das Bike umsonst von Agils Bekanntem bekommen hatte, hatte ich mir die Mühe gemacht, den Führerschein für Motorräder mit manueller Gangschaltung zu machen. Aber als ich die thailändische Maschine dann entgegengenommen hatte und mir gedämmert hatte, dass der Vorbesitzer sich nur die Schrottgebühren hatte sparen wollen, war es schon zu spät gewesen. Immerhin gab es sogar Gerüchte, dass in ein paar Jahren die Nutzung von benzinbetriebenen Fahrzeugen ganz verboten sein würde ...

»Ha ha ha ... Wow, das ist super!«

Ich brauchte einen Moment, bis ich begriff, dass es die Stimme des Mädchens mit den Katzenaugen gewesen war. Ich hatte nicht gedacht, dass dieses Mädchen, das so angespannt und gleichzeitig auch irgendwie traurig gewirkt hatte, so lachen konnte.

»Hey, na los ... fahr noch schneller!«, schrie sie. Ich starrte zu dem imposanten Anblick des sich nähernden Turms der Generalverwaltung etwa einen Kilometer voraus, dann rief ich ihr zu: »Okay!«

Ich duckte mich und legte den höchsten Gang ein. Der Motor heulte wütend auf, und der Zeiger des Tachometers näherte sich den zweihundert Stundenkilometern.

Bei dieser Geschwindigkeit legten wir den letzten Kilometer in wenigen Sekunden zurück.

Aber die kleinen Freudenschreie, die sie während dieser kurzen Zeit ausstieß, hinterließen einen tiefen Eindruck in meinem Gedächtnis.

Vor der breiten Treppe zur Generalverwaltung brachte ich den Buggy seitlich rutschend zum Stehen.

Ein Blick auf die Uhr verriet mir, dass es noch etwas über fünf Minuten bis drei Uhr waren.

»Wir schaffen es noch! Hier entlang!«

Das Mädchen sprang vom Buggy, ergriff meine Hand und spurtete los. In ihrem Gesicht lag wieder die vorige Schärfe wie von einer Klinge – oder eher wie von einer hochwirksamen Schusswaffe. Ich hielt mich davon ab, nachzugrübeln, welche Seite ihr wahres Gesicht war, und rannte schnellstmöglich die Treppe hoch.

Am Ende der zwanzig Stufen ragte der unfassbar riesige Metallturm vor uns auf. Er hatte an der Vorder- und Rückseite lange stromlinienförmige Kurven, aus denen hier und dort runde Antennen oder Radarkuppeln herausschauten.

»Das ist die Generalverwaltung, auch ›Bridge‹ genannt. Sie liegt genau gegenüber der ›Memorial Hall‹, wo du im Spiel gestartet bist«, erklärte sie mir, während sie mich weiterzog.

»Bridge ...? Eine Brücke ...?«, fragte ich, und sie legte den Kopf schief.

»Damit ist mehr so etwas wie ›Kommandobrücke‹ gemeint, schätze ich. Als Glocken noch ein Raumschiff war, war das hier die Kommandozentrale, daher wird es so genannt.«

»Ein Raumschiff ... ach, deswegen ist die Stadt so lang gezogen.«

»Genau. Das ›SBC‹ im vollständigen Namen der Stadt ist eine Abkürzung für ›Space Battle Cruiser‹. Alle Registrierungen für Events oder Formalitäten, die das Spiel betreffen, werden hier durchgeführt.«

Während sie mir all das erklärte, durchquerten wir den Eingang im Erdgeschoss des Turms, auch bekannt als Bridge.

Im Inneren befand sich eine recht weitläufige, runde Halle.

Runde Säulen mit futuristischen Details streckten sich in kreuzförmigen Reihen bis zur Decke weit über uns. An den

Wänden ringsum waren große Monitore installiert, die verschiedene Events ankündigten oder Werbespots tatsächlicher Firmen ausstrahlten und ihr grelles Licht auf das Innere der Halle warfen. Das Auffälligste war natürlich ein Werbevideo für das dritte Bullet of Bullets, das auf einem großen Monitor frontal vor uns gezeigt wurde.

Doch ich hatte jetzt keine Zeit, die Szenerie zu bewundern. Das Mädchen zog mich schnell weiter in die hintere rechte Ecke.

Dutzende längliche Maschinen reihten sich an der Wand aneinander. Sie erinnerten an die Geldautomaten oder Verkaufsterminals, wie man sie aus Supermärkten kannte.

Sie führte mich vor eine der Maschinen und sagte schnell: »Hier registriert man sich für das Turnier. Es ist ein gewöhnliches Terminal mit Touchscreen, kommst du mit der Bedienung klar?«

»Ja, das geht schon.«

»Okay. Ich bin gleich nebenan, also frag ruhig, wenn du nicht weiterkommst«, sagte sie und begab sich an das Terminal rechts, das durch eine Trennwand abgeteilt war. Ich bedankte mich leise bei ihr und blickte dann auf den Monitor hinab.

Auf dem Startbildschirm wurde »SBC Glocken Generalverwaltung« angezeigt, und überraschenderweise war alles einschließlich der Menüs ins Japanische übersetzt. Als ich mir vor meinem Dive im Internet die offizielle Homepage von *GGO* angesehen hatte, hatte ich verblüfft festgestellt, dass die gesamte Seite auf Englisch war. Doch wie es schien, wurden zumindest innerhalb des Spiels gewisse Inhalte lokalisiert.

Ich tippte mich durchs Menü und fand mühelos den Button für die Anmeldung zur Qualifikationsrunde für das dritte Bullet of Bullets. Ich drückte darauf, und der Bildschirm wechselte zu einer Eingabemaske für verschiedene Daten wie Namen oder Tätigkeit. Noch 180 Sekunden.

Wenn ich schon im Spiel bin, hätte das System zumindest meinen Charakternamen automatisch ausfüllen können. Und was ist überhaupt meine Tätigkeit …?, nörgelte ich innerlich und starrte auf die Eingabemaske, da fiel mir ganz oben eine verwunderliche Klausel auf.

Dort stand: »Bitte geben Sie in der folgenden Eingabemaske Ihren echten Namen und eine gültige Adresse ein. Werden Felder freigelassen oder falsche Angaben gemacht, können Sie zwar am Event teilnehmen, jedoch keine Preise für die Spitzenränge erhalten.«

Mein Finger hielt unweigerlich für einen Moment inne. Mein Hauptziel war es, im Turnier möglichst stark aufzufallen, um in Death Guns Visier zu geraten, aber es lag in meiner Natur als MMO-Gamer, dass ich beim Wort »Preis« kurz ins Schwanken kam. Schließlich waren solche Preise meist superseltene Items, die normale Spieler in der Regel nie in die Finger bekamen …

Unentschlossen näherte sich mein Finger dem Namensfeld, und ich wollte schon fast »Kirigaya« in die Holo-Tastatur tippen, als ich mich doch noch eines Besseren besann.

Dieses Mal war ich nicht hier, um mich im Spiel zu amüsieren. Meine primären Aufgaben waren die Kontaktaufnahme zu Death Gun und die Untersuchung seiner Kraft. Für den unwahrscheinlichen Fall, dass er wirklich irgendeine Art Kraft hatte, wäre es nicht klug, private Informationen im

Spiel preiszugeben. Es war möglich, dass Death Gun zur Seite der Betreiber gehörte und freien Zugang zu allen registrierten Spielerdaten hatte.

Ich riss mich von der Versuchung eines seltenen Preises los, ließ alle Felder unter großem Bedauern leer und drückte den Submit-Button.

Wieder wechselte der Bildschirm und zeigte eine Nachricht, dass meine Registrierung angenommen wurde, sowie die Startzeit der ersten Runde der Qualifikation. Das Datum war heute und die Uhrzeit – kaum dreißig Minuten später.

»Bist du fertig?«, fragte das blauhaarige Mädchen neben mir plötzlich. Anscheinend hatte auch sie ihre Registrierung erfolgreich abgeschlossen. Erleichtert nickte ich.

»Ja, gerade noch. Ernsthaft, vielen Dank für deine ganze Hilfe. Und dabei habe ich dir noch so einen Ärger bereitet ...«, entschuldigte ich mich, doch sie lächelte.

»Schon gut, dafür hat die Fahrt mit dem Buggy Spaß gemacht. Egal, in welchem Block für die Qualifikationsrunde bist du denn?«

»Ähm ...« Erneut sah ich auf den Bildschirm und antwortete dann: »Im F-Block, wie es scheint, F-37.«

»Ah ... okay. Ich schätze, wir sind beide im F-Block, weil wir uns gleichzeitig registriert haben. Ich bin in F-12 ... ein Glück, falls wir aufeinandertreffen sollten, dann erst in der Endrunde.«

»Warum ist das ein Glück?«

»Wenn du es bis in die Endrunde der Qualifikation schaffst, kommst du automatisch ins richtige Battle Royale. Also ist es nicht komplett unmöglich, dass wir es beide ins Hauptturnier schaffen. Aber auch wenn es nur die Qualifikation ist, falls wir in der Endrunde aufeinandertreffen sollten …«, ihre katzenhaften Augen blitzten, »… werde ich mich nicht zurückhalten.«

»Ja … ich verstehe. Falls wir aufeinandertreffen sollten, werden wir beide alles geben«, antwortete ich lächelnd und setzte den Monitor auf den Startbildschirm zurück. Dabei fiel mir etwas ein, und ich fragte: »Aber für ein westliches Spiel ist die japanische Übersetzung wirklich gut, oder? Dabei war die offizielle Webseite nur auf Englisch.«

»Ach so … ja. Der Betreiber Zaskar ist zwar eine amerikanische Firma, aber im Team des japanischen Servers gibt es offenbar auch japanische Mitarbeiter. Aber, weißt du, *GGO* bewegt sich sowohl in Japan als auch in Amerika in einer rechtlichen Grauzone.«

»Wegen des Geldwechselsystems, nicht wahr?«

Sie lächelte etwas bitter und nickte: »Richtig. Es ist gewissermaßen wie privates Glücksspiel. Auf der öffentlichen Seite stehen daher nur die allernotwendigsten Infos. Nicht mal die Firmenadresse ist dort angegeben. Alle Formalitäten, die das Spiel betreffen, wie die Charakterverwaltung oder die Einrichtung eines Onlinekontos für das Geldwechselsystem, kann man nur innerhalb des Spiels erledigen.«

»Was für ein … außergewöhnliches Spiel.«

»Es ist also fast vollständig von der realen Welt abgekoppelt … aber deswegen kommt es mir auch so vor, als seien mein jetziges Ich und mein reales Ich zwei verschiedene Personen …«

Plötzlich legte sich ein schwacher Schatten auf ihre Augen, und ich blinzelte verwundert.

»Hm …?«

»Ach, es ist nichts, schon gut. Entschuldige. Wir müssen uns so langsam auf den Weg zur Versammlungshalle der Qualifikation machen. Wobei die hier im Untergeschoss liegt. Bist du bereit?«

»Ja.« Ich nickte. Sie nahm mich wieder an die Hand und führte mich zum hinteren Teil der Halle, wo sich mehrere Aufzüge befanden. Mit einem schlanken Finger drückte sie den Knopf nach unten auf dem Panel des rechten Aufzugs.

Sofort glitt die Tür auf, und wir schlüpften hinein, dann drückte sie auf den Knopf mit »B20F«. Wie es schien, erstreckte sich der Turm gleichermaßen nach oben und unten. Ich fühlte ein realistisches Gefühl des Fallens und danach der Verlangsamung, dann öffnete sich die Tür.

Sobald ich in die Dunkelheit dahinter blickte, hielt ich unwillkürlich den Atem an.

Es war eine runde Kuppel, ebenso groß wie die Eingangshalle. Die Beleuchtung war gedämpft, das einzige bisschen Licht spendeten hier und dort ein paar Bogenlampen mit Eisenfassungen.

Der Boden, die Säulen und die Wände bestanden komplett aus schwarz glänzenden Stahlplatten und rotbraunen Drahtnetzen. An den Wänden der Kuppel waren grobe Tische aufgestellt. Und von der Decke hing ein immens großes, mehrseitiges Holo-Panel. Doch die Bildschirme waren schwarz bis auf den Schriftzug »BoB 3 Preliminary« und einen Countdown der restlichen knapp 28 Minuten in blutroten Lettern.

Aber was mich nervös machte, war nicht dieser Anblick oder die Heavy-Metal-BGM, die leise abgespielt wurde.

Es waren die vielen Silhouetten, die sich um die Tische und die vom Boden aufragenden Metallsäulen scharten – oder genauer gesagt, die Atmosphäre, die sie ausstrahlten.

Obwohl sie in einem Spiel waren, wirkte keiner von ihnen fröhlich und ausgelassen. Manche unterhielten sich leise flüsternd in kleinen Grüppchen, andere standen stillschweigend herum. Sie waren offensichtlich die Teilnehmer der gleich startenden BoB-Qualifikation, und ebenso offensichtlich war nahezu jeder von ihnen ein erfahrener VRMMO-Spieler, dem die virtuelle Welt in Fleisch und Blut übergegangen war.

Nun, insgesamt hatte ich wohl mehr Zeit im Dive verbracht als jeder andere hier im Raum. Schließlich konnte ich mich zwei geschlagene Jahre lang nicht einmal für eine Sekunde ausloggen.

Doch jeder Spieler hatte seinen eigenen Stil. Während ich im Wesentlichen auf PvE* spezialisiert war, waren sie zweifellos waschechte PvP-Spieler. Das sagten mir schon die scharfen, fast penetranten Blicke, die sie mir unter ihren glanzlosen Helmen und dicken Kapuzen zuwarfen, um Informationen über mich herauszufinden.

Seit *ALO* im Frühling dieses Jahres von seinem aktuellen Betreiber übernommen worden war, hatte ich kaum noch PvP-Kämpfe erlebt. Während dieser langen Pause waren meine PvP-Instinkte sicher stark eingerostet. Dass ich mich von ihren bohrenden Blicken so eingeschüchtert fühlte, war der Beweis.

Dieser Job wird immer schwieriger, Herr Kikuoka, dachte ich unbewusst, als jemand leicht meinen Ellbogen anstieß. Ich wandte mich zu dem blauhaarigen Mädchen um, das mich fragend ansah.

»Was ist los …?«

»Ach, nichts …«, flüsterte ich hastig zurück.

*Player versus Environment

Sie nickte kurz und erwiderte dann leise: »Zuerst sollten wir in die Umkleide gehen. Du musst ja auch noch deinen Kampfanzug anlegen, den du vorhin gekauft hast.«

Dann lief sie mit raschen Schritten zwischen den anderen Spielern hindurch. Ihre Gangart war ganz natürlich und zeigte keine Anzeichen von Nervosität. Wobei es nicht so war, als würde sie von ihrer Umgebung ignoriert. Im Gegenteil, die Männer funkelten sie mit noch viel kampflustigeren Blicken an als mich zuvor. Einer von ihnen lud demonstrativ die bedrohliche Waffe auf seinem Schoß durch.

Was für starke Nerven sie haben musste, um diese Einschüchterungsversuche so ohne Weiteres zu übergehen. Nur noch verwunderter folgte ich dem sandfarbenen Schal.

In einem entlegenen Teil der Kuppel reihten sich an der Wand statt Tischen schlichte Eisentüren aneinander. Das Mädchen öffnete eine Tür, deren Anzeige grün leuchtete, führte mich hinein und bediente das Panel der Tür, die hinter uns ins Schloss gefallen war. Mit einem Klicken verriegelte sich das Schloss, und die Anzeige wechselte zu Rot.

Im Inneren war ein recht beengter Umkleideraum. Natürlich war außer uns niemand dort.

»Puh ...«, seufzte sie, als sie zur Mitte des Raums ging. Dann murmelte sie: »Meine Güte ... was für ein Haufen Hohlköpfe.«

»Wie ... Hohlköpfe?! Die harten Typen da draußen?!«, fragte ich sie, während ich mich an die grimmigen Gestalten erinnerte, mit denen die Kuppel voll war. Sie nickte wie selbstverständlich.

»Allerdings. Dreißig Minuten vor dem Wettkampf ihre Hauptwaffen so zur Schau zu stellen, als würden sie nur darum betteln, dass man sich eine Taktik überlegt, um sie zu besiegen.«

»Oh … ach so … verstehe.«

»Du solltest dein Lichtschwert und die Five-Seven auch erst kurz vor deinem Wettkampf ausrüsten«, sagte sie mit einem Lächeln. Als ich ihr zunickte, drehte sie sich mit dem Rücken zu mir.

Und dann tat sie etwas, das mich noch zehnmal mehr aus der Fassung brachte als ihre vorige Aussage.

Sie rief mit der rechten Hand ihr Hauptmenü auf und drückte im Ausrüstungsfenster auf den Knopf, um ihr gesamtes Equipment abzulegen.

Der sandfarbene Schal verschwand, die khakifarbene Jacke, die locker sitzende Cargohose und auch das schlichte T-Shirt.

Alles, was sie noch am Körper trug, war knapp geschnittene Unterwäsche, die glänzte wie Funktionskleidung.

»U… Uaah?!«, schrie ich auf, und meine Stimme überschlug sich. Hastig bedeckte ich mein Gesicht mit der Hand. Zwischen meinen Fingern sah ich, dass sie sich mit verwunderter Miene zu mir umdrehte.

»Was machst du denn? Du solltest dich auch schnell umziehen.«

»Äh, ja, also, nun ja …«

Während ich noch mit dem größten Schock seit meiner Ankunft in *GGO* zu kämpfen hatte, dachte ich fieberhaft nach.

Ich hatte nicht wirklich viele Alternativen in dieser Situation. Eine war, irgendeine Ausrede zu erfinden und aus dem Raum zu flüchten. Die zweite, weiterhin vorzugeben, ein Mädchen zu sein, und nur die schusssichere Weste anzulegen. Doch beide Möglichkeiten wären diesem netten Mädchen gegenüber extrem unaufrichtig gewesen.

Bevor noch eine Katastrophe geschah und sie noch mehr Kleidung ablegte, wählte ich daher notgedrungen die dritte Alternative.

Ich ließ meinen Kopf hinuntersausen und verbeugte mich, gleichzeitig rief ich aus dem Hauptmenü meine Namenskarte auf und hielt sie ihr mit beiden Händen hin.

»Äh, ähm ... es tut mir leid! Ich habe mich noch gar nicht vorgestellt ... Ich bin, äh, der hier!«

»Wie? D... Der?«, fragte sie verwundert und ich fühlte, wie sie mir die Karte aus den Fingern nahm.

»Kiri...to. Hmm, interessanter Name ... aber ...«

Da ich in dieser Welt zu keiner Gilde – oder Schwadron, wie sie hier genannt wurden – gehörte, wurde außer meinem Namen nur noch eines angezeigt: mein Geschlecht.

»Männlich ... bitte, was ...? Aber du bist doch ... «, hörte ich sie entgeistert stammeln, als ich am Rande meines gerade nach unten gerichteten Blicks sah, wie ihre niedlichen, nackten Füße einen Schritt zurückwichen. »Das kann nicht sein ... Ein Mann ...? Mit dem Avatar ...?!«

Dann Stille.

Als ich die Anspannung, die den ganzen Umkleideraum ausfüllte, nicht mehr aushalten konnte, hob ich langsam den Blick.

Sofort schoss etwas Weißes in rasender Geschwindigkeit auf mich zu und explodierte an meiner linken Wange, wobei ein violetter Lichteffekt aufblitzte.

Von der Wucht des Aufpralls drehte sich mir alles wie ein Kreisel, und ich sank zu Boden, während Sterne um meinen Kopf tanzten. Erst dann begriff ich, dass es ihre Handfläche gewesen war.

»Lauf mir nicht nach.«

»A… Aber ich weiß doch gar nicht, was ich jetzt machen muss …«

»Lauf mir nicht nach.«

»Aber ich kenne hier doch sonst niemanden …«

»Lauf mir nicht nach!«

Selbst während dieses leisen Wortwechsels folgte ich dem blauhaarigen Mädchen angestrengt.

Sie hatte in eine wüstensandfarbene Militärjacke, eine Schutzweste der gleichen Farbe und Kampfstiefel gewechselt. Von ihrem Stadtoutfit war nur der sandfarbene Schal um ihren Hals geblieben. Wie sie es auch mir zuvor geraten hatte, hatte sie ihre Waffen noch nicht materialisiert.

Meine Aufmachung sah ähnlich aus, jedoch in einem fast schwarzen Tarnmuster, das »Night Camo« oder so ähnlich genannt wurde. Dieses eine Mal hätte ich sogar auf meine Vorliebe verzichtet und eine vielseitiger einsetzbare Farbe gewählt, aber sie hatte mir erklärt, dass ich nicht genug Geld hätte, um mir die passende Tarnkleidung für jedes Terrain zu kaufen, also hatte ich schlussendlich doch die gewählt, die mir am besten gefiel.

Eben diejenige, die mir diesen Ratschlag gegeben hatte, lief jetzt einen Meter vor mir, ohne sich auch nur einmal umzudrehen.

Auch wenn ihre Wut nur allzu verständlich war, hatte ich doch nicht gelogen und mich als Frau bezeichnet oder besonders weibliche Sprache verwendet. Sicherlich hatte ich mir das Missverständnis wohl zunutze gemacht, aber sie hätte auch einen Ton sagen können, bevor sie anfing, sich umzuziehen, dann hätte ich zumindest zu dem Zeitpunkt etwas unternehmen können …

Meine Gedanken wurden immer trotziger, während ich leicht verzweifelt dem Ende des Schals folgte. Mit einem Mal blieb sie abrupt stehen. Inzwischen hatten wir die halbe Kuppel umrundet.

Ich war ebenfalls stehen geblieben, als sie sich zu mir umdrehte.

Ihre blauen Augen starrten mich finster an. Wo sie zuvor noch katzenhaft gewirkt hatten, schienen sie jetzt eher so gefährlich wie die eines Panthers. Ihr kleiner Mund sog die Luft tief ein, und ich zuckte in Erwartung eines Donnerwetters zusammen, aber was sie ausstieß, war ein energischer Seufzer.

Das Mädchen ließ sich in eine Sitzecke neben sich fallen und wandte sich von mir ab. Schüchtern setzte ich mich ihr gegenüber hin.

Als ich zu dem Holo-Panel in der Mitte der Kuppel aufsah, hatte der Countdown bis zum Start die zehn Minuten unterschritten. Ich hatte keine Ahnung, was von jetzt an zu tun war. Ob ich vor dem Start der Runde wieder irgendwo anders hingehen musste oder noch weitere Formalitäten zu erledigen waren, ich wusste nicht einmal, ob man diese Informationen irgendwo nachlesen konnte.

Mit geducktem Kopf zappelte ich unruhig auf meinem Platz herum, bis sie mir erneut einen Blick zuwarf. Dann seufzte sie wieder tief.

»Ich werde dir das Nötigste erklären. Danach sind wir dann aber wirklich Gegner«, zischte sie leise, und ich lächelte unwillkürlich vor Erleichterung.

»Da... Danke.«

»Versteh das nicht falsch, ich habe dir nicht verziehen. Wenn dieser Countdown auf null fällt, werden alle Teilnehmer hier zusammen mit ihrem ersten Gegner automatisch in eine eigene Kampfarena teleportiert.«

»Hm, mhm.«

»Die Arenen sind quadratisch, jede Seite ist einen Kilometer lang. Gelände, Wetter und Tageszeit sind zufällig. Man startet mindestens fünfhundert Meter voneinander entfernt. Wenn der Kampf entschieden ist, wird der Gewinner hier in den Wartebereich und der Verlierer in die Eingangshalle oben teleportiert. Selbst wenn du verlierst, werden keine Ausrüstungsgegenstände zufällig gedroppt. Falls du gewinnst und dein nächster Gegner zu diesem Zeitpunkt schon mit seinem Kampf fertig ist, startest du sofort in die nächste Runde. Wenn derjenige noch nicht bereit ist, wartest du bis dahin. Im F-Block sind 64 Leute. Wenn du also fünfmal gewinnst, kommst du in die Endrunde und erhältst damit die Berechtigung, am Hauptturnier teilzunehmen. Mehr werde ich dir nicht erklären und auch keine Fragen beantworten.«

Trotz ihres schroffen Tonfalls hatte sie mir eine gewissenhafte Erklärung geliefert, sodass ich eine Vorstellung des groben Ablaufs des Qualifikationsturniers hatte. Ich bedankte mich erneut bei ihr: »Im Großen und Ganzen habe ich's verstanden. Danke.«

Daraufhin warf sie mir einen weiteren kurzen Blick zu und wandte sich dann gleich wieder ab. Ihre Lippen bewegten sich, und kaum hörbar sagte sie: »Komm bloß bis in die Endrunde. Wenn ich dir schon all diese Lektionen erteilt habe, bring ich dir auch noch die letzte bei.«

»Die letzte?«

»Den Geschmack der Kugel, die deine Niederlage bringt.«

Bei diesen Worten lächelte ich unwillkürlich. Kein sarkastisches oder gezwungenes Lächeln, sondern von Herzen. Ich hatte durchaus etwas übrig für Leute mit einer solchen Mentalität.

»Ich freu mich darauf. Aber meinst du, dass du es schaffen wirst?«

Sie schnaubte. »Wenn ich in der Vorrunde ausscheide, hör ich mit dem Spiel auf. Dieses Mal ...« Mir schien, als ob in ihren Augen ein himmelblaues Feuer leuchtete, als sie auf die vielen Feinde in der Kuppel starrte. »... werde ich sie alle töten.«

Ihre letzten Worte waren kaum mehr als ein Flüstern, und die minimalen Schwingungen hallten direkt in meinem Gehör. Ihre Lippen verzerrten sich zu einem Grinsen, das mich an das Zähnefletschen eines wilden Tiers erinnerte. Ein eisiger Schauer, wie ich ihn lange nicht gespürt hatte, kroch mir den Rücken herauf.

Natürlich ließ sie sich nicht von den Blicken der Männer einschüchtern. Schließlich war sie erheblich stärker als sie alle. Sie hatte das Können als VRMMO-Spielerin – aber auch die entsprechende mentale Stärke, die dem zugrunde lag.

Ich hielt den Atem an und schwieg. Sie warf mir einen Blick zu, und ihr Grinsen verschwand. Als würde sie über etwas nachdenken, ruhte ihr Blick für einen Moment auf mir, dann rief sie das Menüfenster auf, und mit ein paar Handgriffen tauchte zwischen ihren Fingern eine kleine Karte auf.

Das Mädchen ließ sie über den Tisch zu mir rutschen, und als ich sie auffing, sagte es: »Es wird das letzte Mal sein, dass wir uns so unterhalten, aber ich stell mich trotzdem mal vor. Das ist der Name derjenigen, die dich irgendwann zur Strecke bringen wird.«

Wortlos blickte ich auf die Karte. Darauf standen »Sinon« und ihr Geschlecht, das wie erwartet weiblich war.

»Sinon«, murmelte ich, und sie nickte mit federnden, türkisblauen Haaren. Ich stellte mich erneut vor: »Ich bin Kirito. Freut mich.«

Gewohnheitsmäßig streckte ich ihr über den Tisch meine Hand entgegen, doch das Mädchen mit dem Namen Sinon ignorierte sie, wie zu erwarten gewesen war, und zeigte mir wieder die kalte Schulter. Ich lächelte gequält und ließ die Hand sinken.

Danach verfiel Sinon in Schweigen.

Der Monitor unter der Kuppeldecke zeigte immer noch fünf Minuten bis zum Start an. Ich war unschlüssig, ob ich einfach still und einsam sitzen bleiben oder noch einmal das Gespräch suchen sollte. Doch noch bevor ich zu einem Entschluss kam, vernahm ich das Geräusch von sich nähernden Schritten.

Als ich aufblickte, sah ich einen großen, männlichen Spieler mit silbergrauen Haaren, die ihm in die Stirn fielen, direkt auf unseren Tisch zukommen.

Er trug ein Outfit mit einfachem dunkel- und hellgrauem Tarnmuster. Über der Schulter hing ein recht großkalibriges, automatisches Gewehr – vermutlich keine Maschinenpistole, sondern ein Sturmgewehr. Sein spitzes Gesicht passte zu dem schlanken Körper. Er trug nur die nötigste Schutzkleidung, was den Eindruck vermittelte, dass er auf dem Schlachtfeld wohl sehr wendig war. Er wirkte mehr wie das Mitglied einer Sondereinheit als wie ein kampferprobter Soldat.

Da ich nur still in der Dunkelheit saß, würdigte er mich keines Blickes. Er sah direkt zu Sinon und lächelte. Sofort nahm sein spitzes Gesicht weichere Züge an, und ich blinzelte überrascht.

»Hey, du bist spät dran, Sinon. Ich habe mir schon Sorgen gemacht, ob du es noch rechtzeitig schaffst«, sagte er in einem übermäßig freundlichen Tonfall.

Ich zog den Kopf ein und erwartete, dass Sinon ihn mit ein paar Wortsalven abschmettern würde. Doch überraschenderweise schmolz der eiskalte Schleier, der sie umhüllt hatte, und obendrein lächelte sie ihn auch noch an.

»Hallo, Spiegel. Ich bin von einer unvorhergesehenen Sache etwas aufgehalten worden. Aber warte mal ... hattest du nicht gesagt, dass du nicht teilnimmst?«

Darauf reagierte Spiegel mit einem verlegenen Lächeln und strich sich mit der rechten Hand übers Haar.

»Na ja, ich wollte dich anfeuern kommen, ich hoffe, das ist okay für dich. Die Wettkämpfe werden auf den großen Bildschirmen hier übertragen.«

Die beiden waren allem Anschein nach Freunde oder kannten sich möglicherweise aus einer Gilde. Sinon rutschte zur Seite, und Spiegel setzte sich wie selbstverständlich neben sie.

»Aber was ist dir denn dazwischengekommen?«

»Ach ... ich habe nur jemandem den Weg hierher gezeigt ...«, antwortete Sinon und warf mir flüchtig einen kühlen Blick zu. Ich richtete mich wieder auf und grüßte Spiegel, der mich erst jetzt bemerkt zu haben schien: »Hallo, ich bin dieser Jemand.«

»Oh ... hallo, freut mich. Ähm ... bist du eine Freundin von Sinon?«

Spiegel hatte eine gewisse Ausstrahlung, aber entgegen seiner scharfen Gesichtszüge hatte er offenbar gute Manieren. Auch er fasste mein Geschlecht falsch auf.

Während ich mir noch eine lustige Antwort überlegte, stieß Sinon verächtlich hervor: »Lass dich nicht reinlegen, das ist ein Kerl.«

»Was?!«

Spiegels Augen wurden groß. Gezwungenermaßen stellte ich mich ganz normal vor: »Ja, ich heiße Kirito. Ich bin ein Kerl.«

»Ein Kerl ... Äh, aber das heißt ja, also ...«

Mit verwirrter Miene sah Spiegel zwischen uns hin und her. Anscheinend konnte er nicht begreifen, dass Sinon mit einem anderen männlichen Spieler unterwegs gewesen war.

Ich fühlte mich zu einem kleinen Streich aufgelegt und beschloss, seine Verwirrung noch etwas mehr zu befeuern. »Ach, Sinon hat sich einfach rührend um mich gekümmert, in vielerlei Hinsicht.«

Sofort durchbohrten mich Sinons Blicke wie blaue Laser, und sie zischte in schroffem Tonfall: »Hey ... Schluss damit, ich habe mich überhaupt nicht um dich gekümmert. Und wann habe ich dir eigentlich erlaubt, mich Sinon zu nennen ...«

»Nun sei doch nicht wieder so abweisend.«

»Was heißt hier abweisend, wir kennen uns überhaupt nicht.«

»Wie jetzt, obwohl du mir sogar bei der Zusammenstellung meiner Ausrüstung geholfen hast?«

»D... Das war nur, weil du ...«

An dieser Stelle wurde unser Wortwechsel unterbrochen.

Die BGM, die in gedämpfter Lautstärke in der Kuppel spielte, wurde ausgeblendet, und stattdessen ertönte ein wildes E-Gitarren-Riff. Danach hallte eine liebliche Stimme über die Köpfe der Hunderten von Leuten: »Bitte entschuldigen Sie die lange Wartezeit. Das Qualifikationsturnier für das dritte Bullet of Bullets wird nun beginnen. Nach Ablauf des Countdowns werden alle registrierten Spieler automatisch in das Gebiet für den ersten Kampf teleportiert. Wir wünschen Ihnen viel Glück.«

In der Kuppel brachen ohrenbetäubender Applaus und Jubel aus. Das *Rattattat* von automatischen Waffen und das schrille Pfeifen von Lasern mischten sich dazu, und ihre bunten Lichter schossen zur Decke empor wie ein Feuerwerk.

Mitten in diesem Tumult stand Sinon abrupt auf und zeigte mit dem Finger auf mich.

»Sieh zu, dass du's in die Endrunde schaffst. Dann werde ich dir den Schädel wegblasen.«

Auch ich erhob mich und erwiderte grinsend: »Na, wenn du mich schon zu einem Date einlädst, muss ich ja wohl dort auftauchen, was?«

»Du ... Du ...«

Der laufende Countdown der letzten zwanzig Sekunden näherte sich der Null, als ich Sinon winkte und mich dann nach vorn wandte, um mich für den Teleport bereit zu machen. Mein Blick traf auf Spiegel, der mich unverwandt anstarrte.

In seinen kalten Augen erkannte ich deutlich Wachsamkeit und Feindseligkeit, und kurz dachte ich, dass ich es wohl etwas übertrieben hatte.

In diesem Augenblick wurde mein Körper von einer Säule aus blauem Licht umgeben, das allmählich mein gesamtes Blickfeld einnahm.

Ich wurde auf eine sechseckige Plattform teleportiert, die mitten in der Dunkelheit schwebte.

Vor mir befand sich ein blassrotes Holo-Fenster, in dem oben in großen Lettern »Kirito vs. Uemaru« angezeigt wurde. Anders als in *SAO*, wo für den Namen nur das westliche Alphabet verwendet werden durfte, waren in *GGO* offensichtlich auch japanische Zeichen erlaubt, denn sein Name war in Kanji geschrieben. Ich vermutete, dass sein Name Uemaru gelesen wurde, doch natürlich war er mir vollkommen unbekannt. Im unteren Teil des Fensters stand: »Vorbereitungszeit: Noch 58 Sekunden. Gebiet: Verlorener Tempel«.

Wahrscheinlich wurde einem eine Minute Zeit gegeben, um die geeignete Ausrüstung für das angezeigte Gebiet anzulegen. Doch für mich war das mehr oder weniger bedeutungslos, da ich weder Ersatzausrüstung noch Kenntnisse der Map hatte. Mit der rechten Hand rief ich das Menü auf. Aus der Waffenspalte des Inventars, das dem in *ALO* sehr ähnlich war, rüstete ich mein Lichtschwert »Kagemitsu G4« als Hauptwaffe und die »Five-Seven« als Zweitwaffe aus. Schnell überprüfte ich noch, ob ich auch nicht vergessen hatte, meine Rüstung anzulegen, dann schloss ich das Fenster.

Während ich darauf wartete, dass die digitalen Zahlen die Restzeit langsam herunterzählten, dachte ich geistesabwesend über eine irrwitzige Möglichkeit nach.

Dieses grausame Grinsen, das ich für einen Moment bei Sinon gesehen hatte. Diese geballte Mordlust, wie eine Gewehrkugel, die jeden Schild und jede Rüstung durchschlug.

Wie Telepathie hallte ihre Stimme durch mein Gedächtnis.

Ich werde sie alle töten, hatte sie gesagt. Ihre Worte waren unverblümt gewesen, gewissermaßen auch kindisch, dennoch hatte ich in diesem Moment ein Schaudern gespürt wie schon unzählige Male zuvor während meiner Zeit in *SAO*.

Es war, als ob ihr ganzer kleiner Körper ihren wahren Willen ausstrahlte, der jedes Rollenspiel im Game überstieg.

In der virtuellen Welt, die von elektronischen Signalen erschaffen wurde, war ich bisher kaum einem Spieler begegnet, bei dem ich eine derartige Willenskraft gefühlt hatte. Bei den weiblichen Spielern fiel mir offen gesagt niemand ein außer Asuna, wenn sie Ernst machte. Nein – selbst Asuna, der Blitz, davor auch bekannt als die »Verrückte Fechterin«, hatte nie einen derart verbissenen Eindruck gemacht.

Konnte es möglich sein? Konnte dieses Mädchen mit den türkisblauen Haaren der von mir gesuchte Death Gun sein?

Das unangenehm metallische Kreischen von Death Guns Stimme in der Audiodatei, die mir Kikuoka vorgespielt hatte, war vollkommen anders als Sinons klare Stimme. Doch schließlich war *GGO* im Gegensatz zu *SAO* auch ein gewöhnliches Spiel. Hier konnte ein einziger Spieler selbstverständlich auch mehrere Charaktere haben und bei jedem Log-in einen anderen verwenden.

Zudem war Sinon, ihrer eigenen Aussage nach zu urteilen, felsenfest davon überzeugt, in das Hauptturnier von Bullet of Bullets vorzurücken. Wenn meine Prognose korrekt war, dass Death Gun in diesem Turnier auftauchen würde, war die Zahl der Verdächtigen also auf dreißig Personen eingeschränkt. Und Sinon war eine davon.

Ich musste diese Möglichkeit vollständigkeitshalber zumindest in Erwägung ziehen. Als sie mich in den Shop geführt und mir alles so freundlich erklärt hatte, hatte ich bei ihr keinerlei Mordlust gespürt. Ganz im Gegenteil, sie hatte auf mich eher irgendwie traurig und einsam gewirkt.

Welche von ihnen war nun die wahre Sinon?

Ich kann mir hier noch so sehr den Kopf zerbrechen und werde doch zu keinem Ergebnis kommen. Wenn wir unsere Schwerter kreuzen, nein, aufeinander schießen, wird es mir bestimmt klar werden.

Mit dem Gedanken hob ich den Blick, gerade als die Zeitanzeige auf null fiel. Ein weiterer Teleport-Effekt umfing meinen Körper.

Dieses Mal wurde ich unter einen trüben Abendhimmel befördert.

Ein starker Wind pfiff. Über den Himmel zogen zerrissene gelbe Wolken, und das welke Gras unter meinen Füßen wogte heftig.

Gleich neben mir ragten imposante Säulen im ionischen oder korinthischen Baustil auf, die sich im Abstand von etwa drei Metern an drei Seiten um einen viereckigen Platz reihten. Manche waren an der Spitze verwittert, andere ganz eingestürzt. Es war der Inbegriff eines Tempels, der vor langer Zeit zu einer Ruine zerfallen war.

Ich stellte mich dicht an eine der Säulen und sah mich schnell in der Umgebung um.

Eine ausgeblichene Graslandschaft erstreckte sich rundum in sanften Wogen, so weit das Auge reichte, und weit hinter den flachen Hügeln lagen vereinzelt weitere Ruinen ähnlich der, in der ich gerade stand. Sinons Erklärung zufolge war die Map an jeder Seite einen Kilometer lang, doch der Horizont schien Dutzende Kilometer entfernt zu sein. Vermutlich waren Flüsse oder Klippen so konfiguriert worden, dass der Bewegungsradius auf die Map beschränkt war.

Ich erinnerte mich an ein weiteres Detail, das sie mir erklärt hatte. Die Gegner spawnten mindestens 500 Meter voneinander entfernt auf der Map, doch in meinem Blickfeld war niemand zu sehen. Vermutlich versteckte sich mein Gegner genau wie ich in irgendeiner Ruine. Es gab keinen Cursor oder Ähnliches, der mir die Position des Feindes verraten hätte, daher blieb mir nichts anderes übrig, als mit der Suche nach ihm zu beginnen.

Ich hätte auch versteckt bleiben und darauf warten können, dass mein Gegner die Geduld verlor und aktiv wurde, sodass ich ihn entdecken könnte, doch »Warten« ging gegen meine Natur. Ich überlegte, dass ich seine Position schneller herausfinden würde, wenn ich zur nächsten Ruine sprintete und es riskierte, dabei angegriffen zu werden. Ich tastete nach der Five-Seven an meiner Hüfte.

Da ließ ein besonders starker Windstoß die Grasfläche um mich herum heftig wogen. Gerade als die Bö vorüber war und sich das Gras wieder aufrichtete, geschah es.

Nur zwanzig Meter vor mir erhob sich plötzlich lautlos eine Gestalt aus dem Gras. Mein Gegner hielt sein Sturmgewehr schon im Anschlag. Der braune Backenbart, der sich an das Verschlussgehäuse schmiegte, die Panzerbrille, die seine obere Gesichtshälfte verdeckte, und der Helm mit dem Kunstgras brannten sich mir in die Netzhäute. Da ich und mein Gegner die einzigen Spieler in diesem Gebiet waren, war das mit Gewissheit »Uemaru«.

Ich hatte keine Ahnung, wann er sich mir so weit genähert hatte. Das lag zum Teil ganz eindeutig an der Tarnkleidung, die Uemaru trug. Sie hatte exakt die gleiche Khaki-Farbe wie das Gras um uns herum, mit einem feinen Muster aus Längsstreifen. Ich begriff, dass zumindest einer von uns die sechzig Sekunden Vorbereitungszeit effektiv genutzt hatte.

Aus dem schwarzen Gewehr an der Schulter meines Gegners schossen Dutzende rote Linien – »Bullet Lines« – und durchbohrten mich und die Umgebung um mich herum.

»Uah!«, rief ich unwillkürlich und sprang dabei mit ganzer Kraft hoch, dorthin wo die Bullet Lines weniger dicht waren.

Unmittelbar darauf ertönte das schnelle *Rattattat!* seines Gewehrs, und ich fühlte nacheinander zwei Einschläge an meinem linken Unterschenkel. Die HP-Leiste links oben in meinem Blickfeld fiel um zehn Prozent. Es waren einfach zu viele Kugeln gewesen, um ihnen allen ausweichen zu können. Zu spät erinnerte ich mich an Sinons Warnung vor vollautomatischem Feuer.

Ich machte einen Salto in der Luft und landete auf der halb zerbrochenen Säule hinter mir. Ich musste das Feuer unverzüglich erwidern, also zog ich die Five-Seven aus dem Holster an meiner Hüfte.

Doch mein Gegner schien mir gar nicht erst die Gelegenheit geben zu wollen, damit in Stellung zu gehen. Abermals trafen etliche Bullet Lines auf meinen Körper.

»Waaah!«

Mit einem jämmerlichen Schrei fiel ich hinter die Säule. Eine weitere Kugel streifte meinen linken Arm und verringerte erbarmungslos meine HP weiter.

Der Großteil des Kugelregens traf die Steinsäule und ließ mit splitternden Geräuschen kleine Bruchstücke umherfliegen. Ich machte mich so klein wie möglich und duckte mich hinter die Säule.

Du meine Güte, das ist wirklich was anderes als Schwertkämpfe!

Die Angriffe von dem NPC-Revolverhelden in dem Ausweich-Spiel waren in Intervallen mit höchstens sechs Schuss pro Salve gekommen, und ihnen auszuweichen, hatte meine gesamte Konzentrationsfähigkeit erfordert. Aber das hier ... Bei einem Angriff mit sicher über zehn Schüssen pro Sekunde war ich mit meinem Latein am Ende.

Wenn ich Uemarus Bart mit meinem Kagemitsu absäbeln wollte, würde ich irgendwie direkt an ihn herankommen müssen. Doch noch bevor ich dort ankommen würde, hätte er mich längst durchlöchert und meine HP unweigerlich ausradiert.

Wenn es unmöglich war, vollständig auszuweichen, blieb mir also nichts anderes übrig, als die Kugeln irgendwie abzuwehren. Unglücklicherweise gab es in dieser Welt zwar Schutzschilde, die den Schaden durch Laser verringerten, doch keine magischen Schilde, die vor scharfer Munition schützten. In *SAO* hatte es zumindest einen Parier-Skill gegeben, mit dem ich mein Schwert als Schild benutzen konnte.

Ich legte meine Hand auf das Lichtschwert, das immer noch mit dem Karabiner an meinem Gürtel befestigt war. Wenn ich doch wenigstens ein paar Kugeln mit diesem

Schwert abwehren könnte. Es sollte nicht unmöglich sein, immerhin wehrten die Helden in diesen bekannten alten Science-Fiction-Filmen ständig Schüsse mit ihren Lichtschwertern ab. In einem Spiel einer amerikanischen Firma würde man diese Szenen sicher nachstellen können. Aber um dieses Kunststück zu vollbringen, müsste ich die Schussbahnen der heranfliegenden Patronen präzise vorhersehen ...

Nein, warte ...

Es war möglich. Es sollte möglich sein. Die Bullet Lines verrieten mir doch exakt die Schussbahnen der Kugeln.

Ich schluckte schwer und zog das Lichtschwert mit einem Ruck vom Gürtel.

Die Schüsse hatten für einen Moment gestoppt. Wahrscheinlich verbarg sich Uemaru wieder im Gras, um sich rechts- oder linksherum an mich anzuschleichen.

Ich schloss die Augen und konzentrierte mich ganz auf mein Gehör.

Der Wind blies unverändert kräftig. Ich verdrängte den ohrenbetäubenden Soundeffekt aus meinem Bewusstsein. Dann konzentrierte ich mich allein auf das Rascheln des wogenden Grases und suchte nach einer Unregelmäßigkeit in dem rhythmischen Soundschema.

Diese Technik war nur im virtuellen Raum möglich, wo die unterschiedlichen Geräuschkomponenten deutlich voneinander getrennt waren, und hatte mir als systemunabhängiger Skill schon in *SAO*-Zeiten gute Dienste geleistet. Ohne diese Technik hätte ich damals niemals das S-Klasse-Monster »Ragout Rabbit« erlegen können.

Wie ich's mir dachte ...

Ich nahm eine Geräuschquelle links hinter mir wahr, die sich langsam von sieben Uhr Richtung neun Uhr bewegte. Zwei, drei Sekunden lang bewegte sie sich vorwärts und stoppte dann, wie um auf meine Reaktion zu warten.

Wieder setzte sich mein Gegner in Bewegung, stoppte und rückte weiter vor.

»Und … los!«, schrie ich in diesem Moment, sprang auf und sprintete mit voller Kraft direkt zu der Position, wo er sich versteckt hielt.

Uemaru hatte wohl kaum erwartet, dass ich geradeaus auf ihn zurennen würde, während er durchs Gras kroch. Er erhob sich aus dem vertrockneten Gras, doch bis er sein Gewehr kniend in Anschlag gebracht hatte, waren anderthalb Sekunden vergangen.

Bis dahin hatte ich schon gut die Hälfte der Entfernung zwischen uns zurückgelegt. Im Lauf legte ich mit dem Daumen den Schalter meines Photonenschwerts um. Mit einem vibrierenden *Zwumm* wuchs die blauviolett leuchtende Klinge aus dem Griff.

Ein drittes Mal schossen Dutzende Bullet Lines aus Uemarus Sturmgewehr.

Bis jetzt war ich nur reflexartig in Deckung gegangen, doch dieses Mal richtete ich meinen Blick eisern nach vorn. Während ich das prickelnde Angstgefühl in meinem Nacken ignorierte, erkannte ich, dass die dünnen roten Linien nicht alle zeitgleich auftauchten, sondern mit einer leichten zeitlichen Verzögerung. Mit anderen Worten, diese Verzögerung zeigte die Reihenfolge der Kugeln an, die von seinem Gewehr abgefeuert werden würden.

Insgesamt erfassten sechs Bullet Lines meinen Körper, der beträchtlich zierlicher war als meine wirkliche Statur.

Die restlichen Linien gingen knapp an mir vorbei. Wenn man bedachte, dass ich mich in nächster Nähe zu ihm befand, hatte das Gewehr – oder auch der Schütze selbst – eine überraschend niedrige Zielgenauigkeit.

Die Anspannung, die in meinem ersten PvP-Gefecht seit Langem in mir aufkam, signalisierte mir, dass auch ich nun in den Kampfmodus wechselte. Das altbekannte Gefühl der Beschleunigung überkam mich – die Ränder meines Blickfelds verzerrten sich strahlenförmig, während die Silhouette der Zielperson schärfer wurde. Während sich die Zeit um mich herum allmählich zu verlangsamen schien, arbeitete mein Bewusstsein auf Hochtouren.

Die Mündung des feindlichen Gewehrs leuchtete orange auf.

Im gleichen Moment parierte die Klinge meines Lichtschwerts die ersten beiden Kugeln der sechs, die auf meinen Körper gezielt hatten.

Zipp, switsch! Leuchtend orange Funken prallten von der Lichtklinge ab. Als ich das wahrnahm, war mein Arm schon wie der Blitz vorgeschnellt und hatte die dritte und vierte Kugel mit dem Photonenschwert abgewehrt. Erneut fühlte ich die Wucht, mit der die Kugeln von der verdichteten Energie abprallten.

Es brauchte einiges an Willenskraft, weiter voranzustürmen und dabei die restlichen, verirrten Kugeln zu ignorieren, die mir um die Ohren pfiffen, doch ich biss die Zähne zusammen und schwang wieder mein Schwert.

Die fünfte ... und schließlich die sechste Kugel! Nachdem es mir tatsächlich gelungen war, alle Treffer mit meinem Schwert abzuwehren, spurtete ich das letzte Stück ohne Unterbrechung in voller Geschwindigkeit.

»D… Das darf doch nicht wahr sein!«, hörte ich Uemaru fassungslos rufen, während ihm der bärtige Unterkiefer herunterklappte. Dennoch stoppte er nicht. Mit einer routinierten Bewegung stieß er das leere Magazin aus, zog gleichzeitig ein Reservemagazin von seinem Gürtel und wollte es ins Gewehr schieben.

Um ihn daran zu hindern, richtete ich die Five-Seven in meiner linken Hand auf den Mann. Sobald mein Finger den Abzug berührte, tauchte zu meiner Überraschung auf der Mitte seiner Brust ein blassgrüner Kreis auf, doch dessen ungeachtet drückte ich fünf-, sechsmal hintereinander ab.

Ein unerwartet leichter Rückstoß breitete sich über meinen Ellbogen bis in die Schulter aus. Zwei der Schüsse trafen Uemaru innerhalb des halb transparenten Kreises an Schulter und Rippen. Die übrigen Kugeln verschwanden irgendwo hinter ihm im Gras. Doch die beiden Treffer hatten offenbar seine Schutzrüstung durchschlagen und Schaden verursacht. Seine HP-Leiste fiel um fast ein Zehntel. Uemaru schwankte und blieb für einen kurzen Augenblick bewegungslos.

Das war genug Zeit für mich.

Sobald ich in Reichweite war, drehte ich mich leicht nach rechts und sprang so kräftig ab, als wollte ich den virtuellen Erdboden durchbrechen. Gleichzeitig hieb ich mein Schwert mit der ganzen ungebremsten Wucht meines Sprints frontal in die Brust meines Feindes, ein Angriff, der in *SAO* »Vorpal Strike« genannt wurde.

Mit einem Brummen wie von einem Düsenmotor durchbohrte ihn die Lichtklinge widerstandslos. Für einen Moment spürte ich, wie ein Sturm aus Energie im Körper meines Gegners wütete.

Unmittelbar darauf brach aus meiner rechten Hand ein gewaltiger Kegel aus Licht und Sound hervor und sein Körper zerschmetterte in unzählige Polygonsplitter, die sich in der Luft zerstreuten.

Während ich noch das dumpfe Echo des Kampfes am ganzen Körper spürte, richtete ich mich langsam auf.

Ich schwang mein summendes Lichtschwert zu beiden Seiten und wollte es auf meinem Rücken verstauen, schaltete es dann aber hastig aus.

Ich hängte es wieder an den Sicherungsring an meinem Gürtel und steckte die Pistole in ihr Holster. Erst dann stieß ich den angehaltenen Atem aus. Als ich zum Abendhimmel aufsah, tauchte vor den tief hängenden Wolken eine Meldung auf, die mich zu meinem Sieg beglückwünschte.

Den ersten Kampf hatte ich irgendwie gewonnen. Dass ich die Kugeln mit meinem Lichtschwert abwehren konnte, war eine durchaus positive Erkenntnis. Aber für diesen Schwerttrick benötigte ich immens viel Konzentration, und meine Nerven knisterten und rauchten jetzt schon.

Und von diesen harten Kämpfen würden noch vier weitere folgen …

Ich ließ die Schultern hängen, als das blaue Licht des Teleport-Effekts meinen Körper umhüllte. Das einsame Heulen des Windes entfernte sich allmählich. Als an dessen Stelle das geschäftige Lärmen einer Menschenmenge trat, war ich schon wieder zurück im Wartebereich.

Offenbar war ich sogar an der gleichen Stelle in der Nähe der Sitzecke wie vor meiner Teleportation. Ich blickte mich unruhig um, doch Sinon und Spiegel waren nicht zu sehen.

Sinon mochte sich gerade im Kampf befinden, doch wo war dieser Spiegel, dessen Beziehung zu Sinon mich irgendwie beschäftigte? Ich ließ meinen Blick über die Umgebung schweifen und entdeckte nahe der Kuppelmitte eine Gestalt in dem bekannten Camo-Muster. Er schien meine Rückkehr nicht bemerkt zu haben, denn er sah aufmerksam zu den Monitoren unter der Decke hoch.

Ich folgte seinem Blick zu den riesigen Monitoren, die vor dem Start der Qualifikation nichts als einen nüchternen Countdown angezeigt hatten, doch jetzt zeigten sie das Geschehen auf einer Vielzahl von Schlachtfeldern. In Wüsten, Urwäldern oder auch Ruinen knallten sich gegenseitig Spieler ab mit ihren Pistolen, Maschinenpistolen und Gewehren, und all das wurde aus spannenden Kamerawinkeln wie in einem Actionfilm erfasst.

Vermutlich wurden aus den zahlreichen gleichzeitig abgehaltenen Wettkämpfen nur die Szenen mit Schusswechseln übertragen. Jedes Mal, wenn ein Spieler getroffen wurde und sich auflöste, brach die Menge in der Kuppel in Begeisterungsstürme aus.

Ich fragte mich, ob einer der Monitore Sinons Wettkampf zeigte, und trat ein paar Schritte vor. Ich sah sie der Reihe nach durch, aber die Kameraführung war so hektisch, dass ich sie nicht entdecken konnte. Ich konzentrierte mich ganz darauf, ihren türkisblauen Haarschopf zu entdecken.

Daher blieb mir vor Schreck fast das Herz stehen, als ich plötzlich dicht an meinem rechten Ohr jemanden hörte. Die leise Stimme hatte einen heiseren, aber auch metallischen Klang und schien direkt in meinem Gehörsinn widerzuhallen.

»Bist du. Der Echte?«

»Wa...?!«

Reflexartig sprang ich zurück und wirbelte herum. *Ein Ghost*, dachte ich für einen Augenblick.

Natürlich meinte ich damit nicht einen echten Geist, sondern die Mobs aus der Ghost-Klasse, die des Nachts in den alten Schlossruinen auf der 65. Ebene von Aincrad ihr Unwesen getrieben hatten.

Sie waren ganz in dunkelgraue, zerschlissene Umhänge gehüllt, und unter ihren tief heruntergezogenen Kapuzen war pechschwarze Dunkelheit, in der schwach zwei rote Augen leuchteten.

Im dämmrigen Licht in der Wartehalle hatte diese Person vor mir oder zumindest ihr Aufzug auffallende Ähnlichkeit mit den Geistermonstern aus *SAO*. Daher wich ich instinktiv zurück und hätte fast mein Schwert gezogen. Ich konnte den Impuls nicht ganz unterdrücken, und meine Hand zuckte kurz.

Ich keuchte leise und sah auf seine Füße. Unter dem Saum seines abgewetzten Umhangs lugten leicht verschmutzte Stiefelspitzen hervor.

Dies war kein Geist, es war ein Spieler. Nachdem ich das Offensichtliche festgestellt hatte, ließ ich meinen angehaltenen Atem wieder entweichen.

Genauer betrachtet waren seine roten Augen auch nicht glühende Höllenfeuer, sondern nur die glänzenden Linsen der schwarzen Schutzbrille, die sein ganzes Gesicht bedeckte. Etwas verärgert über meine laienhafte Reaktion sowie über seinen Mangel an Umgangsformen, mich unvermittelt aus nächster Nähe so anzusprechen, fragte ich barsch zurück: »Der Echte ...? Was soll das bedeuten? Wer bist du überhaupt?«

Aber der Spieler im aschgrauen Umhang stellte sich nicht vor, sondern näherte sich mir wieder. Diesmal wich ich nicht zurück und erwiderte seinen kalten Blick aus nur zwanzig Zentimetern Entfernung.

Wieder tönte seine abgehackte, unangenehme Stimme, die offensichtlich mit einer Art Stimmenverzerrer belegt war: »Ich habe. Deinen Kampf gesehen. Du hast. Ein Schwert benutzt.«

»Äh … ja. Das ist nicht gegen die Regeln«, gab ich zurück, und das AmuSphere gab allzu wahrheitsgetreu meine Anspannung wieder und ließ meine Stimme heiser klingen. Als hätte er mich durchschaut, näherte sich die Person im grauen Umhang noch ein paar Zentimeter.

Der nächste Satz war nur mehr ein Flüstern, so leise, dass ich es selbst aus dieser Nähe nur mit größter Konzentration verstehen konnte: »Ich frage dich. Noch einmal. Bist du. Der Echte?«

Noch bevor ich die Bedeutung seiner Frage begriff, traf mich eine intuitive Erkenntnis wie der Blitz, und ich stand wie versteinert da.

Ich kenne ihn!

Kein Zweifel. Ich hatte ihn schon einmal irgendwo getroffen. Wir hatten uns gegenseitig ins Gesicht gesehen und miteinander gesprochen.

Aber wo? In *GGO* hatte ich seit meinem Log-in nur mit drei Menschen geredet: dem Avatar-Käufer neben dem Spawnpunkt, Sinon, die mir mit den Einkäufen und der Registrierung für das Turnier geholfen hatte, und ihrem Freund Spiegel. Also war es nicht in dieser Welt gewesen.

Dann in *ALO*? Waren wir uns in Alfheim mit anderen Avataren begegnet? Fieberhaft durchsuchte ich meine Erinnerung, ob einer meiner Bekannten dort eine ähnliche Sprechweise und Ausstrahlung hatte. Doch mir fiel niemand ein. Ich konnte mich nicht erinnern, schon mal jemandem begegnet zu sein, der eine solche Kälte verströmte, dass mir seine bloße Anwesenheit solch eine Gänsehaut bereitete.

Wo war es gewesen, wo war ich ihm begegnet …?

Da wogte der abgewetzte Umhang, und ein dünner Arm streckte sich heraus. Ich wäre fast wieder zurückgesprungen, aber seine Hand in dem ebenso abgewetzten Handschuh war leer.

Diese Hand rief ein Menü auf, sodass ich es sehen konnte, und bediente es mit trägen Bewegungen. Dort wurde die Aufteilung der Qualifikationsrunden für das dritte BoB in sechs Blöcken angezeigt.

Sein drahtiger Finger tippte auf den F-Block und vergrößerte den Ausschnitt. Noch einmal tippte er darauf und zoomte in die Mitte des Blocks.

Mein Blick wurde auf den Punkt gelenkt, auf den er deutete.

Dort standen zwei Namen nebeneinander.

Links »Uemaru« und rechts daneben »Kirito«. Vom rechten Namen führte eine schwach leuchtende Linie nach oben. Es war demnach bereits bekannt gemacht worden, dass ich Uemaru besiegt hatte und eine Runde vorgerückt war.

Der Finger bewegte sich leicht und strich über den Namen »Kirito«. Wieder diese Stimme.

»Dieser Name. Diese Schwerttechnik … Bist du. Der Echte?«

In diesem Moment ereilte mich der dritte und größte Schock.

Meine Knie zitterten und hätten beinahe nachgegeben, doch ich beherrschte mich mühevoll.

Dieser Spieler im grauen Umhang wusste es!

Er kannte den Ursprung des Namens Kirito. Und den Sword Skill, mit dem ich Uemaru besiegt hatte. Er kannte beides.

Was bedeuten musste ... dass ich diesen Spieler nicht in *GGO* oder *ALO* getroffen hatte.

SAO. Sword Art Online. Irgendwo in der schwebenden Festung Aincrad, der Bühne des Spiels auf Leben und Tod, musste ich ihm begegnet sein.

Der Avatar, der unter dem Umhang verborgen war ... nein, der Spieler, der durch das AmuSphere auf seinem Kopf direkt mit dem Avatar verbunden war, war ein Überlebender von *SAO* wie ich.

Mein Herzschlag dröhnte wie eine Sturmglocke. Wären wir nicht in der düsteren Kuppel gewesen, hätte jeder sehen können, dass das Gesicht meines Avatars kreidebleich wurde.

Beruhig dich. Jetzt beruhig dich schon, sagte ich mir immer wieder.

Ich war also einem anderen Überlebenden von *SAO* begegnet, aber das war kein Grund, in Panik zu verfallen. Mein Name war recht weit verbreitet gewesen durch einen Artikel über meinen Extra-Skill »Dualschwerter« kurz vor Aincrads Zusammenbruch und auch durch mein öffentliches Duell gegen Heathcliff, den Kommandanten der Ritter des Blutschwurs. Und der »Vorpal Strike«, den ich vorhin gegen Uemaru eingesetzt hatte, war einer der Hauptskills aus der Einhandschwert-Kategorie. Jeder Spieler, der in Aincrad einen höheren Level erreicht hatte, konnte eins und eins zusammenzählen, wenn er die Aufnahmen des vorigen

Wettkampfs und die Spielernamen in der Turnieraufstellung sah, und daraus schlussfolgern, dass ich »Kirito« aus der Raid-Gruppe in *SAO* war. Wenn ich hier einen Bekannten von damals entdeckt hätte, hätte ich ihn vermutlich um der alten Zeiten willen auch angesprochen.

Daher gab es keinen Grund, sich zu fürchten. Es sollte keinen geben.

Aber warum fühlte ich mich dann so ...

In diesem Augenblick fiel mein Blick auf den dünnen Arm, der das Fenster mit der Turnieraufstellung wieder geschlossen hatte und sich unter den Umhang zurückzog.

Durch einen winzigen Spalt an der Innenseite seines Unterarms knapp über dem Handschuh, der mehr aussah wie zerschlissene Bandagen, blitzte bleiche Haut.

Und in diese Haut war ein verstecktes Tattoo gestochen, etwa fünf Zentimeter groß.

Es war das karikaturartige Motiv eines Sargs im westlichen Stil. Ein unheimliches Gesicht grinste auf dem Deckel, der ein kleines Stück aufgeschoben war. Aus der Dunkelheit im Inneren streckte sich ein weißer Skelettarm, der den Betrachter heranwinkte. Der Mann, der in der anderen Welt versucht hatte, mich mit Gift zu lähmen und dann zu töten, hatte exakt das gleiche Motiv an seinem Arm getragen.

Das Emblem eines lachenden Sargs.

Es grenzte an ein Wunder, dass es mir gelang, bei dieser Erkenntnis nicht augenblicklich loszuschreien, zusammenzubrechen oder wegen abnormer Hirnströme zwangsausgeloggt zu werden.

Ich blieb an Ort und Stelle stehen und zeigte keine Reaktion. Der Spieler im abgewetzten Umhang starrte mich durch seine roten Linsen an und raunte: »Verstehst du. Den Sinn. Der Frage nicht?«

Ich schüttelte langsam und mit Bedacht den Kopf meines Avatars. »Richtig, ich versteh's nicht. Was soll das heißen, der Echte?«

Der Spieler im grauen Umhang trat geräuschlos einen Schritt zurück. Sein rot leuchtender Blick flackerte, als würde er blinzeln.

Nach ein paar schier endlosen Sekunden sprach er mit einer noch roboterhafteren Stimme: »Wenn das. So ist ... Ob du nun. Ein Schwindler ... Oder der Echte. Bist ...«, er wandte sich um, bevor er den Satz beendete, »Ich werde. Dich töten.«

Diese Worte schienen mir nicht wie bloßes Rollenspiel.

Ohne einen Laut entfernte sich der abgewetzte Umhang, als sei er tatsächlich ein echter Geist – und war dann plötzlich verschwunden.

Es gab nicht ein Anzeichen in der Umgebung, dass vor wenigen Sekunden noch ein Spieler dort gewesen war.

Nun schwankte ich tatsächlich, hielt mich gerade noch auf den Beinen und taumelte zu der nächsten Sitzecke, wo ich niedersank. Ich umschlang meine dünnen Beine mit den Armen und presste meine Stirn auf die Knie.

Hinter meinen geschlossenen Lidern sah ich das kleine Tattoo, das sich mir eingebrannt hatte. Ich hatte es nur für einen Sekundenbruchteil gesehen, aber doch klar und deutlich erkannt.

Der lachende Sarg. In Aincrad hatte es nur eine einzige Gruppe gegeben, die dieses Emblem verwendet hatte.

Die rote Gilde »Laughing Coffin«.

In den zwei Jahren in *SAO* tauchten schon vergleichsweise früh sogenannte »Orange Player« auf, die verarmt waren und schließlich anderen Spielern Cor und Items stahlen. Doch ihre Methoden beschränkten sich darauf, mit vielen Leuten eine kleinere Gruppe zu umzingeln und zu einem einseitigen Handel zu zwingen oder höchstens mal Lähmungsgifte zu verwenden.

Da der komplette Verlust der HP durch einen direkten Angriff zum tatsächlichen Tod des Opfers geführt hätte, wäre keiner von ihnen so weit gegangen, sich dabei die Hände schmutzig zu machen. Denn im Grunde war jeder der zehntausend Menschen ein passionierter Online-Gamer, der in der Wirklichkeit ein unbescholtenes Leben führte.

Dieses ungeschriebene Gesetz, die HP eines anderen Spielers nicht komplett zu dezimieren, wurde durch die Existenz eines einzelnen abnormen Spielers gebrochen.

Der Name des Mannes war »PoH«. Sein Charaktername hatte einen humorvollen Klang, aber trotzdem – oder gerade deswegen – besaß er ein ganz gewisses, starkes Charisma.

Einer der Gründe war sein exotisches, elegantes Aussehen und seine Fähigkeit, mindestens drei Sprachen zu sprechen. Wahrscheinlich war er halb Japaner, halb Westler. Er ließ englischen und spanischen Slang in sein Japanisch einfließen und klang dabei wie ein rappender Profi-DJ. Mit seinen Worten konnte er die Wertvorstellungen der Spieler um ihn herum mühelos umpolen. Er machte aus den Online-Gamern eine Gruppe von cooleren, tougheren Außenseitern.

Der zweite Grund für sein Charisma war schlicht und ergreifend seine Stärke.

Sein Umgang mit dem Dolch war begnadet. Seine Klinge blitzte wie die Verlängerung seines Arms und schnitt selbst ohne die Unterstützung der systeminternen Sword Skills durch Monster wie Spieler. Im späteren Verlauf von *SAO* gelangte er an einen großen Dolch mit dem beunruhigenden Namen »Mate Chopper«, der ihn so stark machte, dass er selbst die Spieler der Raid-Gruppe das Fürchten lehrte.

Er war ein ebenso charismatischer Anführer wie Heathcliff, der Kommandant der Ritter des Blutschwurs, allerdings sein genauer Gegenpol. Mit seiner Ausstrahlung hatte PoH die mentalen Hürden in den Köpfen der Spieler, die sich um ihn scharten, langsam, aber stetig immer weiter aufgelockert.

In der Silvesternacht 2023, ein Jahr nach Start des Spiels, hatte PoHs mittlerweile fast dreißig Spieler große Gruppe eine kleine Gilde angegriffen, die an einem der Sightseeing-Spots des Gebiets eine Party im Freien gefeiert hatte, und alle getötet.

Am nächsten Tag erhielten alle wichtigen Informationshändler von Aincrad eine Bekanntmachung über die Gründung der Gruppe »Laughing Coffin«, die sich selbst inoffiziell als rote Gilde bezeichnete.

Zumindest wusste ich, dass der Spieler im grauen Umhang, der mich gerade angesprochen hatte, nicht PoH selbst war. Seine monotone, abgehackte Sprechweise hatte rein gar nichts mit PoHs maschinenpistolenartigem, aufrührerischem Tonfall gemein.

Aber ich meinte mich zu erinnern, dass eines der Mitglieder von Laughing Coffin so gesprochen hatte. Ich musste schon einmal mit ihm geredet oder sogar gekämpft haben.

Nicht eines der gewöhnlichen Mitglieder, sondern jemand aus der Führungsriege. Wie konnte ich sogar das mutmaßen und mir trotzdem immer noch nicht sein Gesicht ins Gedächtnis rufen?

Ich kannte den Grund. Mein Bewusstsein weigerte sich, sich zu erinnern.

Laughing Coffin wurde am Neujahrstag 2024 gegründet und in einer Sommernacht acht Monate später vernichtet.

Sie lösten sich nicht freiwillig oder wegen interner Streitigkeiten auf. Ein Trupp aus fünfzig der stärksten Frontkämpfer formierte sich und vernichtete sie kraft ihrer Schwerter.

Im Grunde hätte man diese Maßnahme auch schon viel früher ergreifen können. Dass acht Monate bis zu diesem Schritt vergingen, lag nur daran, dass das Versteck der Gilde nicht schneller ausfindig gemacht werden konnte.

Jeder Standort eines käuflich erwerbbaren Hauses oder Zimmers in Aincrad konnte bei einem NPC-Immobilienhändler genau überprüft werden. Sie benötigten eine Unterkunft, die dreißig Spieler beherbergen konnte, daher wurde angenommen, dass sie ein kleineres Anwesen oder eine Festung gekauft hatten und als Versteck benutzten. Also durchkämmten die von der Raid-Gruppe beauftragten Informationshändler alle größeren Wohnhäuser ab der ersten Ebene.

Doch obwohl sie dabei die Verstecke etlicher kleinerer und mittlerer oranger Gilden fanden, wurde die Basis von Laughing Coffin erst Monate später entdeckt.

Was nicht weiter verwunderlich war, denn ihr Hauptquartier lag in der sicheren Zone eines bereits eroberten Dungeons auf einer der unteren Ebenen – noch dazu war es keiner der

Dungeons innerhalb der Türme, die zu den oberen Ebenen führten, sondern eine kleine Höhle, wie sie von Game-Designern eingerichtet und dann vergessen werden. Die Spieler der Raid-Gruppe kümmerten sich im Wesentlichen um die Labyrinthe, und die Spieler der mittleren Level wagten sich nur in größeren Gruppen in Dungeons hinein.

Ein paar Spieler hatten die betreffende Höhle vielleicht früher zufällig entdeckt und betreten. Man konnte sich leicht ausmalen, wie sie alle zum Schweigen gebracht worden waren.

Die geschickt versteckte Basis von Laughing Coffin wurde nach acht Monaten endlich ermittelt, weil ein Mitglied vermutlich die Schuldgefühle wegen seiner Morde nicht mehr ertragen und der Raid-Gruppe den Standort verraten hatte. Basierend auf seiner Information wurde eine Erkundung durchgeführt, die ergab, dass die besagte Höhle in der Tat ihre Basis war, und es wurde eine große Kampftruppe gebildet. Die Leitung übernahm ein Anführer der »Heiligen Drachenallianz«, der größten Gilde in *SAO*. Auch starke Spieler der Ritter des Blutschwurs und anderer mächtiger Gilden nahmen daran teil, und selbst ich als Solospieler wurde angeheuert.

Der Angriff auf die Basis wurde um drei Uhr morgens durchgeführt.

Unsere Truppenstärke wie auch unser durchschnittlicher Level waren beträchtlich höher als die von Laughing Coffin. Wir hatten uns eingebildet, sie zu einer kampflosen Kapitulation bringen zu können, indem wir die Ein- und Ausgänge der sicheren Zone, in der ihr Versteck lag, blockierten.

Aber genauso wie es bei ihnen einen Verräter gegeben hatte, war unsere unter strengster Geheimhaltung geplante Strategie auf irgendeinem Weg an sie durchgesickert.

Als wir in den Dungeon einrückten, war kein einziges Laughing-Coffin-Mitglied in dem großen Raum der sicheren Zone. Allerdings waren sie nicht einfach im Voraus geflohen. Sie versteckten sich in den Abzweigungen des Dungeons und griffen uns aus dem Hinterhalt an.

Es war ein Überraschungsangriff, für den sie Fallen, Gift und Rauchbomben vorbereitet hatten. Obwohl unsere Truppe zunächst in ein ziemliches Chaos stürzte, war doch das Anpassungsvermögen an unvorhergesehene Situationen eine der wichtigsten Fähigkeiten der Raid-Gruppe. Wir formierten uns sofort neu und starteten einen heftigen Gegenangriff.

Doch zwischen Laughing Coffin und unserer Truppe gab es einen unvorhergesehenen Unterschied.

Das waren die Skrupel vor einem Mord. Als wir begriffen, dass die Laughing-Coffin-Mitglieder in ihrer Raserei nicht kapitulierten, egal wie weit ihre HP dezimiert wurden, wurde unsere Truppe stark verunsichert.

Die Möglichkeit einer solchen Situation war vor der Mission diskutiert worden. Wir waren zu dem Schluss gekommen, dass wir in dem Fall notgedrungen die HP unserer Gegner vernichten würden. Aber wahrscheinlich war keiner von uns – mich eingeschlossen – darauf gefasst gewesen, einem Gegner mit rot gefärbter HP-Leiste tatsächlich den tödlichen Stoß zu versetzen.

Zuerst verlor unsere Truppe einige Leute. Als die Raid-Gruppe dann ebenso erbittert zurückschlug, starben auch ein paar von Laughing Coffin.

Von da an war der Kampf eine blutgetränkte Hölle.

Als der Kampf beendet war, waren elf aus unserer Truppe und 21 Mitglieder von Laughing Coffin ausgelöscht worden. Zwei von ihnen waren durch mein Schwert gestorben.

Der Name ihres Anführers, PoH, war nicht unter den Toten oder Gefangenen.

Wenn der Spieler im aschgrauen Umhang eines der zwölf überlebenden Mitglieder von Laughing Coffin war, die in den Kerker im Eisernen Palast geschickt worden waren, musste ich zu irgendeinem Zeitpunkt während der Aufarbeitung des Kampfes mit ihm gesprochen haben. Ich erinnerte mich zwar noch an seine Sprechweise, aber weder an sein Gesicht noch an seinen Namen, weil ich mich nach dem Kampf gegen Laughing Coffin gewaltsam dazu gezwungen hatte, den ganzen Vorfall zu vergessen.

Nein …

Konnte es sein …

Konnte es sein, dass unter diesem Mantel einer der beiden war, die ich getötet hatte?

Als mir dieser Gedanke kam, schüttelte ich heftig den Kopf, die Arme immer noch um meine Knie geschlungen. Ich biss die Zähne so fest zusammen, dass sie fast zu zersplittern schienen, und ordnete angestrengt meine Gedanken.

Die Toten kamen nicht ins Leben zurück. Die viertausend Todesopfer von *SAO*, ob ich sie nun geliebt oder gehasst hatte, würden nie wieder zurückkommen. Daher musste dieser Typ im Umhang einer der zwölf Überlebenden von Laughing Coffin sein. Ich sollte all ihre Namen kennen. Ich stellte mich dem stechenden Schmerz und versuchte, die tief vergrabene Erinnerung wieder heraufzuholen …

Viel zu spät ging mir eine weitere Möglichkeit auf, und ich keuchte.

Diese metallische, verzerrte Stimme. Es war nur ein leises Flüstern gewesen, aber wie würde sie wohl auf voller Lautstärke klingen?

In meinen Ohren hallte der Ausruf in der Audio-Datei, die ich vor einer Woche gehört hatte: »Das ist die wahre Macht, die wahre Stärke! Prägt euch diesen Namen zusammen mit eurer Furcht gut ein, ihr Narren! Der Name von mir und dieser Pistole ist ... Death Gun!«

Es war die gleiche Stimme. Kein Zweifel. Die Schwingungen der Stimme waren identisch.

Also war dieser Kerl im grauen Umhang ... Death Gun?

Falls dem so war, hatte ich meine Mission, nach dem Dive in *GGO* aufzufallen und Death Guns Ziel zu werden, außerordentlich schnell erfüllt.

Aber ... nie hätte ich diese Entwicklung für möglich gehalten: dass Death Gun einer der Überlebenden von *SAO* und zudem noch ein ehemaliges Mitglied der PK-Gilde Laughing Coffin war.

Der Mann, der vielleicht zwei Spieler durch Schüsse im Spiel in der Wirklichkeit getötet hatte.

Konnte diese Kraft ... tatsächlich echt sein ...?

Plötzlich klopfte mir jemand auf die linke Schulter, und fast hätte ich aufgeschrien. Ich zuckte am ganzen Körper zusammen und sah auf zu leuchtend türkisblauem Haar.

»Was machst du denn für ein Gesicht?«, fragte Sinon stirnrunzelnd. Es gelang mir, meine verkrampften Wangen zu einer Art Lächeln zu verziehen.

»Ach ... e... es ist nichts ...«

»Ging dein Kampf so knapp aus? Dafür warst du aber ziemlich schnell wieder zurück«, bemerkte sie und erinnerte mich damit daran, dass ich noch immer ein Teilnehmer des Qualifikationsturniers für Bullet of Bullets war. Blinzelnd sah ich mich in der Kuppel um, wo sich die dicht gedrängte Menschenmenge inzwischen halbiert hatte. Die erste Runde des Turniers war beinahe beendet, und die Verlierer wurden zur Erdoberfläche teleportiert. Bald würde mein nächster Gegner bestimmt werden, und der zweite Kampf würde beginnen.

Aber ich hatte nicht das Gefühl, in diesem Zustand richtig kämpfen zu können.

Ich blickte erst zu Spiegel, der aus einiger Entfernung argwöhnisch zu uns herübersah, und dann zu Sinon vor mir und stieß einen entkräfteten Seufzer aus.

Da setzte Sinon eine todernste Miene auf und sagte: »Wenn du schon nach der ersten Runde so fertig bist, kannst du lange von der Endrunde träumen. Reiß dich mal zusammen ... Ich habe schließlich auch noch ein Hühnchen mit dir zu rupfen.« Dann ballte sie ihre Faust und klopfte mir noch einmal auf die Schulter.

Ohne nachzudenken, ergriff ich mit beiden Händen ihre kleine Hand, als sie sich entziehen wollte. Ich zog sie zu meiner Brust und legte meine Stirn darauf.

»He... Hey ... was soll das denn?!«, fauchte sie überrumpelt und wollte ihre Hand losreißen, aber ich hielt sie fest.

Selbst die virtuelle Wärme, die von ihrem Polygonen-Avatar ausging, war für mich jetzt tröstlicher als alle Worte. Ich wurde mir der Kälte der Furcht tief in meinem Körper bewusst, und zugleich fing ich wie nachträglich am ganzen Körper an zu zittern.

»Was ist denn los ...?«, hörte ich sie verwirrt murmeln, und langsam gab die kleine, warme Hand an meiner Brust ihren Widerstand auf.

7

Sinon spürte ein schwaches Stechen in ihrem rechten Zeigefinger und runzelte die Stirn.

Sie versuchte, das Gefühl mit der Seite ihres Daumens wegzureiben. Aber das leichte Prickeln in ihrem Finger verschwand einfach nicht.

Sie wusste, warum.

Es war Kiritos Schuld. Dieser unverschämte, anmaßende, dreiste Neuling hatte ihre rechte Hand mit ganzer Kraft festgehalten.

Vernünftig betrachtet war es nicht möglich, und ein Teil von ihr war sich dessen auch bewusst. Sinon befand sich in einem Full Dive in der virtuellen Welt mit ihrem AmuSphere. Egal, wie fest hier jemand ihre Hand packte, konnte das unmöglich den Blutfluss in ihrem echten Körper unterbrechen oder Druck auf ihre Nerven ausüben. Die verschiedenen körperlichen Empfindungen in jener Welt waren lediglich Pseudosignale, die vom Gerät mittels elektronischer Impulse direkt an ihr Gehirn gesendet wurden.

Trotzdem ...

Sie spürte tatsächlich noch immer klar und deutlich den Druck und die Wärme von dem Moment, als der schwarzhaarige Lichtschwertkämpfer ihre Hand gehalten hatte. Dabei waren seitdem schon fast zwei Stunden vergangen.

Sie gab es auf, das Gefühl zu bekämpfen, und führte ihre Hand wieder an das Scharfschützengewehr, das auf dem Zweibein fixiert war. Sie legte den Zeigefinger sacht auf den Abzug, dessen Feder auf geringen Widerstand eingestellt war. Der Griff ihrer geliebten Hécate II, die sie schon in unzähligen Schlachten begleitet hatte, schmiegte sich wie eine Verlängerung ihres eigenen Körpers in ihre Hand. Dennoch verschwand das leichte Stechen in ihrem Finger nicht.

Sinon lag gerade auf dem Bauch in einem kärglichen Gebüsch am Rande einer etwas erhöhten Klippe und wartete auf die Chance für einen Schuss.

Das Gelände war die »Kreuzung im Ödland«. Zwei gerade Straßen kreuzten sich in der Mitte einer ausgedörrten Hochebene. Der Name ihres Gegners war »Stinger«. Etwa zwölf Minuten waren vergangen seit dem Beginn des fünften Kampfes, also des ersten Wettkampfes im Halbfinale des F-Blocks der BoB-Qualifikation.

Wenn sie diesen Kampf gewinnen würde, war sie unabhängig vom Ausgang des nächsten Duells dazu berechtigt, am BoB-Hauptturnier am Sonntagabend teilzunehmen. Doch auch ihr Gegner Stinger hatte sich bis hierher vorgekämpft und musste demnach ein fähiger Spieler sein.

Trotz seines Namens hatte er nicht die tragbare Boden-Luft-Rakete »Stinger« ausgerüstet. Seine Hauptwaffe war der Karabiner »FN SCAR«, der auch gefährlich genug war. Er war mit einem hochleistungsfähigen ACOG*-Visier ausgestattet, das für eine verbesserte Zielgenauigkeit sorgte. Falls er bis auf Sichtweite an sie herankäme, hätte Sinon als Scharfschützin keine Chance gegen ihn.

Glücklicherweise war die Map durch die Straßen in vier Blöcke eingeteilt. Um von Block zu Block zu gelangen, musste man zwangsläufig die Kreuzung im Zentrum passieren. Da die Spawnpunkte der beiden Spieler mindestens 500 Meter

*Advanced Combat Optical Gunsight

auseinanderlagen, konnten sie unmöglich von Anfang an im selben Block positioniert sein.

Stinger musste also die Kreuzung überqueren, um Sinon in Schussweite seines SCAR zu bringen, obwohl er wusste, dass sie ihn dabei ins Visier nehmen würde. Demgegenüber musste Sinon ihn um jeden Preis mit ihrem Scharfschützengewehr erwischen, sobald er auf die Kreuzung trat.

Daher vermutete Sinon, dass Stinger mit seinem gewaltsamen Durchbruch bis zum allerletzten Moment warten würde, bis ihre Konzentration nachließ. Es war aber genauso auch denkbar, dass er ihr ein Schnippchen schlug und früher auftauchte. Schlussendlich blieb Sinon also nichts anderes übrig, als weiter durch ihr Zielfernrohr zu spähen, die Nerven zum Zerreißen gespannt.

Derzeit waren bereits über die Hälfte der Endrunden in den fünfzehn Blöcken von A bis O beendet, und es fanden nur noch zehn Wettkämpfe zeitgleich statt. Daher wurden die restlichen Kämpfe ungeschnitten in der Kuppel, in der Eingangshalle und in den Bars in der Stadt übertragen, doch beim Kampf von Sinon gegen Stinger mussten sich die Zuschauer sicher zu Tode langweilen. Immerhin war seit Beginn des Kampfs noch keine einzige Kugel abgefeuert worden.

Allerdings würde der zeitgleich abgehaltene zweite Wettkampf im Halbfinale des F-Blocks die Langeweile ihres Kampfes ohne Zweifel mehr als wettmachen.

Denn dort kämpfte ein Spezialist für den Nahkampf mit zwei Maschinenpistolen gegen einen noch extremeren Nahkämpfer – einen Spieler, der ein Lichtschwert benutzte.

Sie durfte die Konzentration nicht verlieren, das war ihr bewusst. Dennoch kehrten Sinons Gedanken immer wieder zu diesem rätselhaften, schwarzhaarigen Mädchen – nein, Jungen zurück.

Als Sinon ihren ersten Kampf nach zehn Minuten beendet hatte und in die Kuppel zurückgekehrt war, begrüßte sie als Erstes Spiegel – Kyouji Shinkawa – mit Glückwünschen. Sie bedankte sich knapp, ging zurück in Richtung ihrer Sitzecke und war etwas überrascht, dort Kirito vorzufinden. Sie hätte nicht erwartet, dass er schneller als sie seinen Kampf gewinnen und zurückkehren würde. Sie wollte ihm ein paar anerkennende Worte sagen und näherte sich der Sitzecke – und dann erlebte sie eine andere Art von Überraschung.

Kirito, der vor dem Kampf noch ein auffällig dreistes Verhalten an den Tag gelegt hatte, saß auf der Sitzbank, die Knie umschlungen, den Kopf nach unten geneigt, und seine schmalen Schultern zitterten leicht.

Der Kampf gegen einen Gegner mit Schusswaffen hat ihm wohl einen Riesenschrecken eingejagt, obwohl er gewonnen hat, dachte Sinon. Unbewusst streckte sie die Hand aus und klopfte ihm leicht auf die Schulter seiner dunklen Camouflage-Jacke.

Sofort zuckte Kirito heftig zusammen und hob ängstlich den Kopf.

Seine ebenso hübschen wie klugen Gesichtszüge, die jeder Unwissende für weiblich gehalten hätte, waren von großer Angst gezeichnet – als hätte er in die Abgründe der Hölle geblickt.

»Was machst du denn für ein Gesicht?«, murmelte sie unwillkürlich, woraufhin Kirito einige Male fest blinzelte und sie dann steif anlächelte.

Es sei nichts, brummte er mit heiserer Stimme, und Sinon erkundigte sich, ob sein erster Kampf so hart gewesen sei. Doch der Junge versteckte sein Gesicht unter den langen, schwarzen Haaren und stieß einen kraftlosen Seufzer aus, ohne ihr eine Antwort zu geben.

Sie war ihm zu nichts mehr verpflichtet.

Er hatte vermutlich absichtlich ihren Irrtum hinsichtlich seines Geschlechts nicht aufgeklärt, hatte sich von ihr durch die Stadt führen und beim Einkauf begleiten lassen und war überdies auch noch schamloserweise in die Umkleide mitgekommen.

Natürlich traf auch Sinon eine Mitschuld, dass sie nicht seine Namenskarte verlangt hatte, weil sie ihn für ein Mädchen gehalten hatte. Daher richtete sich der Großteil ihrer Wut auf sich selbst.

Seit sie in der wirklichen Welt von ihren Mitschülerinnen ausgenutzt worden war, hatte sie sich eigentlich geschworen, sich nie wieder auf jemanden zu verlassen und keine Freunde zu brauchen. Diesen Entschluss hatte sie einfach vergessen, als sie einer der seltenen vermeintlich weiblichen *GGO*-Spieler nach dem Weg gefragt hatte.

Das Einkaufen im Shop und die Fahrt auf dem Buggy hatten Spaß gemacht. Sinon wurde sich bewusst, dass sie das erste Mal seit wirklich langer Zeit in *GGO* gelacht hatte. Ja – in Wahrheit war Sinon nicht wütend darüber, dass Kirito ein Mann war. Sie konnte sich selbst nicht verzeihen, dass sie in seiner Gegenwart unachtsam geworden war.

Deswegen war sie von Herzen froh gewesen, als sie erfahren hatte, dass Kirito seinen ersten Kampf gewonnen hatte.

Wenn sie in der Endrunde seinen hübschen Avatar mit ihrer Hécate abknallen würde, würde sie noch stärker werden als vor ihrer Begegnung. Das war ihr Plan gewesen, doch der Kirito vor ihr war von einer Furcht ergriffen, als sei er eine ganz andere Person.

Unwillkürlich hatte sie mit gedämpfter Stimme gezischt: »Wenn du schon nach der ersten Runde so fertig bist, kannst du lange von der Endrunde träumen. Reiß dich mal zusammen ... Ich habe schließlich auch noch ein Hühnchen mit dir zu rupfen.«

Dann hatte sie ihre Faust geballt und noch einmal auf seine Schulter geklopft.

Auf einmal hatten seine blassen Hände ihre Faust ergriffen. Dann hatte er sie kräftig an seine Brust im Kampfanzug gezogen und sie fest umklammert.

»He... Hey ... was soll das denn?!«, hatte sie reflexartig gerufen und versucht, sich loszureißen, doch Kirito hielt ihre Hand mit einer Kraft fest, die sie sich fragen ließ, wo er diese Stärke in seinem grazilen Avatar versteckte.

Seine Hände waren kalt wie Eis, genau wie sein Atem, der ihren Handrücken streifte.

In diesem Moment blinkte in Sinons Blickfeld ein Icon, das sie zur Meldung einer Belästigung aufforderte. Wenn sie es mit der linken Hand berührte und eine Meldung machte, würde Kiritos Avatar in die Gefängniszone von Glocken teleportiert werden und fürs Erste nicht mehr herauskommen.

Doch sie konnte sich weder rühren noch etwas sagen.

Beim Anblick seines zierlichen Avatars, der ihre Hand festhielt und am ganzen Körper zitterte, hatte sie ein heftiges Déjà-vu. Irgendwo hatte sie schon mal ein Mädchen so gesehen. Gleich nachdem sie diesen Gedanken hatte, wurde ihr klar, dass sie selbst dieses Mädchen gewesen war.

Nicht die Scharfschützin Sinon, sondern Shino Asada in der wirklichen Welt. In Furcht vor ihren Erinnerungen, die vom Geruch nach Blut und Pulverrauch besudelt waren, hatte sie sich auf dem Bett zusammengerollt und in einem fort geflüstert: *Hilfe, Hilfe.*

Sobald sie sich dessen bewusst wurde, verließ ihre Hand unwillentlich alle Kraft.

»Was ist denn los …?«, fragte sie im Flüsterton, doch sie bekam keine Antwort. Trotzdem konnte sie es fühlen.

Dieser schwarzhaarige Avatar, der sich an ihre Hand klammerte – nein, vielmehr der Spieler darin, von dem sie weder Gesicht noch Namen kannte, war womöglich in der gleichen Dunkelheit gefangen wie sie selbst.

Sinon wollte ihn fragen, was geschehen war.

Doch unmittelbar danach wurde sein Körper von dem blassen Licht umfangen und verschwand. Sein nächster Gegner war bestimmt worden, und er war ins Gebiet seines zweiten Kampfs teleportiert worden.

In seiner Verfassung würde er wohl kaum richtig kämpfen können, urteilte sie und seufzte leicht.

Der Verlierer wurde nicht zurück in den Wartebereich, sondern in die Eingangshalle der Generalverwaltung gebracht. Wenn Kirito seinen Kampf verlor, hätte sie vermutlich keine Chance mehr, ihn heute noch einmal zu treffen – vielleicht würde sie ihn auch niemals wiedersehen.

Und das wäre auch kein Problem für sie. Er war schließlich nicht ihr Freund, sondern nur jemand, der sie zufällig bis zur Generalverwaltung begleitet hatte. Am Ende des Tages würde sie sein Gesicht und seinen Namen schon vergessen haben.

Während sie sich das einzureden versuchte, zog sie ihre nun wieder freie Hand an ihre Brust.

Doch Kirito übertraf all ihre Erwartungen und siegte allein mit dem Lichtschwert und seiner Pistole im zweiten, dritten und schließlich auch vierten Kampf.

In der Wartezeit bis zu ihrem nächsten Match hatte Sinon einen Kampf von Kirito auf den Monitoren verfolgen können. Sein Kampfstil bestand aus fast erschreckend risikobereiten Kamikazeangriffen. Mit seiner kleinen Five-Seven – die Sinon ihm empfohlen hatte – erwiderte er das Schnellfeuer des Sturmgewehrs seines AGI-Build-Gegners und stürmte dabei frontal auf ihn zu, ignorierte alle Kugeln, die die Extremitäten seines Avatars trafen, und parierte allein die tödlichen Kugeln mit dem Lichtschwert. Mit dieser gewagten Technik rückte er im Nu direkt zum Gegner vor und zerschlug ihn mitsamt seinem Gewehr.

Weder im ersten noch im zweiten BoB hatte es einen Spieler gegeben, der so gekämpft hatte. Inmitten des Tumults, der sich in der Kuppel ausbreitete, konnte Sinon nur mit weit aufgerissenen Augen zusehen.

Auf die Art würde Kirito höchstwahrscheinlich die Endrunde des F-Blocks erreichen können. Aber wie sollte sie gegen einen so waghalsigen Gegner kämpfen?

Seit sie Kiritos Kampf gesehen hatte, zerbrach sich Sinon den Kopf darüber, selbst noch nachdem ihr Halbfinale begonnen hatte. Und gleichzeitig konnte sie nicht aufhören, über Kirito selbst nachzudenken.

Sein natürliches Lächeln voller Neugier, als sie zusammen einkaufen gewesen waren. Sein schamloses, unbefangenes Benehmen, nachdem herausgekommen war, dass er ein

Mann war. Seine Schwäche, als er sich zitternd an ihre Hand geklammert hatte. Und dann diese dämonische Gestalt, als er mit seiner blau leuchtenden Klinge erbarmungslos seinen Gegner niederstreckte.

Welcher von ihnen war nun der echte Kirito?

Und warum machte sie sich solche Gedanken darüber?

Sie fühlte einen grundlosen Ärger in sich aufsteigen und biss sich auf die Lippe, das Auge noch immer an ihr hochauflösendes Zielfernrohr gepresst.

In diesem Augenblick sah sie am linken Rand der einen Kilometer entfernten Kreuzung einen großen Schatten hinter einem Steilhang hervorspringen.

Wie mechanisch justierte Sinon das Visier ihrer Hécate. Wind von links mit einer Geschwindigkeit von zweieinhalb Metern pro Sekunde. Fünf Prozent Luftfeuchtigkeit. Sie stellte die Mitte ihres Visiers ein Stück oberhalb des Schattens ein und drückte bei der ersten Kontraktion des Bullet Circle ohne zu zögern den Abzug.

Ein Donnern.

Durch das Zielfernrohr sah sie, wie die .50-Kaliber-Patrone einen vor Hitze flimmernden Tunnel durch die Luft bohrte. Ihre Flugbahn beschrieb einen weiten Bogen nach links unten und traf den oberen Teil des Schattens.

»Hoppla ...«, murmelte sie und zog am Kammerstängel der Hécate. Die leere Patrone wurde ausgeworfen und eine neue fiel in die Kammer.

Der Schatten brach lautlos auseinander, aber er gehörte nicht zu ihrem Gegner Stinger, sondern war nur ein Felsbrocken von etwa einem Meter Durchmesser gewesen.

Im nächsten Moment kam eine noch größere Silhouette aus derselben Richtung gerast und wirbelte hohe Staubwolken auf.

Es war ein Panzerwagen, ein »High Mobility Multipurpose Wheeled Vehicle«, auch bekannt als Humvee. Fahrzeuge gehörten nicht zu den Items im Privatbesitz der Spieler, sondern waren als eine Art Bonus auf der Map versteckt. Wer immer sie zuerst fand, konnte sie benutzen. Obwohl es ein brandneues Fahrzeug sein musste, war seine Windschutzscheibe leicht eingedrückt, wie Sinon schnell feststellte. Er musste also den Felsen absichtlich gerammt haben, um ihn auf die Kreuzung zu stoßen.

Auf dem Fahrersitz des Wagens saß Stinger, der wusste, dass Sinons Hécate II ein Gewehr mit Geradezugverschluss war, der kein Dauerfeuer ermöglichte. Zudem wusste er, dass Sinon nur darauf wartete, dass er irgendwann zwangsweise die Kreuzung überquerte.

Daher war sein Plan, zuerst mit dem Humvee einen Felsen auf die Kreuzung zu stoßen, sie darauf schießen zu lassen und dann über die Kreuzung zu fahren, bevor sie die nächste Kugel geladen hatte.

Der Plan war gut. Tatsächlich hatte der Wagen schon die Mitte der Kreuzung erreicht, als Sinon noch am Kammerstängel zog. Wenn überhaupt, hatte sie noch einen Schuss. Und sie hatte keine Zeit, sorgfältig zu zielen.

Aber Sinon verlor nicht die Nerven.

Stinger hatte Sinon zwar die stärkste Waffe des Scharfschützen genommen – den ersten Schuss ohne Bullet Line –, aber dafür hatte er ihr wertvolle Informationen gegeben. Die Schussbahn der ersten Kugel hatte sich in Sinons Blickfeld eingebrannt. Solange sie jetzt nicht den Kopf verlor, würde auch der zweite Schuss in exakt der gleichen Bahn verlaufen. Wenn sie sich das zunutze machte, konnte sie noch viel präziser feuern als beim ersten Schuss.

Sinon verschob den Lauf ein kleines Stück und drückte ruhig den Abzug. Ein erneutes Donnern.

Die abgefeuerte Kugel traf wie magnetisch angezogen auf das kleine Seitenfenster des Humvee und durchschlug mühelos das dicke Panzerglas.

Gleich darauf schleuderte der Wagen heftig, fuhr auf einen Felsen am Straßenrand und überschlug sich. Er blieb frontal in der Felswand stecken, und rot-schwarze Flammen schlugen unter der Motorhaube hervor.

»Wenn du den Wagen verlassen hättest und gerannt wärst, hättest du vielleicht die Bullet Line gesehen und ausweichen können«, murmelte sie, während sie den dritten Schuss lud. Ohne ihr Auge vom Zielfernrohr zu nehmen, behielt sie den brennenden Humvee weiter im Visier. Als Stinger auch etliche Sekunden später noch nicht aufgetaucht war, konnte sie mit großer Gewissheit davon ausgehen, dass er sofort auf dem Fahrersitz gestorben war. Dennoch verließ sie ihre Schießposition nicht.

Erst als sich die Buchstaben »Congratulations« in den Abendhimmel gravierten, krabbelte sie aus dem Schatten des Buschs und stand auf. Kampfzeit: neunzehn Minuten und fünfzehn Sekunden. Sie hatte das Halbfinale gewonnen.

Damit hatte sie das Ticket, um morgen wie geplant am BoB teilzunehmen, schon in der Tasche. Aber Sinon lächelte nicht, geschweige denn, dass sie eine Siegerpose eingenommen hätte. Ihr Bewusstsein war längst mit der hiernach beginnenden Endrunde des F-Blocks beschäftigt.

Sie hatte keinen Zweifel daran, dass der mysteriöse Besucher Kirito die Vorrunde schneller als sie gewonnen hatte. Sein Gegner war ein Nahkämpfer mit Maschinenpistolen in beiden Händen gewesen. Egal wie viele Kugeln man abfeuerte, sobald man den Lichtschwertkämpfer zu nah an sich heranließ, ging die tödliche Energieklinge auf einen nieder, bevor man seine HP ausradieren konnte. Denn Kirito hatte eine enorme Reaktionsgeschwindigkeit, die es ihm ermöglichte, selbst die Bullet Lines vorherzusehen. Um ihn in einem frontalen Kampf zu überwältigen, musste man schon eine M134 Minigun mitbringen.

Also wartete Sinon mit der Hécate in den Armen regungslos auf den Moment, in dem sie zum Schlachtfeld teleportiert wurde.

Ein paar Sekunden später wurde sie nicht in die Wartehalle, sondern den Vorbereitungsraum für das Finale gebracht. Über der hexagonalen Plattform schwebte ein Fenster, in dem der erwartete Name ihres nächsten Gegners angezeigt wurde: »Kirito«.

Als sie nach einem weiteren Teleport die Augen öffnete, sah sie eine endlos lange Hochstraße und weit hinten eine blutrote Sonne, die gerade im Begriff war, unterzugehen.

Das Gebiet war der »Interkontinentale Highway«. Wie die bisherigen Maps war auch hier jede Seite einen Kilometer lang, aber die etwa hundert Meter breite Hochstraße führte von Osten nach Westen durch die Mitte der Map. Da man den Highway nicht verlassen konnte, war es tatsächlich nur eine sehr simple, längliche Map.

Allerdings standen auf der Straße etliche zurückgelassene Autos, Transporter und sogar ein abgestürzter Hubschrauber, und Teile des Asphaltbodens ragten schief auf, sodass man nicht von einem Ende bis zum anderen sehen konnte.

Sinon drehte sich ruckartig um und stellte fest, dass sie am östlichen Rand der Map war. Also musste Kirito in mindestens 500 Metern Entfernung irgendwo westlich von ihr auf der Hochstraße erschienen sein.

Sie sah sich in der Umgebung um und rannte sofort los. Ihr Ziel war ein großer Reisebus, der ein Stück weiter rechts vorn stand. Sie sprang durch die halb geöffnete Hintertür ins Innere und stieg die Treppe zum oberen Deck hoch. Oben angekommen warf sie sich bäuchlings im Mittelgang auf den Fußboden und stellte das Zweibein für die Hécate auf. Dann richtete sie die Gewehrmündung auf das Panoramafenster an der Front des Busses, nahm die liegende Schussposition ein und klappte die Schutzkappen vorn und hinten am Zielfernrohr hoch.

Die Sonne war direkt vor ihr. Wenn sie sich irgendwo im Freien mit dem Gewehr im Anschlag versteckt hätte, hätte das Risiko bestanden, dass eine Reflexion auf der Linse des Zielfernrohrs sie an den Feind verriet. Und nichts war so leicht zu besiegen wie ein Scharfschütze, dessen Position aufgeflogen war.

Doch im Inneren des Busses verbarg die entspiegelte Fensterscheibe die Reflexion. Da ihre Position zudem noch leicht erhöht war, hatte sie einen unverstellten Blick über fast alle Hindernisse auf der Fahrbahn.

Wahrscheinlich würde Kirito versuchen sich zu nähern, indem er von Deckung zu Deckung spurtete. Es war aussichtslos, einen Gegner wie ihn mit einem Schuss mit Bullet Line treffen zu wollen. Ihre einzige Chance war der erste Schuss, bevor er ihre Position entdeckte.

Ich werde treffen. Auf jeden Fall, hoffte sie inständig und legte ihr rechtes Auge an das Zielfernrohr.

Sie konnte selbst nicht so recht erklären, warum sie so unbedingt gegen ihn gewinnen wollte.

In der Tat hatte Kirito sein Geschlecht verborgen und sich ihr genähert, um sich von ihr in der Stadt herumführen und beim Einkaufen helfen zu lassen. Und dann hatte er ihr auch noch beim Umziehen in der Umkleide zugesehen.

Aber das war auch schon alles gewesen. Sie hatte keinen materiellen Schaden erlitten, und alles, was er gesehen hatte, war die Unterwäsche ihres Avatars. Die paar Dutzend Minuten von ihrer Begegnung auf der Straße in Glocken bis zu ihrer Trennung in der Wartehalle wären leicht zu vergessen gewesen.

Doch Sinon hatte einen derart starken Wunsch, Kirito zu besiegen, dass es all ihre bisherigen Kämpfe in *GGO* verblassen ließ. Ja – sie wollte ihn sogar noch dringender besiegen als diesen Furcht einflößenden Minigun-Schützen Behemoth. Aber warum ausgerechnet Kirito, der gerade erst heute in diese Welt gekommen und zudem nicht mal ein Schütze war, sondern mit einem Lichtschwert kämpfte ...?

Nun ... Vielleicht war ihr der Grund schon bewusst.

Weil ein Teil von mir ihn nicht als meinen Feind ansieht. Weil ein undefinierbares Gefühl in meiner Brust aufkam, als er da auf dem harten Sitz zitterte und seine kalten Hände meine hielten.

Mitgefühl? Nein.

Anteilnahme? Nein.

Empathie …? Auf keinen Fall.

Es gibt niemanden, für den ich Empathie empfinden könnte. Es kann niemanden geben, der genauso wie ich mit der Dunkelheit zu kämpfen hat. In der Hinsicht bin ich immer wieder und wieder und wieder enttäuscht worden.

Nur meine eigene Stärke kann mich retten. Gerade weil ich das begriffen habe, bin ich hier.

Ich will nicht wissen, welche Probleme Kirito mit sich herumträgt, und es besteht auch keine Notwendigkeit dazu. Ich werde seinen irreführenden Avatar mit einer emotionslosen Kugel abschießen, dann wird er zwischen all meinen anderen besiegten Zielen begraben werden. Und danach werde ich ihn vergessen.

Das ist alles, was ich zu tun habe.

Mit diesem festen Entschluss behielt sie das Sichtfeld ihres Zielfernrohrs im Auge und strich immer wieder mit dem Finger über den Abzug.

Als eine schwarze Silhouette vor der purpurroten Sonne auftauchte, vergaß sie für einen Augenblick ihre Contenance als Scharfschützin, und ihr entschlüpfte ein »Wa…?«

Die langen schwarzen Haare, die in der leichten Brise wehten. Der zierliche Körper, in einen dunklen Camouflage-Kampfanzug gekleidet. Der Griff des Lichtschwerts, der von seinem Gürtel hing. Das war fraglos Kirito.

Doch er rannte nicht. Er machte sich nicht einmal die Mühe, in Deckung zu gehen. Ohne jede Eile ging er langsam auf dem leicht erhobenen Mittelstück des Highways auf sie zu. Im starken Kontrast zu seinem vorigen Wettkampf blieb er vollkommen schutzlos.

Will er mir damit sagen, er könnte meinem Schuss auch ohne die Bullet Line jederzeit ausweichen?

Der Gedanke explodierte in ihrem Bewusstsein wie Sprengstoff. Sie richtete das Fadenkreuz ihres Zielfernrohrs genau auf Kiritos Kopf. Gerade wollte sie den Finger auf den Abzug legen, da begriff sie, dass sie sich mit ihrer Mutmaßung von eben geirrt hatte.

Kirito sah nicht nach vorn. Er ließ den Kopf hängen, und alle Kraft schien seinen Körper verlassen zu haben, er setzte einfach nur einen Fuß vor den anderen. Dieser apathische Gang war das genaue Gegenteil von seinem entsetzlichen Ansturm im letzten Kampf.

Auf die Art würde er Sinons Schuss auf keinen Fall ausweichen können. Von der Hécate II abgefeuerte Projektile waren bei Weitem schneller als der Schall, und wenn er den Schuss hörte, wäre es für ihn schon zu spät. Und mit dem Blick nach unten gerichtet konnte er natürlich auch das Mündungsfeuer nicht bemerken.

Mit anderen Worten ... mit anderen Worten, Kirito hatte gar nicht vor, der Kugel auszuweichen. Er wollte sich absichtlich treffen lassen und mit seiner Niederlage den Kampf beenden. Nachdem er sein Ziel erreicht und die Zugangsberechtigung für das Hauptturnier hatte, schien ihm alles Weitere egal zu sein ... auch die Endrunde gegen Sinon. So war das also.

»Willst du mich ...«, knurrte Sinon mit heiserer Stimme.

Sie legte den Finger auf den Abzug und spannte ihn an. Der grüne Bullet Circle tauchte auf und pulsierte wild auf Kiritos hängendem Kopf. Diese heftigen Bewegungen zeigten Sinons nervösen Herzschlag an. Aber sie hatte leichten Rückenwind, und er war nur vierhundert Meter entfernt. Wenn sie jetzt schoss, würde sie auf jeden Fall treffen.

Die Abzugsfeder quietschte leise unter ihrem Finger, und sie lockerte ihn wieder. Erneut spannte sie ihn an, wieder quietschte die Feder. Noch einmal.

»Verarsch mich nicht!«, schrie sie, und ihre Stimme überschlug sich wie das Heulen eines kleinen Kindes.

Zugleich drückte sie den Abzug. Das Brüllen des .50-Kalibers erfüllte den Reisebus, die große Windschutzscheibe beschlug weiß und zerbarst dann.

Die abgefeuerte Kugel flog in einer direkten Linie durch die Abendröte – und über fünfzehn Zentimeter an Kiritos linker Wange vorbei, um dann in die Unterseite eines umgekippten Autos weit hinter ihm einzuschlagen. Eine Feuersäule stieg auf, gefolgt von schwarzem Rauch.

Von der Druckwelle der 12,7-mm-Patrone, die direkt neben ihm vorbeigeflogen war, taumelte Kirito leicht, dann blieb er stehen und sah auf.

In seinen mädchenhaften Zügen lag nichts als leichte Verwunderung darüber, warum sie ihn verfehlt hatte. Während sie durch ihr Zielfernrohr in dieses Gesicht starrte, zog sie am Kammerstängel und feuerte sofort ein zweites Mal.

Die nächste Kugel flog über Kiritos Kopf hinweg und verschwand irgendwo in der Ferne.

Nachladen. Abzug drücken. Die dritte Kugel schlug ein riesiges Loch in den Asphaltboden links neben seinen schwarzen Stiefeln. Nachladen. Feuern. Nachladen. Feuern. Nachladen, feuern.

Die sechste Patronenhülse fiel neben Sinon zu Boden und verschwand dann.

Kirito stand noch immer unverletzt da und sah sie durch das Zielfernrohr einfach nur fragend an.

Ohne nachzudenken, sprang Sinon auf, packte ihre Hécate und lief durch den Gang des Reisebusses. Durch die fast restlos verschwundene Frontscheibe sprang sie auf die Straße hinunter und lief weiter.

Nach kurzer Zeit hatte sie sich Kirito auf etwa fünf Meter genähert und blieb stehen.

Sie starrte den schwarz gekleideten Lichtschwertkämpfer an, der sich selbst jetzt noch nicht rührte.

»Warum ...?«

Kirito hatte offenbar die Bedeutung dieser Frage wie auch den darin versteckten Vorwurf begriffen. Seine schwarzen Augen flackerten und sahen dann wieder zu Boden.

Schließlich antwortete er mit leiser Stimme, so emotionslos wie ein NPC: »Mein Ziel war es nur, an dem Turnier morgen teilzunehmen. Ich habe keinen Grund, noch weiter zu kämpfen.«

Diese Antwort hatte sie erwartet. Aber gerade deswegen empfand sie es als himmelschreiend unverzeihlich, und es brach aus ihr heraus: »Dann hättest du dich doch gleich nach Beginn des Wettkampfs mit deiner eigenen Waffe erschießen können. Warst du zu geizig für die eine Kugel? Hast du etwa gedacht, ich wäre damit zufrieden, wenn du dich einfach erschießen lässt und mir einen weiteren Kill schenkst ...?!«

Sie trat einen weiteren Schritt auf Kirito zu, der den Blick gesenkt hielt.

»Ist ja nur ein Match in irgendeinem VR-Game – es ist deine Sache, wenn du so denkst! Aber zwing mir nicht deine Wertvorstellungen auf!«, schrie Sinon mit zitternder Stimme und merkte selbst, dass ihre Aussage unlogisch war.

Sinon selbst zwang gerade ihre eigenen Wertvorstellungen jemand anderem auf. Wenn sie sein Verhalten als unverzeihlich empfand, hätte sie den Kampf einfach mit der ersten Kugel beenden und die ganze Sache vergessen sollen. Doch stattdessen hatte sie absichtlich sechs Kugeln danebengeschossen, um ihn einzuschüchtern, und noch dazu schleuderte sie ihm unverhohlen ihre Gefühle ins Gesicht. Vielleicht war es eher sie, die hier irrational handelte.

Und trotzdem ...

Trotzdem konnte sie sich nicht stoppen. Sie konnte nicht verhindern, dass ihre Arme, die die Hécate hielten, zitterten, dass sich ihr Gesicht verzog und Tränen aus ihren Augenwinkeln quollen.

Kirito war nur noch eine Silhouette vor der untergehenden Sonne am Horizont. Seine Augen waren fest geschlossen, die Lippen aufeinandergepresst.

Schließlich verließ die Anspannung seinen Körper, und er sagte mit schwacher, aber etwas gefühlvollerer Stimme: »So ging es mir auch mal ... Früher habe ich mal jemandem die Schuld gegeben, so wie du jetzt ...«

Sinon schwieg. Kirito warf ihr einen flüchtigen Blick zu und neigte dann leicht den Kopf vor ihr.

»Es tut mir leid. Ich lag falsch. Es ist nur ein Spiel, es ist nur ein Wettkampf, aber gerade deswegen muss ich alles geben ... Ansonsten hätte ich weder einen Sinn noch das Recht, in dieser Welt zu sein. Ich sollte das am besten wissen ...«

Er hob den Blick und sah Sinon mit seinen tiefschwarzen Augen direkt an. Dann sagte der Schwertkämpfer aus der Fremde: »Sinon, würdest du mir die Chance geben, es wiedergutzumachen? Lass uns jetzt gegeneinander kämpfen.«

Der Vorschlag kam für Sinon so unerwartet, dass sie für einen Moment ihre Entrüstung vergaß und die Stirn runzelte.

»Jetzt noch ...?«

Die Kämpfe in den Vorrunden des BoB wie auch im Hauptturnier waren Begegnungsgefechte, in die jeder Teilnehmer startete, ohne die Position des Gegners zu kennen. Jetzt, wo sie ohne einen Kampf aufeinandergetroffen waren, konnte man diese Startbedingungen nicht wiederherstellen.

Doch Kirito lächelte leicht und zog die Five-Seven aus dem Holster. Reflexartig ging Sinon in Stellung, aber er hob beschwichtigend die Hand und zog einmal den Schlitten zurück. Geschickt fing er die ausgestoßene Patrone in der Luft auf und steckte die Waffe wieder ins Holster.

»Du hast doch noch Munition übrig, oder?«

»Ja, noch einen Schuss.«

»Dann machen wir ein Duell. Mal sehen ... wir gehen zehn Meter voneinander entfernt in Stellung, du mit deinem Gewehr und ich mit dem Schwert. Ich werfe die Patrone hoch, und das Duell beginnt, wenn sie den Boden berührt. Einverstanden?«

Sinon war nicht einfach überrascht, sie war völlig sprachlos. Sie bemerkte nicht einmal, dass ihr vorheriger Zorn verraucht war, als sie antwortete: »Denkst du, dass das einen fairen Kampf gibt? Aus nur zehn Metern Entfernung trifft die Hécate auf jeden Fall. Bei meinen Skills und Statuswerten und dazu noch den Specs meiner Waffe ist aus der Distanz ein Volltreffer systembedingt garantiert. Du wirst nicht mal Zeit haben, dein Lichtschwert zu ziehen. Das ist doch nichts anderes als Selbstmord.«

»Das wissen wir nicht, bevor wir es nicht ausprobiert haben«, gab Kirito frech zurück und verzog die roten Lippen zu einem Grinsen.

Als Sinon das sah, fühlte sie ein Kribbeln über ihren Rücken laufen.

Er meinte das ernst. Dieser Lichtschwertkämpfer wollte tatsächlich ein Duell im Wildwest-Stil austragen und dabei gegen sie gewinnen.

In der Tat hatte sie nur noch eine einzige Kugel im Magazin ihrer Hécate II. Vielleicht dachte er, er hätte eine Chance auf den Sieg, wenn es ihm gelang, dieser auszuweichen, doch das war naiv. Gegen einen garantiert tödlichen Treffer konnte er gar nichts ausrichten. Die Schnelligkeit, Präzision und Durchschlagskraft ihres Gewehrs waren dem antiquierten Revolver des NPCs in dem Ausweich-Spiel im Shop um Längen voraus.

Aber – was, wenn Kirito irgendetwas vorhat?

Das wollte sie sehen. Unbedingt.

Im nächsten Moment nickte sie ihm zu und sagte: »Gut. So werden wir die Sache entscheiden.«

Damit drehte sie sich um und ging gut zehn Schritte auf dem Mittelstreifen Richtung Osten. Dann wandte sie sich wieder zur Sonne um.

Sie waren genau zehn Meter voneinander entfernt. Sie hob die Hécate hoch, drückte den Schaft gegen ihre rechte Schulter und ging breitbeinig in Position.

In der wirklichen Welt könnte kein noch so kräftiger, großer Kerl mit dem Scharfschützengewehr im Stehen schießen, aber in *GGO* war es durchaus möglich, solange man die entsprechenden Statuswerte hatte. Natürlich würde sie dem heftigen Rückstoß nicht standhalten können und nach hinten geschleudert werden, aber das spielte keine Rolle, da sie ohnehin nur noch einen Schuss hatte.

Sie zog den Kammerstängel und lud die letzte Kugel in die Kammer.

Die Wange an das Verschlussgehäuse gelegt, sah sie durch das Zielfernrohr, dessen Blickfeld von Kiritos Gestalt selbst auf kleinster Vergrößerung voll ausgefüllt wurde.

In seinen femininen Gesichtszügen war keine Spur mehr von der ausdruckslosen Apathie ein paar Minuten zuvor. Seine Augen blitzten wie Obsidian, und auf seinen Lippen lag ein kühnes Grinsen.

Er hielt die Patrone aus der Five-Seven zwischen den Fingerspitzen seiner linken Hand und streckte den Arm aus, während er mit rechts das Lichtschwert vom Gürtel zog. Sein Daumen legte den Schalter um, und die blassblauviolett leuchtende Energieklinge schnellte mit einem Summen aus dem Griff.

Inzwischen mussten sich die Zuschauer, die den finalen Kampf des F-Blocks draußen verfolgten, wohl den Kopf zerbrechen, was die beiden hier trieben. Aber dies war nicht ihre Angelegenheit. Es war eine Kugel gegen eine Klinge. Für gewöhnlich wäre dieses Duell kein fairer Kampf gewesen, aber das Gefühl der Anspannung, das in Sinons Nacken prickelte, war echt.

Er muss wirklich irgendetwas vorhaben.

Durch das Visier sah sie ihn sagen: »Also, los geht's.«

Ohne zu zögern, schnippte er mit den Fingern. Die Patrone wirbelte hoch und höher und funkelte in der Abendsonne wie ein Rubin.

Schnell duckte sich Kirito und ging in eine schräge Stellung, die linke Hand vor sich. Das Lichtschwert in seiner Rechten zeigte zum Boden. Es war eine lockere Haltung, von den Zehen bis zu den Fingerspitzen vermittelte er keinerlei Anspannung. Dennoch war an seinem ganzen schlanken Avatarkörper der Druck zu spüren, dass eine Gewehrmündung direkt auf sein Herz gerichtet war.

Sinon selbst spürte, wie sich all ihre Sinneswahrnehmungen verschärften. Die 5,7-mm-Patrone flog fast unerträglich langsam durch die Luft. Alle Geräusche verstummten, und sie nahm nur noch ihren Körper und die Hécate II wahr. Selbst die Grenze dazwischen war mit einem Mal verschwunden. Schütze und Gewehr wurden eins und wandelten sich zu einer präzisen Waffe mit dem einzigen Zweck, das Ziel mit dem Geschoss zu treffen.

Das weiße Visier und der grüne Kreis verschwanden aus ihrem Blickfeld.

Vor dem stillstehenden schwarzen Schwertkämpfer fiel langsam, ganz langsam die Patrone herab. Sie durchquerte das Blickfeld ihres Visiers und verschwand, doch Sinon spürte noch immer ihre Existenz. Kreiselnd, rotierend näherte sich die Patrone dem Boden – die Projektilspitze berührte den Asphalt – das System registrierte die Berührung von zwei Objekten und gab dem AmuSphere den Befehl, den entsprechenden Soundeffekt wiederzugeben – der von den Signalkomponenten abgegebene elektronische Impuls stimulierte Sinons Gehörsinn ...

Pling.

Als dieses winzige Geräusch ihre Ohren erreichte, drückte sie augenblicklich den Abzug.

Sinons beschleunigtes Bewusstsein nahm die schnelle Folge an Ereignissen in der nächsten Sekunde in leuchtenden Farben wahr.

Orange Flammen schossen aus der großen Mündungsbremse der Hécate.

Ein hellblauer Blitz durchschnitt die Dämmerung dahinter.

Zwei Lichter wie funkelnde Sternschnuppen flogen links und rechts in die Ferne.

Als der heftige Rückstoß des Anti-materiel rifle sie hintenüberwarf, verstand sie endlich, was sie da gerade gesehen hatte.

Er hatte die Kugel zerschnitten.

Sobald die Patrone, die das Signal gab, den Boden berührt hatte, hatte er sein Lichtschwert schräg nach oben geschwenkt und das tödliche .50-Kaliber-Geschoss, das ihn hätte treffen müssen, in der Luft gespalten. Die zwei Sternschnuppen, die Sinon gesehen hatte, waren die Splitter der Kugel gewesen, die durch seine Klinge aus komprimierter Energie entzweigeteilt worden und in zwei Hälften zu beiden Seiten dicht an seinem Körper vorbeigeflogen war.

Aber das war unmöglich!

Wenn er die Flugbahn der Kugel geraten hätte, auf gut Glück das Schwert geschwungen und getroffen hätte, wäre es noch zu verstehen gewesen. Doch Sinon hatte nicht wie erwartungsgemäß auf die Mitte seines Avatars, sondern auf Kiritos linkes Bein gezielt.

Großkalibrige Gewehre wie die Hécate hatten den Zusatzeffekt »Einschlagsschaden«. Bei einem Treffer aus dieser kurzen Distanz – und sei es nur am Arm oder Bein – breitete sich durch den Einschlag ein Flächenschaden aus, der die gesamten HP dezimierte.

Da er heute erst zu *GGO* konvertiert und noch dazu ein totaler Laie war, was Schusswaffen anging, konnte Kirito das jedoch unmöglich wissen. Wenn er die Flugbahn geraten hätte, hätte er also selbstverständlich versucht, seinen Körper zu schützen.

Doch Kirito hatte die Kugel, die auf seinen linken Oberschenkel zugeschossen war, mit einem Aufblitzen seines Lichtschwerts genau erfasst und pariert. Das war kein Glückstreffer gewesen. Und aus dieser Distanz, mit dieser Schussgeschwindigkeit half ihm nicht einmal die Unterstützung der Bullet Line weiter. Aber warum ... wie ...?

Selbst in diesem Moment des Schocks ruhten Sinons Arme nicht. Noch während sie rücklings umgerissen wurde, ließ ihre linke Hand die Hécate los und wollte instinktiv die MP7 an ihrer Hüfte ziehen.

Doch Kirito kam ihr zuvor, wie der Blitz stürmte er die zehn Meter auf sie zu. Die Klinge in seiner rechten Hand surrte und füllte ihr Blickfeld mit ihrem grellen Blauviolett.

Er würde sie töten.

Trotz dieser Vorahnung schloss sie die Lider nicht. Mit weit geöffneten Augen sah sie die glänzenden schwarzen Haare wie einen Fächer vor der riesigen Abendsonne ...

Und dann blieb alles stehen.

Die Hécate in der rechten Hand, die MP7 in der linken, neigte Sinon sich weit nach hinten, doch sie fiel nicht zu Boden. Denn Kiritos linker Arm stützte ihren Rücken.

Dann hielt er die Klinge seines Lichtschwerts genau an Sinons schutzlose Kehle. Nur die leise summende Vibration des Plasmas und das ferne Heulen des Windes waren zu hören.

Für einen Moment blieben sie regungslos in dieser Position wie ein Standbild aus einem Tanz – Kirito vornübergebeugt, den linken Fuß fest auf dem Boden, und Sinon, so weit nach hinten gelehnt, dass sie fast fiel.

Seine tiefschwarzen Augen waren direkt vor ihr. Nie hatte sie jemandem erlaubt, so nah an sie heranzukommen, nicht in der virtuellen Welt und erst recht nicht in der Wirklichkeit. Doch Sinon nahm es gar nicht wahr, sie starrte in seine Augen und flüsterte: »Wie konntest du voraussehen, wohin ich zielen würde?«

Auf der anderen Seite der Energieklinge bewegten sich seine Lippen. »Ich konnte dein Auge durch die Linse des Zielfernrohrs sehen.«

Ihr Auge. Mit anderen Worten, ihre Blickrichtung.

Der schwarzhaarige Schwertkämpfer behauptete also, er hätte an Sinons Blick die Flugbahn abgelesen.

Sinon hätte sich nie träumen lassen, dass es in dieser Welt Menschen mit solchen Fähigkeiten gab. Ein Gefühl, nicht unähnlich einem Schaudern und doch anders, durchfuhr sie vom Rücken bis zum Scheitel.

Er war stark. Kiritos Stärke überstieg die Grenzen jedes VR-Games.

Aber in dem Fall stellte sich umso mehr die Frage, warum er dann in der Ecke der Wartehalle so heftig gezittert hatte? Warum hatte er sich mit eiskalten Fingern an ihre Hand geklammert?

Mit noch leiserer Stimme fragte sie: »Aber wenn du so stark bist, wovor hast du dann noch Angst?«

Da flackerten seine Augen kaum merklich, und als er dann nach einem kurzen Schweigen antwortete, klang seine

Stimme, als kämpfe er mit sich selbst: »Das ist keine Stärke. Es ist nur Technik.«

Als Sinon das hörte, vergaß sie die Klinge an ihrer Kehle und schüttelte heftig den Kopf.

»Lüge. Das ist eine Lüge. Nur mit Technik allein könntest du unmöglich die Kugel meiner Hécate zerschneiden. Du musst es doch wissen. Wie wird man so stark? Um ... Um das zu erfahren, bin ich ...«

»Dann lass mich dir eine Frage stellen«, raunte Kirito plötzlich leise, aber mit einer Hitze wie eine blaue Flamme. »Wenn deine Kugel den Spieler tatsächlich auch in der Wirklichkeit töten würde ... und wenn du oder jemand, den du liebst, getötet wird, wenn du deinen Gegner nicht vorher tötest ... könntest du trotzdem den Abzug drücken?«

Sinon vergaß zu atmen und riss die Augen weit auf.

Weiß er es etwa?, dachte sie für einen Moment. Wusste dieser rätselhafte Besucher von diesem Ereignis, das Sinons Vergangenheit in pechschwarze Finsternis gestürzt hatte?

Nein, das ist es nicht. Wahrscheinlich ... hat er in der Vergangenheit auch ...

Die Hand in ihrem Rücken verkrampfte sich und entspannte sich dann gleich wieder. Kraftlos schüttelte Kirito den Kopf, wobei seine Haarspitzen ihre Stirn kitzelten, und murmelte: »Ich bin dazu nicht mehr in der Lage. Daher bin ich nicht stark. Ich kenne nicht mal die echten Namen der zwei, nein, drei Menschen, die ich damals getötet habe ... Ich habe nur die Augen verschlossen, mir die Ohren zugehalten und versucht, alles zu vergessen ...«

Sinon verstand die Bedeutung dieser Worte nicht.

Aber eines war gewiss. Kirito verbarg in seinem Inneren tatsächlich die gleiche Dunkelheit und Furcht wie sie. Und vermutlich war in der Wartehalle irgendetwas vorgefallen, während er auf seinen nächsten Kampf gewartet hatte. Irgendetwas, das die Dunkelheit wieder zutage gefördert hatte, die er begraben geglaubt hatte.

Die MP7 rutschte aus Sinons Hand und fiel zu Boden.

Wie von einem unsichtbaren Faden gezogen hob sie die Hand und näherte sie über die Klinge des Lichtschwerts hinweg Kiritos weißer Wange.

Kurz bevor ihre Fingerspitzen ihn berührten, kehrte plötzlich das freche Grinsen in sein Gesicht zurück. Tief in seinen Augen lag noch ein schmerzlicher Ausdruck, aber der Schwertkämpfer schüttelte leicht den Kopf und stoppte ihre Hand mit den Worten: »Also dann ... ich schätze, das Duell habe ich gewonnen ... was meinst du?«

»Wie ...? Äh, na ja ...«

Sinon konnte nicht so schnell umschalten und blinzelte perplex, da näherte Kirito sein Gesicht noch weiter an ihres und flüsterte: »Würdest du dann aufgeben? Ich mag es nicht, Mädchen zu töten.«

Bei diesem arroganten, frechen und angeberischen Spruch wurde sich Sinon endlich ihrer Situation bewusst: Er dicht über sie gebeugt, während sie nahezu bewegungsunfähig zwischen seiner linken Hand in ihrem Rücken und dem Lichtschwert an ihrer Kehle fixiert war. Und diese Szene wurde gerade im Wartebereich, in der Eingangshalle und in Bars in ganz Glocken live übertragen.

Während Sinon spürte, wie ihr augenblicklich das Blut in die Wangen schoss, zischte sie durch zusammengebissene

Zähne: »Ich bin froh, dass ich noch einmal die Gelegenheit haben werde, gegen dich zu kämpfen. Bleib beim Hauptturnier morgen gefälligst am Leben, bis wir wieder aufeinandertreffen.«

Dann wandte sie sich beleidigt von ihm ab und rief laut: »Resign!«

Kampfzeit: achtzehn Minuten und zwölf Sekunden.

Das Finale des F-Blocks der Qualifikation für das dritte Bullet of Bullets war beendet.

(Fortsetzung folgt)

Nachwort

Hier ist Reki Kawahara. Danke für den Kauf von *Sword Art Online 5 – Phantom Bullet*, des fünften Bands der Serie und meines zehnten Buchs zusammen mit der anderen Serie.

Bei Onlinespielen gibt es noch zwei andere sehr beliebte Genres außer MMORPGs: Echtzeit-Strategiespiele und Ego-Shooter.

Ich mag beide Genres, aber wenn ich erst mal anfange, über Echtzeit-Strategiespiele zu sprechen, werden die Seiten nicht reichen, also lassen wir das. (Ha ha.)

Ego-Shooter sind Spiele, in denen man, wie der Name schon sagt, aus der Ego-Perspektive des Charakters mit Schusswaffen kämpft. Das Genre stammt aus Amerika, und dort gibt es immer noch bei Weitem die meisten Spiele und Spieler. Wenn ich online gegen die amerikanischen Spieler antrete, will ich meine Gegner oft am liebsten fragen, ob sie eine Wiedergeburt von Simo Häyhä sind. Da renne ich so schnell ich kann, höre irgendwo in der Ferne ein *Fwump*, und im nächsten Augenblick spritzt mir das Blut aus der Stirn und ich gehe zu Boden. So in etwa läuft das. Oder ich schieße in Nahkämpfen wie wild mit einem Sturmgewehr um mich, aber sie weichen einfach aus und kommen immer näher und stechen mich dann, *zack*, mit einem Messer ab oder so. (In dem Fall frage ich dann, ob sie eine Wiedergeburt von Steven Seagal sind.) Na ja, das liegt vielleicht auch daran, dass ich zu stümperhaft bin.

Bei PvP-Kämpfen in MMOs haben Unterschiede in Level und Ausrüstung einen recht großen Einfluss, während es im Ego-Shooter keine großen Unterschiede zwischen den Fähigkeiten der Charaktere gibt und alles ganz vom Können des Spielers abhängt. Der Wunsch, diese Art von »Stärke« auch in der *SAO*-Serie darzustellen, hat mich unter anderem zu dem Handlungsstrang von *Phantom Bullet* inspiriert.

Problematisch war dabei allerdings, dass ich zwar Ego-Shooter mag, aber keine Ahnung von Schusswaffen habe ... Ich habe in diesem Band mit allen möglichen Waffenbezeichnungen und Fachbegriffen um mich geworfen, als hätte ich Ahnung, aber das ist nur Schein. Wenn ein Kenner den Band hier liest, wird er sich wahrscheinlich an vielen Stellen denken: »Das ist total falsch!« Aber ich hoffe, ihr könnt euch damit zufriedengeben, dass es eben »im Spiel« ist.

Meinem Redakteur Miki, der mir so geduldig mit der Korrektur meines Manuskripts geholfen hat, während die Liste seiner Aufgaben immer länger wurde, der Illustratorin abec, die unsere zwei (ha ha) Heldinnen so zauberhaft dargestellt hat, und schließlich euch Lesern, die ihr trotz meiner Warnung vor dem Kurswechsel im letzten Nachwort wieder dabei seid, widme ich Kopfschüsse der Dankbarkeit. Bitte seid auch im nächsten Band wieder dabei!

10. Juni 2010 Reki Kawahara

Reki Kawahara

Mein Level ist gesunken. Ich dachte, ich hätte am Ende meines Solotrainings etwas begriffen, aber das habe ich mir wohl nur eingebildet. Allein Karaoke zu singen, geht nicht! Allein Yakiniku* zu essen, geht nicht! Der Weg des Solospielers ist mühsam. Oder besser gesagt, einsam. Lade mich doch mal jemand zum Karaoke ein.

*Grillfleisch

TOKYOPOP GmbH
Hamburg

TOKYOPOP
1. Auflage, 2018
Deutsche Ausgabe/German Edition

Aus dem Japanischen von Miryll Ihrens

SWORD ART ONLINE Vol.5

First published in Japan in 2010 by
KADOKAWA CORPORATION, Tokyo.
German translation rights arranged with
KADOKAWA CORPORATION, Tokyo.

Redaktion: Markus Rohde
Lektorat: Kerstin Feuersänger
Lettering und Herstellung: Annika Meyer-Wülfing
Druck und buchbinderische Verarbeitung:
CPI – Clausen & Bosse GmbH, Leck
Printed in Germany

ISBN 978-3-8420-1118-2

www.tokyopop.de

SWORD ART ONLINE – FAIRY DANCE

Reki Kawahara / Tsubasa Haduki

Der zweite Zyklus der *Sword Art Online*-Reihe

Kazuto konnte die Welt von *Sword Art Online* verlassen und hat den Weg zurück in die Wirklichkeit gefunden. Doch Asuna war dieses Glück offensichtlich nicht vergönnt. Offenbar wird sie in einem neuen Game namens *Alfheim Online* festgehalten. Kazuto bricht auf, um seine große Liebe zu finden und zu befreien ...

SWORD ART ONLINE – PROGRESSIVE

Reki Kawahara / Kiseki Himura

Flinke Fechterin

Musterschülerin Asuna kämpft sich ohne Rücksicht auf ihr eigenes Leben durch das Game *Sword Art Online*, um stärker zu werden und in ihr reales Zuhause zurückkehren zu können. Erst als sie den mysteriösen Schwertkämpfer Kirito trifft, lernt sie, ihr Dasein zu genießen. Können sie gemeinsam das Spiel auf Leben und Tod überstehen?